GEEK GIRL

L'auteur

Holly Smale est une auteure britannique, née en 1981. Elle vit actuellement à Londres. Diplômée en littérature anglaise et grande voyageuse – elle a tour à tour été enseignante au Japon, bénévole au Népal et fait de nombreux petits boulots en Jamaïque, Australie, Indonésie et Inde –, elle écrit aujourd'hui pour la presse (*Grazia*, *FHM*, *Itchy*, *The London Paper*...) et anime assidûment un blog.

Son expérience du mannequinat, à l'adolescence, lui a inspiré *Geek Girl*, son premier roman.

Holly Smale

GEEK GIRL 1

Traduit de l'anglais par Valérie Le Plouhinec

Nathan

Loi n° 49-956 du 16 juillet 1949 sur les publications
destinées à la jeunesse : avril 2016.

Ce titre a été publié pour la première fois en 2013,
en anglais, par HarperCollins Children's Books,
une division de HarperCollins Publishers, sous le titre *Geek Girl*.

ISBN 978-2-266-26753-3

GEEK [gik] n.m. et n.f., ***fam*****.**

1. Personne réfractaire à la mode et peu douée pour les relations sociales.

2. Obsessionnel enthousiaste.

3. Personne passionnée d'informatique (Internet, jeux vidéo…) et de nouveautés techniques.

4. Individu qui éprouve le besoin de chercher le mot « geek » dans le dictionnaire.

ÉTYM. : de l'anglais dialectal *geck*, « idiot ».

1

Je m'appelle Harriet Manners, et je suis une geek.

Je sais que je suis une geek parce que je viens de chercher le mot dans mon *Grand Dictionnaire universel*. J'ai coché les symptômes qui me ressemblaient, et il s'avère que je les présente tous. Ce qui, pour être parfaitement honnête, ne m'a pas étonnée plus que ça. Déjà, la présence d'un *Grand Dictionnaire universel* sur ma table de nuit était un indice. Le fait que je garde en permanence un crayon et une règle du Musée national d'histoire naturelle à côté afin de souligner les mots intéressants, aussi.

Ah oui, et puis il y a le mot GEEK écrit au marqueur rouge sur la poche extérieure de mon sac de classe. Un détail tout frais d'hier.

Ce n'est pas moi qui ai fait ça, évidemment. Si d'aventure l'envie me prenait de vandaliser mes propres affaires, je choisirais une citation bien sentie, tirée d'un excellent livre, ou bien un fait intéressant et méconnu. De plus, je n'écrirais certainement pas en rouge. Plutôt en noir, en bleu, ou en vert à la limite. Je ne suis pas fana de la couleur rouge, même si c'est la plus grande longueur d'onde perceptible par l'œil humain.

Pour être tout à fait franche, je ne sais pas qui s'est mis en tête de gribouiller mon sac – même si j'ai ma petite idée –, mais en tout cas je peux vous dire que cette personne écrit comme un cochon. Clairement, elle n'écoutait pas en cours, la semaine dernière, quand on nous a appris que l'écriture était un mode d'expression très révélateur de la personnalité. Quoi qu'il en soit, pour peu que je dégote un marqueur de la même couleur, je dois avoir moyen de caser un R entre le G et le premier E. Je pourrai ainsi prétendre qu'il s'agit d'une allusion à ma passion pour l'Antiquité et la feta. (En fait, je préfère le cheddar, mais les gens n'ont pas besoin de le savoir.)

Savez-vous qu'autrefois le mot « geek » désignait un amuseur public dont le numéro consistait à décapiter avec ses dents un poulet, un serpent, ou une chauve-souris tout vivants ?

Non, vous ne saviez pas ? J'en étais sûre. Car voyez-vous, il faut être un geek pour s'intéresser à ce genre de choses.

C'est ce qu'on appelle l'ironie du sort.

2

Maintenant que vous savez qui je suis, vous allez vouloir que je vous dise où je me trouve et ce que je fais, c'est bien ça ? Personnage, action, lieu : voilà ce qui définit une histoire. Je l'ai lu dans un livre intitulé *Ce qui définit une histoire*, écrit par un monsieur qui n'a pas d'histoire à raconter pour le moment, mais qui saura exactement comment s'y prendre le jour où il s'y mettra.

Donc.

Nous sommes actuellement en décembre, je suis au lit – enfouie sous environ quatorze édredons – et je ne fais rien du tout, à part avoir de plus en plus chaud à chaque seconde qui passe. D'ailleurs, ce n'est pas que je veuille vous inquiéter ni rien, mais je me demande si je ne serais pas en train de tomber malade pour de bon. J'ai les mains moites, l'estomac noué, et je suis *nettement* plus pâle qu'il y a dix minutes. En outre, ma figure est couverte de ce qu'il faut bien appeler une sorte… d'éruption. Des petits points rouges éparpillés totalement au hasard, et de manière PAS DU TOUT symétrique, sur mes joues et mon front. Plus un gros sur le menton. Et un autre à côté de l'oreille gauche.

Je m'examine dans le miroir à main posé sur ma table de nuit, et je soupire à fendre l'âme. Aucun doute, je suis vraiment très malade. Ce serait mal de risquer de transmettre cette dangereuse infection à d'autres systèmes immunitaires peut-être moins robustes que le mien. Non, il me faudra affronter seule cette pénible épreuve.

Toute la journée. Sans aller nulle part.

En reniflant, je m'enfonce encore un peu plus sous mes édredons et jette un coup d'œil à ma pendule, sur le mur qui me fait face (tous les chiffres sont peints pêle-mêle comme s'ils avaient dégringolé dans le bas ; très futé, sauf que ça m'oblige, quand je suis pressée, à deviner l'heure à la louche). Puis je ferme les yeux et compte dans ma tête : *10, 9, 8, 7, 6, 5, 4, 3, 2…*

Et à cet instant, pile à l'heure comme toujours, la porte s'ouvre et une tornade fait irruption dans ma chambre : cheveux, sac à main, manteau, bras, tout explose de partout. Une déflagration de pur concentré de fille. Comme par magie – mais une magie très ponctuelle –, voici Nat.

Nat, pour info, est ma Pire Pote, et nous sommes si absolument raccord que c'est comme si nous n'avions qu'un cerveau, divisé en deux à la naissance. Ou – plus probable – deux cerveaux à la naissance, mais tout mélangés peu après. Sauf que nous ne nous sommes rencontrées qu'à l'âge de cinq ans, donc je parle évidemment au sens figuré, sans quoi nous serions mortes l'une et l'autre, cela va sans dire.

Ce que j'essaie d'expliquer, c'est que nous sommes proches. Nous sommes en harmonie. Nous ne faisons qu'une. Nous formons un flux de conscience parfait, sans jamais un accroc entre nous. Nous travaillons dans une synergie sans faille, évidente. Tels deux dauphins bondissant exactement au même instant et se passant le ballon, au parc aquatique.

Mais revenons à nos moutons. Nat fait un pas dans la chambre, me toise, s'arrête, pose les mains sur ses hanches.

« Salut », dis-je d'une voix mourante sous mes édredons avant d'être prise d'une violente quinte de toux.

La toux humaine projette de l'air à une vitesse d'environ 95 km/h, et sans vouloir me vanter, j'aime à croire que la mienne monte à 100 ou 110, facile.

« N'y pense même pas », lâche Nat, très sèche.

Je cesse de tousser pour la regarder avec mes yeux les plus ronds, les plus étonnés. « Hmmm ? fais-je d'un ton innocent avant de re-tousser.

— Je suis sérieuse. Ne pense même pas à y penser. »

Je ne vois *absolument* pas de quoi elle parle. Je dois avoir la cervelle qui enfle à cause de la fièvre. Je ne suis plus que l'ombre de moi-même, une coquille vide, un fétu.

« Nat, dis-je faiblement, fermant les yeux et pressant une main sur mon front. Mauvaise nouvelle. »

Je rouvre un œil et jette un regard prudent dans la chambre. Nat a toujours les mains sur les hanches. « Laisse-moi deviner, me crache-t-elle avec dureté. T'es malade. »

Je compose un sourire faible mais courageux, tout à fait celui que Jane réserve à Lizzie dans *Orgueil et Préjugés*, quand un terrible refroidissement la cloue au lit mais qu'elle fait face avec dignité. « Tu me connais si bien ! Comme si nos deux esprits n'en faisaient qu'un.

— Et tu te mets le doigt dans l'œil si tu t'imagines une seconde que je ne vais pas te tirer du lit par les pieds. » Elle fait quelques pas dans ma direction. « En plus, je veux récupérer mon rouge à lèvres. »

Je m'éclaircis la gorge. « Ton... rouge à lèvres, Nat ?

— Celui dont tu t'es servie pour te faire des points plein la figure. »

J'ouvre la bouche, puis la referme. « Ce n'est pas du rouge à lèvres, bredouillé-je d'une petite voix. C'est une dangereuse infection.

— Alors j'ai la joie de t'annoncer que ta dangereuse infection est scintillante, Harriet, et que par un heureux hasard elle est parfaitement assortie à mes chaussures neuves. »

Je m'enfonce encore un peu plus dans les profondeurs de mon lit, de manière qu'on ne voie plus que mes yeux. « Les infections sont très sophistiquées, de nos jours, dis-je en tentant de rester digne. Certaines accrochent énormément la lumière.

— Et elles ont des paillettes dorées ? »

Je pointe le menton d'un air provocant. « Ça s'est vu. »

Le nez de Nat frémit, et elle lève les yeux au ciel. « C'est ça. Et la peau de ta figure sécrète du talc, aussi. »

Je renifle un petit coup. Oh, nom d'une sucette à roulettes ! « Quand on est malade, il est important de rester bien sec, j'explique avec le plus grand naturel possible. L'humidité favorise le développement des bactéries. »

Elle pousse un gros soupir. « Sors de ton lit, Harriet.

— Mais…

— Lève-toi.

— Nat, je…

— Debout. Tout de suite. »

Prise de panique, je baisse les yeux sur mes édredons. « Mais je ne suis pas prête ! Je suis en pyjama ! » Dans un accès de désespoir, je décide de changer de tactique. « Nat, tu ne comprends pas, dis-je de ma voix la plus sérieuse, la plus grave. Imagine un peu, si tu te trompes ? Comment survivras-tu, alors ? Comment pourras-tu te supporter toi-même ? Je suis peut-être au bord de la tombe !

— Exact, réplique-t-elle en faisant un pas de plus vers moi. Tu as déjà un pied dedans, même. Je suis à deux doigts de te tuer, Harriet Manners. Et si ça arrive, je me supporterai très bien. Maintenant, debout, espèce de sale simulatrice. »

Sur ce, sans que j'aie le temps de me protéger, elle se jette sur moi et arrache les édredons.

Il y a un long silence.

« Oh, Harriet… » finit-elle par lâcher d'une voix triste et triomphante à la fois.

Car je suis couchée tout habillée dans mon lit. Avec mes chaussures. Et j'ai dans une main une boîte de talc, dans l'autre un bâton de rouge à lèvres. À paillettes.

3

Bon, j'avoue, j'ai raconté un petit bobard.

D'accord, deux.

En fait, Nat et moi ne baignons pas du tout dans une parfaite harmonie. Nous sommes proches, c'est sûr, et nous passons tout notre temps ensemble, c'est un fait, et nous nous adorons, c'est certain ; mais il y a des moments, maintenant que nous avons grandi, où nos passions et centres d'intérêt divergent d'un poil.

Ou plutôt… d'une montagne de poils : un yeti.

Ce qui ne nous empêche pas d'être inséparables, évidemment. Nous sommes Pires Potes parce que nous nous faisons souvent rire, si fort qu'un jour j'ai réussi à lui faire recracher son jus d'orange par le nez (sur le tapis blanc de sa mère – on a assez vite cessé de rire, après). Et aussi parce que je me rappelle quand elle a fait pipi par terre dans la salle de danse, à six ans, et parce qu'elle est la seule personne du monde entier à savoir que j'ai encore un poster de dinosaure scotché à l'intérieur de mon armoire.

Mais ces dernières années, je dois reconnaître qu'il y a eu des points *minuscules* sur lesquels nos désirs et nos besoins sont… légèrement entrés en conflit. C'est pourquoi il est possible que j'aie prétendu être un peu plus malade que je ne l'étais ce matin, à savoir : pas tellement.

Ou pas du tout. En fait, je suis en pleine forme.

Et cela peut expliquer que Nat me fasse un peu la tête, en ce moment, alors que nous courons vers le car scolaire aussi vite que mes jambes veulent bien me porter.

« Tu te rappelles, soupire-t-elle en s'arrêtant pour la douzième fois afin de m'attendre, que tu m'as obligée à me taper un documentaire assommant sur la révolution russe la semaine dernière. Un documentaire qui doit durer à peu près quatre cents heures. Donc, c'est la moindre des choses que tu m'accompagnes dans cette "Sortie éducative d'approche du textile d'un point de vue tant intime que commercial".

— Du shopping, dis-je, hors d'haleine, en tenant mes côtes pour les empêcher de tomber. Ça s'appelle du shopping.

— Ce n'est pas ce que dit la brochure. C'est une sortie scolaire : il doit bien y avoir quelque chose d'éducatif là-dedans.

— Non. Rien du tout. » Nat s'arrête une fois de plus pour m'attendre. « C'est juste du shopping. »

En toute honnêteté, je crois que je n'ai pas tort, sur ce coup-là. Nous nous rendons à la Mode Expo en direct live à Birmingham. Ainsi nommée, je présume, parce que des vêtements à la mode y sont exposés. En direct live. À Birmingham. Et qu'on peut les acheter. Et les rapporter chez soi.

Ce qui s'appelle aussi : du shopping.

« Allez, ce sera marrant ! me lance Nat, qui a repris quelques mètres d'avance. Il y a tout, là-bas, Harriet. Tout ce qu'on peut désirer.

— Ah oui ? fais-je sur le ton le plus sarcastique possible (compte tenu du fait qu'à force de courir ma respiration commence à couiner). Est-ce qu'il y a des crânes de tricératops ?

— Non.

— Est-ce qu'il y a une maquette grandeur nature du premier aéroplane ?

— Sans doute pas.

— Et est-ce qu'il y a un manuscrit de John Donne, avec des petits gants blancs pour qu'on puisse le toucher en vrai ? »

Nat réfléchit à la question. « Je pense que ce serait étonnant, reconnaît-elle.

— Alors il n'y a pas *tout* ce que je peux désirer, tu vois ? »

Quand nous atteignons le car, c'est à peine si je respire encore. Je ne comprends pas : nous avons toutes deux couru la même distance, et toutes deux dépensé la même quantité d'énergie. Comme je mesure un bon centimètre de moins que Nat, j'ai une moindre masse à déplacer à vitesse égale (en moyenne). Nous avons exactement le même nombre d'heures d'EPS par semaine. Et pourtant, en dépit de toutes les lois de la physique, je suis violette et pantelante, tandis que Nat n'est que très légèrement luisante et arrive encore à respirer par le nez.

Il y a des cas où la science ne tient pas debout.

Nat, en pleine crise de panique, se met à tambouriner sur les portes du véhicule. Nous sommes en retard – grâce à mon immense numéro d'actrice –, et on dirait bien que la classe est sur le point de partir sans nous.

« Harriet, me crache-t-elle en se retournant vers moi tandis que les portes commencent à émettre un bruit chuintant, comme si elles se faisaient des bisous. Le tsar Nicolas II a été renversé par Lénine en 1917. »

Je bats des paupières sans comprendre. « Oui. C'est exact.

— Et tu crois vraiment que j'ai envie de savoir ça ? Ce n'est même pas au programme ! Je n'ai *jamais* eu besoin de le savoir. Alors maintenant, c'est ton tour d'admirer quelques paires de chaussures et de faire des *oh* et des *ah* avec moi, vu que Jo a mangé des palourdes et qu'elle est allergique aux palourdes et qu'elle est malade et qu'elle ne peut pas venir et que je ne vais pas me taper cinq heures de car toute seule. OK ? »

Nat inspire à fond et je regarde mes mains, bourrelée de remords. Je suis une égoïste, une sale égoïste. Je suis brillante, aussi : mes mains sont couvertes de paillettes dorées.

« OK, je réponds d'une petite voix. Pardon, Nat.

— Tu es pardonnée. »

Les portes se rouvrent enfin pour nous.

« Et maintenant, grimpe dans ce car et tâche de faire semblant de t'intéresser un chouïa, un soupçon, au moins un tout petit petit peu, à la mode.

— D'accord », dis-je d'une voix encore plus minuscule.

Car, au cas où vous n'auriez pas encore deviné, c'est là que le bât blesse entre nous.

La mode ne m'intéresse pas. Mais alors, pas du tout.

4

Bien. Avant que nous ne montions nous installer dans ce car, peut-être voulez-vous en savoir un peu plus sur moi.

Ou pas. Aussi bien, vous êtes en train de penser : « Remue-toi un peu, Harriet, je n'ai pas toute la journée », comme me le dit sans cesse Annabel. Les adultes ont rarement toute la journée, ai-je remarqué. Toutefois, pour le cas où – comme moi – vous seriez du genre à lire l'intégralité de ce qui est écrit sur les boîtes de céréales au petit déjeuner et sur les bouteilles de shampooing dans le bain, ainsi que les horaires de bus complets alors que vous savez déjà lequel vous allez prendre, vous trouverez ci-dessous quelques infos supplémentaires.

1. Ma mère est morte. En général, c'est le moment où les gens prennent un air gêné et se mettent à dire qu'il ne va pas tarder à pleuvoir, mais comme j'avais trois ans quand c'est arrivé, elle me manque un peu comme un personnage de roman qu'on aime bien. Les seules histoires sur elle que je connaisse appartiennent à d'autres que moi.

2. J'ai une belle-mère, Annabel. Elle a épousé papa quand j'avais sept ans, elle est en vie, et elle est avocate. (Vous n'imaginez pas le nombre de fois où mes parents se disputent à propos de ces deux faits. « Je suis un être vivant ! » hurle Annabel. « Tu parles ! Tu es avocate ! Qui crois-tu tromper ? » lui crie papa.)

3. Papa est dans la publicité. (« Pas dans *les* publicités », précise systématiquement Annabel lorsqu'ils ont des invités. « Je les écris, répond papa, agacé. On ne peut pas être plus "dans la pub" que ça. » « Sauf les acteurs », grince Annabel entre ses dents, et là papa fonce à la cuisine se rechercher une bière.)

4. Je suis enfant unique. Grâce à mes parents, je suis condamnée à vivre mon existence entière sans avoir personne avec qui me chamailler sur la banquette arrière.

5. Nat n'est pas seulement ma Pire Pote. (C'est elle qui s'est décerné ce titre, bien que je lui aie dit que c'était un peu superflu.) Elle est aussi ma Seule Amie. Ma tendance à corriger la syntaxe des gens, et à leur apprendre des faits qui ne les intéressent pas du tout, n'y est peut-être pas complètement étrangère.

6. De même que ma tendance à faire des listes. Comme celle-ci.

7. Nat et moi avons fait connaissance il y a dix ans, à l'âge de cinq ans, ce qui fait que nous en avons quinze. Je sais que vous auriez pu trouver ça tout seuls, mais je m'interdis de partir du principe que les gens aiment faire des calculs de tête simplement parce que moi, je le fais.

8. Nat est très belle. Quand nous étions petites, les adultes lui prenaient le menton et disaient : « Elle va faire des ravages, celle-là », comme si elle ne pouvait pas les entendre et n'était pas en train de se demander à quel moment elle allait commencer à en faire, des ravages.

9. Pas moi. Ma capacité à faire des ravages est équivalente à une secousse sismique survenue à l'autre bout du monde : avec de la chance, je peux espérer faire trembloter une tasse à thé sur sa soucoupe, pas plus. Et même quand ça arrive, c'est tellement étonnant que tout le monde en parle pendant des jours et des jours.

D'autres détails vous parviendront sans doute peu à peu – comme le fait que je ne mange mes toasts que découpés en triangles car cela évite les bords ramollis, ou que mon livre préféré est la première moitié des *Grandes Espérances* suivie de la seconde moitié des *Hauts de Hurlevent* –, mais ça, vous n'avez pas besoin de le savoir pour l'instant. À vrai dire, je veux bien reconnaître que vous n'avez pas besoin de le savoir du tout. Le dernier livre que papa m'a acheté avait un pistolet sur la couverture.

Quoi qu'il en soit, ma dernière caractéristique, que j'ai peut-être déjà mentionnée en passant, est la suivante :

10. Je n'aime pas la mode.

Je ne l'ai jamais aimée, et je ne vois pas pourquoi je m'y mettrais un jour.

Cela ne m'a pas posé de problèmes jusqu'à mes dix ans, environ. En dessous de cet âge, la vie « en civil » n'existait pas vraiment : nous étions soit en uniforme scolaire, soit en pyjama, soit en maillot de bain, ou déguisées en anges ou en brebis pour la crèche de l'école. C'est bien simple : pour les rares jours où il n'y avait pas d'uniforme, nous n'avions qu'une tenue à acheter.

Et puis, l'adolescence s'est abattue sur nous, telle une grosse enclume rose à paillettes. Soudain, il y a eu des règles et c'était *grave* de les enfreindre : des règles sur la longueur des jupes, la coupe des pantalons, les couleurs d'ombre à paupières, la hauteur des talons.

Soudain, le monde s'est divisé entre ce qui était bien et ce qui était abominable. Et entre les deux, il y avait les gens qui, même pour sauver leur vie, n'auraient pas su distinguer l'un de l'autre. Les gens qui portaient des chaussettes blanches et des chaussures noires ; qui aimaient avoir du poil aux pattes parce que c'est tout doux la nuit. Les gens à qui le costume de brebis manquait pour de vrai, et qui auraient secrètement aimé le porter pour aller à l'école, même quand ce n'était pas Noël.

Les gens comme moi, en somme.

Si au moins les règles avaient été *cohérentes*, j'aurais fait de mon mieux pour ne pas me laisser distancer. J'aurais tracé des camemberts ou des graphiques, et j'aurais suivi les bases, avec réticence mais application. Seulement voilà : ce n'est pas ainsi que ça fonctionne. La mode est une véritable anguille : vous essayez de l'attraper par le cou, elle vous glisse entre les mains pour filer ailleurs, et plus vous essayez de la rattraper, plus vous êtes ridicule. Tout le monde se moque de vous jusqu'à ce que vous soyez en train de vous tortiller par terre, et à ce moment-là l'anguille a filé sous la table.

Et donc, pour faire court, j'ai renoncé. Le cerveau a une capacité d'assimilation limitée, et j'ai décidé qu'il n'y avait pas assez de place dans le mien. Tant pis, je préfère savoir que les colibris ne peuvent pas marcher, ou qu'une cuillerée à café d'étoile à neutrons pèse des milliards de tonnes, ou encore que le merle bleu ne voit pas la couleur bleue.

Nat, de son côté, a bifurqué dans la direction opposée. Et soudain, l'ange et la brebis – qui jusque-là s'étaient parfaitement entendus dans les pâturages de Bethléem – n'ont plus eu grand-chose en commun.

Nous sommes toujours Pires Potes. Elle est toujours la fille qui a perdu sa première dent de lait dans ma pomme, et je suis toujours celle qui s'est coincé une graine de tournesol dans le nez à l'école primaire. Mais parfois, le fossé qui nous sépare devient si large que l'une d'entre nous semble vouée à tomber dedans.

Et quelque chose me dit qu'aujourd'hui ce sera moi.

5

Bref.

Tout cela pour dire une chose : je ne suis pas ravie d'être ici. J'ai arrêté de geindre, d'accord, mais je ne cours pas non plus en rond en pétant à tout-va, comme le fait mon chien Hugo quand il est content. Je peux même confesser que j'ai fait deux ans d'atelier menuiserie *précisément* pour ne pas avoir à endurer ces « sorties scolaires textiles ». Deux années passées à me poncer les pouces sans le faire exprès et à grincer des dents en entendant crisser du métal, rien que pour éviter ce jour. Mais il a fallu que Jo aille manger des palourdes, qu'elle vomisse un peu, et bam : me voilà.

Mon premier pas dans le car se passe sans histoire. Juste un pas, derrière Nat. Le deuxième est déjà un peu moins réussi. Le car démarre avant que nous soyons assises, et je suis projetée sur le côté, shootant au passage dans un joli sac en moumoute verte comme jamais de ma vie je n'ai réussi à shooter dans un ballon de foot.

« Espèce de débile mentale, peste Chloé en le ramassant.

— P-p-p-pas du tout, je bégaie en piquant un fard. Les débiles ont un QI compris entre 50 et 69. Je crois que le mien est un peu supérieur à ça, quand même. »

Et là, tout part en sucette. À mon troisième pas, le chauffeur voit une famille de canards traverser la route, écrase le frein et m'envoie voler dans l'allée centrale. J'agrippe par réflexe la première chose qui pourrait m'empêcher de m'écraser la figure par terre. Un appui-tête, une épaule, un accoudoir, un siège.

Un genou.

« Baaah ! crie une voix profondément révulsée. Elle me touche ! »

Et là, penchée sur moi comme si elle venait de me dégobiller dessus, je vois… Alexa.

6

Personnes qui détestent Harriet Manners

Alexa Roberts

Alexa. Mon ennemie jurée, mon adversaire, ma Némésis, mon pire cauchemar. Choisissez : je ne sais pas comment vous appelez quelqu'un qui vous hait, vous.

Je la connais depuis trois jours de plus que Nat et je n'ai toujours pas compris quel est son problème. Tout ce dont je suis sûre, c'est que ses sentiments pour moi sont semblables à ce que j'ai lu sur l'amour : passionnés, désordonnés, inexplicables, incontrôlables. Elle ne peut pas davantage s'empêcher de me haïr que Heathcliff ne peut s'empêcher d'aimer Cathy dans *Les Hauts de Hurlevent*. C'est écrit dans les étoiles. Ce qui serait charmant, si elle n'était pas une telle peau de vache.

Et si je n'étais pas complètement terrifiée par cette fille.

Je la regarde fixement, en état de choc. Je suis toujours cramponnée à sa jambe et à son collant, tel un bébé ouistiti apeuré qui s'accroche à sa branche.

« Lâche-moi, m'ordonne-t-elle. Oh mon Dieu ! »

Je me débats, fais un effort désespéré pour me lever. Il y a environ 13 914 291 404 jambes dans le monde – dont plus de la moitié en pantalon –, et il a fallu que je me rattrape à celle-là ?

« Eurgh ! lance Alexa à la cantonade. Vous croyez qu'elle est contagieuse ? Oh mon Dieu, je sens déjà que ça commence… » Elle grelotte sur son siège. « Non… La lumière… Ça fait mal… Je sens que je me transforme… Au secours, j'ai envie de faire des devoirs… Arrrh, trop tard ! » Elle pose ses mains sur sa figure, puis les écarte, se met à loucher, montre les dents et fait la tête la plus horrible que j'aie jamais vue dans les transports publics. « Noooooon ! Je suis… je suis… devenue… une geeeeeeeeek ! »

Tous les passagers se mettent à rigoler, et quelque part sur ma gauche j'entends un clapotis d'applaudissements. Alexa salue deux, trois fois, me fait une grimace, et se replonge dans son magazine.

J'ai les joues en feu, les mains qui tremblent. Mes yeux commencent à me picoter. Des réactions naturelles à une humiliation rituelle. L'idée que je voudrais faire passer très clairement, là, est que ça ne me *dérange pas* d'être une geek. Ça me va très bien, à moi. Ça n'impressionne personne, d'accord, mais ça ne dérange personne non plus. Je ferais volontiers la geek à longueur de journée, si seulement on me fichait la paix.

Mais voilà : on ne me fiche pas la paix.

« Non mais sérieusement, Alexa, lance Nat d'une voix forte, à quelques mètres devant moi. Tu as reniflé de la peinture fraîche quand tu étais bébé, ou quoi ? »

L'intéressée lève les yeux au ciel. « Tiens, Barbie sait parler, maintenant. Retourne jouer avec tes chaussures, Natalie. Ça ne te regarde pas. »

Je me creuse la cervelle pour trouver quelque chose d'intelligent à répliquer. Quelque chose de mordant, cuisant, cinglant, profondément vexant. Histoire d'infliger à Alexa ne serait-ce qu'un atome de la peine qu'elle m'inflige presque quotidiennement.

« T'es nulle », rétorqué-je de la plus petite voix de souris que j'aie jamais entendue. Et toc ! Bien envoyé ! Sur ce, je pointe le menton le plus haut possible, parcours le reste de l'allée centrale et me laisse tomber dans un siège à côté de Nat avant que mes jambes molles ne cèdent sous moi.

Je suis assise depuis environ trois secondes lorsque la matinée décide sur un coup de tête de devenir encore plus calamiteuse. C'est bien simple, j'ai à peine le temps d'ouvrir mon recueil de mots croisés.

« Harriet ! » fait une voix ravie. Un petit visage tout pâle surgit au-dessus du dossier qui se trouve devant moi. « Tu es là ! Tu es là en vrai pour de vrai de vrai ! » Comme si j'étais le père Noël et lui un gosse de six ans, et que je venais de descendre par sa cheminée.

« Oui, Toby. Je suis là, dis-je à contrecœur. » Sur quoi je me tourne vers Nat pour la foudroyer du regard.

Car ce garçon est Toby Pilgrim.

Toby J'ai-les-genoux-cagneux Pilgrim. Toby J'apporte-mon-bec-Bunsen-perso-en-cours Pilgrim. Toby Je-porte-des-pinces-à-vélo-alors-que-je-n'ai-même-pas-de-vélo Pilgrim. Nat aurait dû me prévenir qu'il serait là : par sa faute, me voici assise derrière le type qui d'habitude me suit partout. À bord d'un car en route pour Birmingham.

7

Imaginez un instant que vous êtes un ours polaire, et que vous vous retrouvez en pleine jungle tropicale. Il y a des écureuils volants, des singes, des grenouilles vert pomme, et vous ignorez absolument comment vous vous êtes retrouvé là et ce que vous êtes censé faire. Vous êtes tout seul, vous êtes perdu, vous avez peur et tout ce que vous savez – mais alors, avec une certitude absolue –, c'est que vous devriez être n'importe où sauf dans cette jungle.

Et maintenant, imaginez que vous tombez sur un *autre* ours polaire. Vous êtes tellement content de voir un congénère – *n'importe quel* congénère –, que vous vous fichez de savoir comment il est, cet ours polaire. Vous le suivez partout, simplement parce que ce n'est pas un singe. Ni un écureuil volant. Parce que c'est le seul être qui vous permette de supporter d'être en pleine jungle tropicale.

Eh bien, c'est exactement la même chose pour Toby. Un geek, absurdement heureux d'avoir trouvé un autre geek dans un monde rempli de gens normaux. Enchanté de découvrir qu'il existe quelqu'un d'autre comme lui. Ce n'est pas moi qu'il convoite. C'est mon statut social. Ou plutôt mon manque dudit statut.

Alors, que les choses soient bien claires : je ne vais pas tomber amoureuse de quelqu'un juste parce qu'il est comme moi. Pas question. Je préfère encore être seule. Ou à la rigueur, vous savez… amoureuse d'un perroquet, sans espoir de retour. Ou d'un de ces petits lémuriens qui ont une queue à rayures.

« Harriet ! » répète Toby. Un peu de morve commence à couler de son nez. Il l'essuie vite fait sur sa manche et me dévisage d'un air extatique. « J'en reviens pas que tu sois là ! »

Je lance un regard mauvais à Nat qui me fait un grand sourire, un clin d'œil, et se remet à lire son magazine. Je ne me sens pas vraiment en *harmonie* avec elle, là, pour être tout à fait franche. J'ai plutôt comme une grosse envie de lui taper sur la tête avec mes mots croisés.

« Oui, fais-je vaguement. Je n'ai pas eu le choix.

— Mais c'est pas génial, ça ? » s'exclame-t-il en s'étranglant de joie et en se haussant sur ses genoux, emporté par son enthousiasme délirant. (Je remarque à cette occasion que son tee-shirt proclame : *Les geeks hériteront de la Terre.*) « De tous les cars de toutes les villes du monde, il a fallu que tu entres dans le mien. Tu as vu ce que je viens de faire, là ? C'est une citation du film *Casablanca*, sauf que j'ai remplacé "bars" par "cars" !

— En effet. »

Nat pouffe discrètement de rire, et je lui pince discrètement la cuisse.

« Sais-tu ce que j'ai appris ce matin, Harriet ? J'ai appris que l'expression "tirer son épingle du jeu" vient vraiment d'un jeu auquel jouaient les enfants au xve siècle. Je peux te prêter le livre, mais comme il y a une tache de pizza à la page 143, tu devras lire autour.

— Euh, ah. Merci. »

Je hoche la tête d'un air entendu, puis lève mon recueil de mots croisés pour bien lui faire comprendre que la conversation est terminée.

Il ne comprend pas.

« Et c'est pas tout ! poursuit-il en rabaissant mon livre pour bien me voir. Tu ne sais pas le plus incroyable ? »

C'est marrant, remarquez : quand Toby est comme ça, j'arrive soudain à entrevoir pourquoi les gens me trouvent tellement pénible.

« Eh bien, savais-tu que… » Le car déboîte légèrement vers la voie centrale de l'autoroute. Toby déglutit. « Savais-tu… que… » Il se passe la langue sur les lèvres. Le car se rabat dans la file de gauche, oui, de gauche car nous sommes en Angleterre, ne l'oublions pas. « Que… » Toby vire au verdâtre et s'éclaircit la gorge. « Ne va pas croire que je me laisse facilement perturber, Harriet, finit-il par reprendre d'une petite voix, mais je ne me sens pas très bien. Je ne suis pas très à l'aise dans les véhicules en général, surtout quand ils sont en mouvement. Tu te souviens de la tondeuse à gazon-motoculteur, en CP ? »

Je le regarde avec horreur, et Nat cesse immédiatement de ricaner.

« Oh non, dit-elle d'un air sombre. Non, non ! »

Visiblement, elle s'en souvient aussi.

« Harriet, continue Toby en s'humectant de nouveau les lèvres tandis que son teint prend une couleur encore plus étrange, je crois qu'il faudrait demander au chauffeur de s'arrêter.

— Toby ! s'exclame Nat d'une voix grave, lourde de menaces. Inspire par le nez et expire par la… »

Trop tard. Le car fait encore une embardée et, comme dans un film au ralenti, Toby m'envoie un regard profondément désolé.

Et vomit partout sur mes genoux.

8

Au cas où vous vous poseriez la question, c'est exactement ce qu'a fait Toby sur la tondeuse à gazon en CP. Sauf que, cette fois, il a réussi à élargir son horizon, dans le sens le plus concret du terme, et à repeindre Nat aussi.

Elle n'est pas contente. Je veux dire, moi non plus, bien sûr : je n'aime pas particulièrement entrer en contact avec le tube digestif de mes semblables. Mais Nat, elle, n'est pas contente du tout du tout.

Elle n'est tellement pas contente que, quand le car se gare enfin devant la Mode Expo au parc des expositions de Birmingham – soit deux heures et demie plus tard –, elle est *encore* en train de crier sur Toby. Et lui, pendant ce temps-là, il nous dit à toutes les deux qu'il se sent nettement mieux : « Vous avez remarqué ? C'est marrant comme tout s'arrange une fois que le vomi est sorti !

— Je-le-crois-pas ! » rumine encore Nat en trépignant dans le parking.

Nous sommes à présent toutes les deux en tenue de foot. En effet, par un merveilleux hasard, deux garçons avaient un entraînement directement après la sortie de classe, si bien que – après beaucoup de plaintes et de gros soupirs – Mlle Fletcher a réussi à les convaincre de nous prêter leurs tenues. Nous portons donc chacune un maillot orange, un short vert et de grandes chaussettes blanches.

Moi, j'aime bien. Je me sens très sportive, tout à coup. Nat, elle, n'est pas si ravie. Nous avons été obligées de garder nos chaussures, et si mes baskets blanches se fondent assez bien dans l'ensemble, ses escarpins rouges, en revanche… moyennement.

« Est-ce que tu as la moindre idée du temps que j'ai passé à choisir ce que j'allais me mettre ce matin ?! » crie-t-elle à Toby tandis que nous approchons des portes. Il réfléchit comme si la question appelait réellement une réponse.

« Vingt minutes ? » hasarde-t-il.

La figure de Nat prend une teinte rouge betterave.

« Une demi-heure ? »

La mâchoire de mon amie se contracte.

« Une heure et demie ?

— Un temps fou ! explose-t-elle. Beaucoup, beaucoup, beaucoup de temps ! » Elle baisse les yeux sur sa tenue. « Et j'avais une robe toute neuve et des leggings

American Apparel, Toby. Tu sais combien ça coûte ? Je portais un parfum *Prada* ! » Elle pince le nylon orange entre ses doigts. « Et je me retrouve en maillot de footballeur, parfumée au vomi ! »

Je lui tapote le dos pour tenter de la consoler comme je peux.

« Au moins, mon vomi était chocolaté, se défend gaiement Toby. J'ai mangé des Chocapic ce matin ! »

Nat grince des dents.

Et lui qui continue allègrement : « En tout cas, je vous trouve superbes, toutes les deux. Vous êtes assorties. C'est hyper tendance. »

Nat pince la bouche en cul de poule, ses poings se serrent et ses sourcils se rejoignent. La regarder, c'est un peu comme voir quelqu'un secouer une bouteille de soda sans retirer le bouchon.

« Toby, souffle-t-elle entre ses dents. Va-t'en. *Tout de suite.*

— Bon, d'accord. Tu veux que j'aille quelque part en particulier ?

— N'importe où. DÉGAGE !

— Toby, dis-je à mi-voix en l'attrapant par le bras, parce que je commence réellement à craindre pour sa sécurité. Tu devrais peut-être entrer. » Je jette un coup d'œil à Nat. « Le plus vite possible.

— Ah. » Il envisage la chose pendant quelques secondes, puis hoche la tête. « Ah. Je comprends. On se voit plus tard, alors. »

Et, non sans m'envoyer un regard qui ressemble un peu trop à une tentative de clin d'œil, il disparaît dans le hall d'exposition, avalé par la porte à tambour.

Une fois certaine qu'il est parti et que Nat ne peut plus lui arracher la tête pour la donner en pâture à un troupeau de pigeons, je me tourne vers elle.

« Nat, dis-je en me mordillant nerveusement un ongle, ce n'est pas si terrible. Franchement. On ne sent pas si mauvais. Prends mon manteau, va, il est plus long que le tien : si tu le passes sur ton maillot de foot, personne ne verra tes vêtements. Tiens, on échange.

— Tu ne comprends pas », me répond-elle. D'un seul coup, sa colère retombe comme un soufflé : elle a juste l'air atrocement malheureuse. « Tu ne comprends pas, c'est tout. »

Je crois que Nat sous-estime mes capacités d'empathie. Et c'est dommage, car je suis quelqu'un de très empathique. J'ai bien dit *em*pathique, pas *a*pathique. Ni *pathétique*.

« Bien sûr que si. Tu n'aimes pas le foot. C'est facile à comprendre.

— Mais non, ce n'est pas ça. Cette journée était *hyper* importante pour moi, Harriet. Il fallait vraiment que je présente bien. »

Je la regarde bêtement. Au bout de quelques secondes, elle se tape du plat de la main sur le front, exaspérée.

« Ils sont là ! »

Maintenant, je regarde bêtement les portes à tambour.

« Qui ça, *ils* ? » je demande tout bas, très inquiète. Je réfléchis encore un peu. « Des vampires ? »

Là, je sens bien que Nat est carrément consternée. « Des vampires ! Honnêtement, Harriet, il va falloir que tu te mettes à lire de vrais livres. »

Je ne vois pas de quoi elle parle. Ce n'est pas parce que je possède beaucoup de livres traitant de choses qui n'existent pas dans la vraie vie que je ne suis pas connectée au monde réel. Je le suis. À fond.

Nat inspire. À fond, elle aussi.

« C'est moi qui ai mis des palourdes dans l'assiette de Jo », souffle-t-elle en évitant mes yeux.

Je la dévisage encore plus bêtement que tout à l'heure.

« Nat ! Mais quelle idée !

— C'est parce que j'ai besoin de toi aujourd'hui, avoue-t-elle du bout des lèvres. J'ai besoin de ton soutien. *Ils* sont là. »

Elle scrute une fois de plus les portes, et déglutit bruyamment. Gloups.

« Mais qui ???

— Les agents de mannequins, Harriet ! s'énerve-t-elle comme si j'étais une idiote. Des flopées d'agents !

— Oh », dis-je (toujours bêtement, notez bien). Puis, après un moment de réflexion : « Ohhhhhhhh. »

Et je comprends enfin ce que je fais là.

9

Nous avions sept ans, le jour où Nat a décidé qu'elle voulait devenir mannequin.

« Oh là là, Natalie, s'est extasiée une maman pendant une boum à l'école. Tu deviens plus belle de jour en jour. À ce rythme, tu finiras par faire toutes les couvertures. »

Je me suis arrêtée un instant de fourrer du gâteau au chocolat et des nounours gélifiés plein les poches de ma robe de fête. « Il faut être belle pour fabriquer des couvertures ? ai-je demandé avec curiosité, tout en attrapant un mini-roulé au jambon avec mes doigts potelés. Moi, je sais tricoter ! » ai-je ajouté, très fière.

La maman m'a lancé ce regard auquel j'étais déjà habituée à l'époque. « Je parlais des couvertures des magazines, a-t-elle expliqué à Nat. De devenir mannequin. Un mannequin, c'est un garçon ou une fille qui reçoit un argent fou pour porter des vêtements qui ne sont pas à lui ou à elle et se faire prendre en photo. »

En regardant Nat, j'ai vu que ses yeux commençaient déjà à briller : la graine de son rêve était plantée.

« Il ne reste plus qu'à espérer que tu seras grande et mince, a ajouté la maman avec amertume, parce que, si tu veux mon avis, on dirait des extraterrestres, toutes autant qu'elles sont. »

À partir de là, Nat a posé son gâteau au chocolat et passé le reste de la soirée assise par terre pendant que je tirais sur ses pieds pour lui allonger les jambes.

Et moi, j'ai passé le reste de la soirée à parler de voyages interplanétaires.

Aujourd'hui, nous y voilà enfin.

Huit années à acheter *Vogue* et à se priver de dessert (Nat, pas moi : je mange les siens), et nous voici enfin au seuil même de sa destinée. Je me sens un peu comme Sam dans *Le Seigneur des Anneaux*, juste avant que Frodo ne jette l'anneau dans les flammes de la Montagne du Destin – mais un Sam plus positif, plus magique. Et avec les pieds très légèrement moins poilus.

Nat n'a pas l'air aussi euphorique que je l'aurais cru. Elle semble surtout terrifiée, raide comme une planche à repasser, debout là, parfaitement immobile, devant l'entrée du parc des expositions. Elle fixe la foule, tel un chaton affamé observant un bassin plein de poissons rouges, et pour être tout à fait franche, je ne suis pas certaine qu'elle respire encore. Je suis tentée de coller mon oreille à sa poitrine juste pour vérifier.

Le problème, c'est qu'elle fait exactement tout le contraire de ce qu'il faut.

J'en connais un rayon en histoires et en magie – grâce à la lecture de nombreux livres ainsi qu'à ma fréquentation de certains forums sur Internet –, et la règle de base, c'est qu'il faut que ça vous tombe dessus par surprise. Personne n'a jamais sauté dans une armoire pour trouver Narnia : ils ont sauté dedans pensant que c'était une armoire ordinaire. Harry Potter se prenait pour un garçon comme les autres. Mary Poppins était censée être une nounou normale.

C'est la première et la seule règle : la magie arrive *quand on ne la cherche pas*.

Mais Nat la cherche, elle, et plus elle cherche, moins il y a de chances que ça arrive. Elle fait fuir les bonnes vibrations de la mode avec ses ondes d'attente et de conscience.

« Allez, viens », lui dis-je, en tirant sur la manche de son (enfin si on veut être précis, *mon*) manteau.

Il faut absolument que je la distraie, si nous voulons que la magie opère.

« Allons faire un peu de shopping, d'accord ?

— Mmm. »

Je crois qu'elle ne m'entend même plus.

« Regarde ! m'écrié-je avec enthousiasme en l'entraînant vers le stand le plus proche. Nat, regarde ! Des sacs ! Des chaussures ! Des pinces à cheveux ! »

Elle m'accorde un bref coup d'œil distrait. « Tu laisses traîner mon manteau par terre, lâche-t-elle.

— Ah. » Je le roule en boule sous mon bras et je me remets à la tirer vers le stand suivant. Je prends un petit chapeau bleu à paillettes pour le poser sur ma tête. « Alors, ça me va ? »

Quand nous étions petites, nous passions des heures et des heures dans les grands magasins, à essayer les chapeaux en imaginant que nous étions invitées à un mariage royal.

« Hm-mm. »

Nat se crispe encore un peu plus et jette un regard par-dessus son épaule.

« Oh, allez, et celui-là ? » Je choisis une grande capeline couverte de grosses fleurs roses et je m'en coiffe. Je tortille du popotin dans sa direction.

Nat fait abruptement volte-face. « Oh mon Dieu ! » souffle-t-elle. Il me faut quelques secondes pour comprendre que ça n'a rien à voir avec mon derrière.

« Tu en as vu un ?

— Je crois ! » Elle regarde mieux. « Oui, je crois que j'aperçois un agent ! »

J'ai beau scruter la foule, je ne distingue rien de rien. Ces gens-là doivent être comme les fées : on ne les voit que quand ils le veulent bien.

« Ne bouge pas d'ici, Harriet, me chuchote-t-elle à toute vitesse tout en commençant à s'éloigner entre les visiteurs. Ne bouge pas un cil. Je reviens dans une seconde. »

Là, je ne comprends plus. Je ne vois pas où est la logique.

« Mais… Tu n'as pas besoin que je vienne avec toi ? Ce n'est pas pour ça que je suis là ? Pour te soutenir ?

— En esprit, ça ira très bien, me crie-t-elle de loin. J't'adore ! » Là-dessus, elle disparaît de ma vue.

10

En esprit? Elle se paie ma tête?

J'aurais été très contente de la soutenir *en esprit* depuis ma chambre, merci bien. J'aurais pu lui textoter mon soutien depuis mon faux lit de mort – ou mon lit de fausse mort, au choix. Je prends un nouveau chapeau, mais je suis de mauvais poil. C'est promis, la prochaine fois que Nat voudra m'emmener faire du shopping, je me jette dans l'escalier.

« Excusez-moi », m'interrompt une voix.

Quand je me retourne, il y a une dame qui me regarde avec une grosse ride entre les sourcils.

« Vous ne savez pas lire ?

— Hummm, je réponds, interloquée. Si. Très bien, d'ailleurs. J'ai le niveau d'une lectrice de plus de vingt ans, si vous voulez tout savoir. Mais merci de m'avoir posé la question.

— Ah oui ? Alors vous pouvez lire ce panneau, là ? Lisez-le tout haut. »

La pauvre femme. Peut-être qu'elle n'est pas beaucoup allée à l'école primaire.

« Mais bien sûr, fais-je d'une voix aimable et – je l'espère – pas trop condescendante (car les gens ne sont pas tous égaux devant le système scolaire). Il est écrit : NE PAS TOUCHER AUX CHAPEAUX. »

Il y a un silence, et là je me rends compte qu'elle n'a sans doute pas de problème d'analphabétisme.

« Ah, dis-je, pendant que ce qu'elle voulait dire arrive jusqu'à mon cerveau.

— Ceci est un chapeau, déclare-t-elle en pointant du doigt celui que j'ai à la main. Cela aussi est un chapeau, continue-t-elle en indiquant celui que j'ai sur la tête. Et vous n'arrêtez pas de les toucher ! »

Je repose vite celui que je tiens et attrape celui qui est sur ma tête. « Désolée. Il est très, euh, très… » Très quoi ? Comment décririez-vous un chapeau, vous ? « … Très *chapeautesque* », j'improvise, après quoi je le tapote un peu et je le range sur le stand.

Et c'est à ce moment-là que mon ongle rongé accroche une fleur.

Nous regardons toutes les deux la fleur se décoller du chapeau et se précipiter au sol, tel un petit enfant faisant un caprice. Et là, comme au ralenti, ce qui était – cela m'apparaît clairement, maintenant – un fil unique se rompt et, une par une, toutes les autres fleurs suivent la première.

Oh, nom d'une sucette à couettes !

« C'est un concept fort intéressant, dis-je après m'être raclé gauchement la gorge, deux fois, tout en commençant à reculer. Des fleurs autodétachables ? Très moderne !

— Elles ne sont pas autodétachables, gronde madame Chapeaux d'une voix grave, hargneuse, les yeux rivés sur le tas de fleurs par terre. C'est vous qui les avez détachées. »

Là, elle indique une pancarte écrite au feutre : *Qui casse paie*, mention suivie du smiley le plus mal placé du monde. « Et maintenant, vous allez devoir le rembourser ! »

Mon Dieu. Elle parle un peu comme un membre de la mafia italienne. Il y a peut-être un département chapeaux dans la mafia.

« Vous savez, dis-je en reculant encore un peu plus vite, vous avez de la chance que ce chapeau ne m'ait pas tuée. J'aurais pu m'étouffer avec une de ces fleurs et en mourir. Le dramaturge Tennessee Williams est bien mort en s'étranglant avec une capsule de bouteille, lui. Vous imaginez, si ça m'était arrivé ? Vous seriez mal, à l'heure qu'il est !

— Je prends les chèques et les cartes de crédit. »

Je fais encore quelques pas en arrière, et elle avance d'autant.

« Écoutez, dis-je de ma voix la plus avocate, la plus Annabel. Disons que *moi* j'oublie que vous avez essayé de me tuer, et *vous*, vous oubliez que j'ai abîmé votre chapeau. Alors ? Nous sommes d'accord ?

— Payez-moi le chapeau, insiste-t-elle en faisant encore un pas vers moi.

— Non.

— Payez ce chapeau.

— Je ne peux pas.

— Vous allez payer ce ch... »

Et c'est à ce moment-là que le destin ou le karma ou l'univers ou un Dieu qui ne m'aime pas trop intervient. Et me fait dégringoler, le derrière en premier, sur le reste du stand.

11

<u>Personnes qui détestent Harriet Manners</u>

Alexa Roberts

Madame Chapeaux

Les propriétaires des stands *24D, 24E, 24F, 24G, 24H*

J'essaie de coller la catastrophe sur le dos du manteau de Nat qui traînait par terre, mais madame Chapeaux ne veut rien entendre. Il y a beaucoup de cris stridents : les miens, principalement, suivis des siens. Et puis d'un seul coup, la foule devient plus dense.

Il semblerait que je n'aie pas seulement renversé la table des chapeaux. Par un effet domino bien connu, ce stand a fait tomber celui d'à côté, qui a fait tomber le suivant, et cetera, et avant que j'aie le temps de dire ouf, six stands sont étalés par terre, de manière très créative, avec moi effondrée au milieu. C'est à cause de ces fausses cloisons en soie, aussi. Elles manquent totalement de stabilité.

Comme moi.

« Voilà pourquoi je ne voulais pas que vous touchiez aux chapeaux ! me hurle madame Chapeaux alors que je n'arrive même pas à me remettre debout. Vous avez tout bousillé ! »

Chaque fois que je pose la main quelque part, quelque chose fait *crounch* en dessous. Et un *crounch* du genre inquiétant. Un *crounch* du genre main qui écrabouille un chapeau.

Depuis ma place au ras du sol, je vois que les tables ont aplati au moins sept couvre-chefs, et que trois autres sont victimes de la carafe d'eau qui était posée sur une chaise, et qui est présentement renversée. Ainsi que la pancarte. Quatre chapeaux de plus portent des empreintes de chaussures en creux, et des traces de pas sur le bord. Je suis assise sur au moins trois autres.

Bon, d'accord, elle n'a pas tout à fait tort.

« Je suis désolée », lui dis-je en boucle. *Crounch, crounch, crounch*. Partout où je regarde, j'aperçois des visages qui n'ont pas l'air de m'apprécier des masses. « Je suis navrée. Je paierai. Je paierai pour *tout*. » Je ne vois pas du tout comment, mais je suppose que cela impliquera beaucoup de lavages de voiture et l'équivalent d'environ six cents ans de punition.

« Ça ne suffit pas ! braille la dame. C'est ici que je fais mon plus gros chiffre d'affaires de l'année ! C'est ici que j'étoffe ma clientèle ! »

Je jette un coup d'œil rapide autour de moi.

« Je suis désolée », je répète, les joues en feu – parce que c'est vrai, quoi, je suis complètement, franchement, sincèrement navrée.

Et je suis sur le point de fondre en larmes, accablée, lorsqu'un individu affublé d'une veste jaune fluo et d'un coquet petit chapeau noir se penche en avant et m'attrape la main. « Vous allez devoir venir avec moi, je le crains », m'annonce-t-il fermement. Il relève ensuite les yeux vers madame Chapeaux. « Pas d'inquiétude, Cocotte, lui lance-t-il. Elle vous les paiera, vos galurins. J'y veillerai personnellement. »

Et il commence à m'entraîner à l'écart du carnage.

Je le regarde avec des yeux ronds, incapable de prononcer un mot.

Rien que pour aujourd'hui, j'ai déjà failli mourir de ma propre maladie bidon, je suis tombée – trois fois –, je me suis fait crier dessus, humilier, vomir dessus, abandonner, et j'ai réussi à saccager une section entière d'un salon d'exposition. Et maintenant juste au moment où je pensais que les choses ne pouvaient pas empirer…

Je me fais arrêter.

12

Voilà ce qui arrive quand on m'oblige à sortir en public.

« C'est pas moi ! » glapis-je pendant que le bonhomme me traîne derrière lui dans la foule. Il me tient par la main, et pour être tout à fait honnête, je ne suis pas certaine qu'il en ait le droit.

Il faut que je m'explique.

« Je veux dire… si, c'est moi. Mais je ne voulais pas. Je suis juste… » Comment dire ? « … handicapée de la vie en société. »

Vous êtes prévenus : c'est ce que je plaiderai devant le tribunal.

« Oh, Bouille-d'Ange, c'est trop *drôôôle* ! me lance l'homme par-dessus son épaule, d'une voix haut perchée qui n'a pas tout à fait l'air de lui appartenir. La vie en société, c'est complètement *surfait*, tu ne crois pas ? C'est bien mieux d'en être éjecté. »

Comment vient-il de m'appeler ? Je proteste, indignée :

« Je ne m'en suis pas fait éjecter ! C'est plutôt que je n'ai jamais réussi à y entrer. Enfin bref, dis-je ensuite aussi fermement que possible, il faut que vous sachiez que je n'ai que quinze ans. » Trop jeune pour aller en prison, ai-je envie d'ajouter, mais je ne voudrais pas lui donner des idées.

« Quinze ans ? *Perfecto mundo*, Petite Minouchette. Ce potentiel de publicité gratuite ! »

Je deviens livide. Publicité gratuite ? Oh mon Dieu, il va faire un exemple avec moi, en guise d'avertissement pour les autres mineurs candidats au vandalisme chapeautesque.

« Avant que vous m'emmeniez où que ce soit, dis-je rapidement, il faut que je retrouve mon amie. Sinon elle va me chercher partout. »

Il cesse de marcher et pirouette vers moi, une main sur la hanche. « Mini-Séquoia, dès que j'aurai une photo de toi, tu pourras t'en aller où tu voudras, mon Roudoudou-Chou. »

Et là, il... Comment dire ? Il... tintinnabule de rire.

Je m'immobilise.

« Une photo ?

— Mais oui, succulente Pêche-Melba. Je pourrais faire un dessin, mais ça ne les a pas fait rire *du tout* au siège, la dernière fois. » Il a encore un petit rire en cascade et me repousse, le poignet tout mou. « Oh, au fait ! ajoute-t-il comme en passant. Moi, c'est Wilbur ; *bur*, pas *iam*. Infinity Models. »

Mes genoux flageolent subitement, mais Wilbur-pas-iam continue de me traîner comme si j'étais montée sur roulettes. Soudain, je sais ce que ressent Toby quand il essaie de faire du saut en hauteur.

Infinity Models ?

Non.

Non, non, non, *non*.

Non non non non non non NONNONNON-NONNON.

« Oh, toute la matinée a été un vrai *côôôô-ch'mar*, poursuit-il comme s'il n'était pas en train de me tracter à travers la salle.

— Mais p-p-p-pourquoi ? bafouillé-je enfin.

— Bah, tu vois, quoi, le souk total. La Mode Expo de Birmingham : temps fort de l'année mode, et cetera, et cetera. Oui, bon, après la Fashion Week de Londres, quand même. Et celle de Milan. Et de New York. Et de Paris. En fait, c'est plutôt bas sur la liste, mais c'est quand même la *folie*. »

C'est bizarre, je n'arrive plus vraiment à sentir ma bouche.

« J-j-je ne vous demandais pas pourquoi vous êtes débordé. Pourquoi voulez-vous une photo de *moi* ?

— Oooh, Bébé-Bébé-Panda, roucoule-t-il par-dessus son épaule. Tu es tellement *demain* que tu es mercredi prochain. Non, tu es jeudi en huit. Tu vois ce que je veux dire ? »

Je le dévisage comme une gourde, la bouche entrouverte. Je pense qu'on peut affirmer sans se tromper que la réponse est non.

« Mais…

— Et j'a-doooore ce look, me coupe-t-il en désignant la tenue de foot. Tellement neuf. Tellement frais. Tellement inattendu. *Inspiré.* »

Ma réplique estomaquée sort toute seule : « J'avais du vomi sur mon jean.

— "J'avais-du-vomi-sur-mon-jean." *J'a-doooore !* Mais où vas-tu chercher tout ça, Chérie-Fou-Foot… ? » Il se tait un instant pour me faire traverser un groupe particulièrement dense de filles qui ont l'air très en colère. « … Je me demande si tu n'es pas sur le point de faire ma carrière, mon petit Pot-de-Tigres. »

Derrière moi, une fille bougonne, perplexe : « Eh, mais elle est *rousse* ! » (Cette fille se trompe, soit dit en passant. Je ne suis pas rousse. Je suis *blond vénitien.*)

« Je ne compr…

— Tout va s'éclairer sous peu, me rassure Wilbur. Peut-être. Peut-être pas, en fait, mais bah, la clarté, c'est teeeellement *out* ! » Il me pousse contre le mur. « Allez, reste là et sois sublime. »

Quoi ? Je ne sais même pas par où *commencer* à essayer de faire une chose pareille.

« Mais… »

Wilbur prend un Polaroïd, le secoue et le pose sur la table.

« De profil, maintenant ? »

Je reste plantée là, encore paralysée, abasourdie. Tout cela n'a aucun sens. Il fait « Tut tut », tourne doucement mes épaules jusqu'à ce que je sois face à l'autre mur, et prend encore une photo.

« *Wilbur…* »

Je me retourne pour chercher fiévreusement dans la foule la tête brune de Nat, mais je ne vois rien du tout.

« Bébé-Pudding, m'interrompt Wilbur, sais-tu que tu ressembles comme deux gouttes d'eau à une grenouille arboricole ? Tu pourrais grimper toute seule comme une grande en haut d'un arbre, je ne serais pas étonné du tout du tout. »

Est-ce qu'il vient de dire que je ressemble à une chose qui a des ventouses sous les orteils ? Peu après, mes idées s'éclaircissent. Concentration, Harriet. Bon sang de bois, *concentre-toi*.

« Il faut que je m'en aille, dis-je le plus vite possible tandis que Wilbur me fait encore pivoter pour prendre une dernière photo. Il faut que je parte d'ici. Il faut que… »

Mais là, je vois Nat me foncer droit dessus. Et je sais deux choses, sans aucun doute possible :

1. La magie a atrocement mal tourné.
2. Nat va me tuer.

13

Me cacher sous la table n'est peut-être pas la meilleure décision impromptue de ma vie, mais c'est la seule que j'ai trouvée. Et c'est un problème.

Primo, parce que Wilbur sait que je suis là. Il vient de me voir me jeter par terre et filer à quatre pattes. Deuzio, parce que la nappe n'arrive pas tout à fait jusqu'au sol. Et troizio, parce qu'il y a déjà quelqu'un là-dessous.

« Salut », me dit l'individu en question en m'offrant un chewing-gum.

Il y a des moments, dans ma vie, où les synapses réagissent très vite dans mon cerveau. Par exemple, en contrôle d'anglais : en général, je termine la dissertation bien avant la sonnerie et j'ai encore tout le temps de gribouiller des petites illustrations adéquates dans la marge, histoire de grappiller quelques points supplémentaires. D'autres fois, cependant, ces mêmes synapses ne font rien du tout. Elles restent les bras ballants, dans un silence perplexe, à me regarder en haussant les épaules.

Comme en ce moment.

Je contemple le chewing-gum, stupéfaite, puis je regarde le garçon qui le tient et je bats des paupières. Il est tellement beau que j'ai l'impression que ma cervelle a implosé et que ma boîte crânienne va s'effondrer sur elle-même. Une sensation, en réalité, pas si désagréable que ça.

« Alors ? insiste le gars en se radossant au mur, les yeux mi-clos. Tu le veux, ce chewing-gum, ou non ? »

Il a à peu près mon âge et il ressemble à un lion, mais en brun. Il a de grosses boucles noires qui partent dans toutes les directions, des yeux obliques et une bouche large qui se recourbe aux commissures. Il est tellement magnifique que tout ce que j'entends dans ma tête, c'est un bruit blanc, pareil au grésillement d'un vieux téléviseur qu'on vient d'éteindre.

La parole humaine exige l'interaction de soixante-douze muscles différents, et pour l'instant pas un seul ne fonctionne chez moi. J'ouvre et referme la bouche plusieurs fois, comme un poisson rouge.

« Je vois, continue-t-il avec cet accent nonchalant et indéfinissable, que c'est une décision extrêmement importante qui te demande une réflexion intense. Je vais donc te laisser quelques secondes de plus pour que tu pèses bien le pour et le contre. »

Il a des canines très pointues, et quand il prononce le son « f », elles accrochent sa lèvre inférieure. Il a un grain de beauté sous l'œil gauche et il dégage une odeur, comment dire... verte, un parfum d'herbe. Ou de légumes. Ou peut-être de bonbon au citron vert.

Une de ses boucles rebique à l'arrière, comme une petite queue de canard. Et je viens de me rendre compte que je le dévisage toujours, et qu'il me regarde toujours, et qu'il attend toujours ma réponse. Je vais donc à la pêche dans mon cerveau, histoire d'y dégoter une réponse appropriée.

« Le chewing-gum est interdit à Singapour, dis-je dans un souffle. Strictement interdit. »

Ensuite, je cligne des yeux, deux fois. Ce n'est sans doute pas la meilleure phrase que j'aie jamais utilisée pour démarrer une conversation.

Ses yeux s'ouvrent tout grand.

« On est à Singapour ? Combien de temps ai-je dormi ? À quelle vitesse se déplace cette table ? »

Bien joué, Harriet.

« Non, répliqué-je tout bas, les joues déjà bien chaudes, on est encore à Birmingham. Je voulais juste dire que, si nous étions à Singapour, nous pourrions être arrêtés rien que pour avoir des chewing-gums sur nous. »

Arrête de parler, Harriet.

« Sans blague ? »

Gloups.

« Oui. Mais heureusement, on n'est pas à Singapour, donc tu ne risques rien.

— Bon, Dieu soit loué et vive la législation britannique », dit-il en appuyant de nouveau la tête contre le mur.

Sa bouche tressaille. Et ensuite, il y a un long silence durant lequel il ferme les yeux, et je deviens toute rouge en me demandant s'il est possible de faire une pire première impression.

La réponse est non.

« Je m'appelle Harriet Manners, finis-je par admettre avant de lui tendre la main, puis de comprendre qu'elle est moite à cause de mes nerfs, et de la retirer en vitesse en faisant semblant de me gratter le genou.

— Bonjour, Harriet Manners, me répond l'Homme-Lion. (Et pendant ce temps tout ce que j'ai en tête, c'est : "Je sais qu'il y a une chose en dehors de cette table que je suis censée fuir, mais je ne vois plus du tout ce que c'était.")

— Euh… » Réfléchis, Harriet. Trouve un truc normal à dire. « Ça fait longtemps que tu es là ?

— Environ une demi-heure.

— Pourquoi ?

— Je me cache de Wilbur. Il m'utilise comme appât. Il n'arrête pas de me lâcher dans la foule pour voir combien de jolies filles je peux ramener.

— Comme un asticot ? »

Il rit. « Oui. En gros, tout à fait comme un asticot.

— Et… ça mord ?

— Je ne sais pas encore, dit-il en rouvrant un œil pour me toiser. Il est encore un peu tôt pour le dire.

— Ah. » Je consulte rapidement ma montre. « Il n'est pas si tôt, tu sais. En fait, c'est presque l'heure du déjeuner. »

Le garçon regarde ma montre – qui a un couteau, une fourchette et une cuillère en guise d'aiguilles –, hausse un sourcil et m'observe attentivement pendant quelques secondes. Son nez remue un petit peu. Et là, clairement fasciné par la formidable première impression que je lui ai faite, il referme les yeux.

Maintenant que l'Homme-Lion ne donne plus signe de vie, j'éprouve un besoin intense de lui poser toutes sortes de questions. Je veux tout savoir, sans exception. Par exemple, quelles origines trahit son accent ? Si je sors une carte du monde de mon sac, pourra-t-il me montrer d'où il vient ? Y a-t-il des animaux bizarres et de très gros insectes, là-bas ? Est-il enfant unique, lui aussi ? Les trous dans son jean étaient-ils déjà là quand il l'a acheté, comme celui de papa, et sinon comment les a-t-il faits ?

Mais rien ne sort. Et c'est une chance, car en général les gens n'adorent pas que je les bombarde de questions lorsqu'ils essaient de dormir.

« Est-ce que tu te caches souvent sous les meubles ? » finis-je par réussir à lui demander.

Il me sourit, et ce sourire est si large qu'il divise son visage en plusieurs adorables facettes et que mon estomac me fait immédiatement l'effet d'un lave-linge en mode essorage.

« Je n'en fais pas une habitude. Et toi ?

— Tout le temps, dois-je admettre à regret. *Tout* le temps. »

Chaque fois que je panique, à vrai dire. Et, vu que je panique beaucoup, je me suis déjà trouvée sous beaucoup de choses. Des tables de salle à manger, des bureaux, des dessertes, des comptoirs de cuisine… tout meuble susceptible de m'aider à disparaître. C'est d'ailleurs ainsi que j'ai connu Nat.

Ça y est, je viens de me rappeler ce que je fais ici.

14

Au cas où vous vous le demanderiez, j'ai rencontré Nat sous un piano.

C'était le lendemain de la rentrée au CP, et j'en avais déjà ma dose. Alexa s'était déjà entichée de moi – ce que vous venez de lire est une antiphrase, comprenez que c'était exactement l'inverse –, et j'étais déjà victime de ses blagues les plus subtiles. « Qui sent le plus mauvais ? Harriet ! » « Qui a des cheveux comme une carotte ? Harriet ! » « Qui a renversé son lait sur ses genoux, sauf qu'en fait c'est du pipi ? Harriet !!! »

J'avais donc attendu que tout le monde soit sorti, après quoi j'avais rampé sous le piano. Où je suis tombée sur une Nat désespérée, qui pleurait parce que son père venait de se faire la malle avec la vendeuse du magasin bio. Nous avons sympathisé sur-le-champ, probablement parce que chacune d'entre nous était privée d'une moitié de l'équipe parentale : c'était un peu comme découvrir la moitié manquante d'un pendentif de l'amitié. Je lui ai offert une part à temps partiel de mon père, elle m'a proposé un peu de sa mère, et voilà : nous étions Pires Potes. Et nous l'avons toujours été depuis.

Du moins, toujours jusqu'à… maintenant.

« Harriet, fait une voix quelque part au-delà de la nappe (au-dessous de laquelle sont visibles deux escarpins rouges). Tu t'imagines peut-être que tu es devenue invisible au cours de la dernière demi-heure, mais si c'est le cas, tu te trompes. Je te vois toujours. »

Mon estomac fait un nouveau saut périlleux, et cette fois cela n'a rien à voir avec le garçon assis à côté de moi.

« Ah.

— Oui, *ah*. Donc, autant que tu sortes, maintenant. »

L'Homme-Lion a toujours les yeux fermés, je lui chuchote « Merci d'avoir partagé la table avec moi », et je m'extirpe de ma lamentable cachette.

Nat a l'air furax. Encore plus que le jour où j'ai renversé son flacon de parfum Gucci tout neuf par la fenêtre en exécutant un enchaînement de danse impromptu qu'elle ne voulait même pas voir.

« Qu'est-ce que tu fous, Harriet ? » me souffle-t-elle tout en jetant un regard perplexe dans la direction de Wilbur.

Je panique déjà.

« Je… Ce n'est pas ce que…

— J'en reviens pas », me coupe-t-elle. Ses joues sont de plus en plus rouges et ses yeux n'arrêtent pas d'aller et venir entre moi et Wilbur. « Je sais bien que tu n'aimes pas le shopping, Harriet, et je sais aussi que tu ne voulais pas venir aujourd'hui, mais te cacher sous cette table-*là*… Je veux dire, parmi toutes les tables… »

Elle regarde une fois de plus vers Wilbur, totalement mortifiée.

Je fronce les sourcils. De quoi parle-t-elle ? Puis je comprends d'un coup, avec un sentiment d'horreur. Nat ne sait pas que je viens d'être repérée. Elle n'a pas vu qu'on m'avait prise en photo. Elle m'a trouvée ici et a supposé que je l'avais suivie et qu'ensuite je m'étais cachée sous une table parce que être un boulet total est le seul domaine dans lequel j'excelle. Et, exactement au même moment, je jette un coup d'œil à Wilbur et la stupéfaction m'envoie un vrai coup de poing dans le ventre. Il est complètement indifférent. Il ne s'intéresse pas à Nat. *Elle n'a pas été repérée*. Ce qui veut dire – et à ce stade, mon estomac a carrément la sensation d'être électrocuté – que je viens, de manière totalement involontaire, de lui souffler sous le nez le rêve de sa vie.

Que je le lui ai *volé*.

Je la dévisage, alarmée.

« Alors ? fait-elle d'une voix qui commence à trembloter. Que se passe-t-il, Harriet ? »

Je peux rattraper le coup, me dis-je à toute vitesse. Il n'est pas trop tard.

Je ne suis pas obligée de briser le cœur de Nat et de broyer son rêve, et je ne suis pas obligée non plus de le faire de la manière la plus humiliante possible : à l'endroit même où elle croyait qu'il se réaliserait, devant la personne même qui aurait pu lui donner ce qu'elle voulait.

« Je cherchais des joints de table inhabituels. Pour l'atelier menuiserie. »

Un silence, le temps d'un battement de cœur.

« Hein ?

— Un devoir pour l'atelier menuiserie, dis-je en faisant tout pour avoir l'air assuré. Il paraît que l'artisanat local peut être très intéressant, et le prof nous a dit de chercher dans d'autres régions du pays. Comme… Birmingham. »

Nat ouvre la bouche et la referme.

« Quoi ?

— Et donc (je couine d'une voix de plus en plus faible), de loin, cette table m'a semblé très… solide. En termes de construction. Et j'ai eu envie d'aller voir ça de plus près. Tu vois, quoi. De… dessous.

— Et ?

— Et ?… Et quoi ?

— Et ils étaient comment, ces joints de table ? me demande-t-elle, les paupières de plus en plus plissées. Quel genre ? Je veux dire, tu es restée là-dessous un bon bout de temps. Tu as dû avoir le temps de bien voir. »

C'est un test. Elle vérifie si je ne mens pas, et je ne peux pas franchement lui en vouloir. C'est vrai, quoi, j'ai commencé la journée en me tartinant la figure de talc et de rouge à lèvres.

« Je crois que… »

Je ne sais absolument pas quoi dire. Et il y a de bonnes chances pour que Nat s'agenouille par terre pour vérifier par elle-même.

« Ce sont des…

— Des queues-d'aronde », fait alors une voix.

L'Homme-Lion sort de sous la table.

« Nick ! Te voilà enfin ! » piaille alors Wilbur d'un air extasié.

Sur quoi, il scrute la table avec stupéfaction, comme si c'était une sorte de portail ouvrant sur un univers parallèle.

« Vous êtes encore combien, là-dessous ? »

Nat dévisage l'Homme-Lion, puis re-moi. Puis re-lui. Avec des rides de plus en plus profondes sur le front.

« Des *queues-d'aronde* ?

— Oui, des queues-d'aronde », confirme Nick en lui décochant un sourire de travers.

Nat me jauge et papillote trois ou quatre fois des paupières. Elle essaie d'assimiler la situation, laquelle est, je dois dire, fondamentalement inassimilable.

« Mmm, fais-je d'une voix à peine audible, c'est bien ce que je pensais. »

Il y a un silence. Un long silence. Le genre de silence dans lequel on pourrait mordre une bouchée, au cas où on aurait envie de manger du silence.

Et là, juste au moment où je me dis que je m'en suis peut-être tirée et que tout va s'arranger, le regard de Nat tombe sur la main de Wilbur. Entre ses doigts, il tient les trois polaroïds de moi. Tirés spécialement pour dévoiler à mon amie la vraie nature de mes affreux mensonges, tels trois portraits de Dorian Gray miniatures.

Le silence se brise. Nat émet une sorte de sanglot du fond de la gorge, et je fais automatiquement un pas vers elle pour tenter de l'arrêter.

« Oh non, Nat, je ne… »

Elle s'écarte de moi, le visage tout chiffonné. Elle sait, et elle l'a appris de la manière la plus atroce possible. En public, pile au moment où je lui racontais un gros bobard.

J'aurais dû rester couchée.

Ou au moins planquée sous la table.

« Non », souffle Nat.

Et sur ce dernier mot – celui qu'aucune de nous deux ne peut retirer –, elle tourne les talons et part en courant.

15

Personnes qui détestent Harriet Manners

Alexa Roberts

Madame Chapeaux

Les propriétaires des stands 24D, 24E, 24F, 24G, 24H

Nat

Traîtresse. Perfide. Judas. Renégate. Serpent. C'est une bonne chose que j'aie apporté mon dictionnaire des synonymes pour faire mes mots croisés, car Nat refuse de me parler tout le restant de la journée, si bien qu'il me reste, hélas, énormément de temps pour penser au mal que je lui ai fait.

Félonne. Je l'aime bien, celui-là, on imagine une sorte de lionne très féline.

Et le pire, c'est que le temps que je me ressaisisse assez pour sortir du petit coin crasseux dans lequel je m'étais réfugiée, un *vrai* vigile m'a retrouvée et traînée jusqu'à un bureau rempli d'encore plus de gens qui avaient l'air de m'en vouloir. Apparemment, les exposants me réclament – à moi ou à mon tuteur légal – la somme de trois mille livres.

Voilà ce qui arrive quand on installe des tables couvertes de flacons d'encre à côté de tables couvertes de robes à côté de tables couvertes de chapeaux à côté de tables couvertes de bougies en cire chaude et que chacune s'accompagne d'une pancarte QUI CASSE PAIE et d'une assurance insuffisante.

Je ne suis pas du genre à geindre sans raison. D'ailleurs, je me considère volontiers comme une personne positive et pleine de vie, quoique pleinement consciente des aspects sombres et tragiques de la vie moderne.

Mais il faut bien le dire : la journée d'aujourd'hui est pleine de sucettes… au piment.

Le reste de mon jeudi, en effet, pourrait être résumé ainsi :

Nat m'envoie balader.

Je suis donc forcée de m'asseoir à côté de Toby dans le car et de le supporter pendant l'intégralité des deux heures et demie du trajet de retour.

Il me dit que si l'eau est bleue, ce n'est pas parce qu'elle reflète le ciel, mais parce que la structure moléculaire de l'eau en elle-même reflète la couleur bleue et que par conséquent notre professeur d'arts plastiques se trompe et qu'il faudrait alerter les autorités.

Je remonte mon pull par-dessus ma tête.

Je reste sous mon pull pendant les deux heures qui suivent.

Quand nous arrivons devant le collège, je suis tellement shootée par mon propre dioxyde de carbone et par mes vapeurs de déodorant que je n'ai pas la présence d'esprit de m'excuser. Avant même que mes yeux se soient accoutumés à la lumière, Nat est descendue du car et a disparu. Je n'ai plus qu'à rentrer seule chez moi.

Et ne cherchez pas, tout cela n'a aucun sens pour moi non plus. J'ai tourné et retourné les faits dans ma tête comme un casse-tête chinois pendant des heures, mais il n'y a toujours aucune explication convaincante à ce qui s'est passé aujourd'hui. À moins que j'aie atterri sans le savoir dans un univers parallèle où tout est inversé, où les arbres sont à l'envers et où les gens parlent à rebours et où on marche dans le ciel avec la terre comme plafond et où les fleurs poussent vers le bas. Ce qui paraît peu probable.

M = (1/P/T) × J + NBF + CES + S + X

Sachant que M représente *Mannequin*, P *Poids*, T *Taille*, J *Joliesse*, NBF *Nez bien formé*, CES *Confiance en soi*, S *Style* et X *Classe indéfinissable*, et que chaque élément (à part le Poids et la Taille, bien sûr) se voit attribuer une note objective sur dix, et que plus haut est le résultat global, meilleur mannequin on est.

D'après mes calculs, Nat obtient un résultat de 92. Moi, 27,2. Et encore, j'ai été gentille avec mon nez.

Quoi qu'il en soit, j'ai renoncé à y songer. Il est évident qu'il y a eu une erreur quelque part, et qu'à cet instant précis quelqu'un est en train de taper Wilbur sur la tête et de lui enfiler une jolie veste dont les bras s'attachent dans le dos.

Et je précise, juste au cas où, que je ne pense pas à Nick non plus. Il ne m'est pas venu une seule fois en tête, avec ses grosses boucles de lion et son odeur de citron vert et sa petite queue de canard derrière. En fait, c'est à peine si je me souviens de lui. Des garçons étrangers beaux à tomber par terre, j'en rencontre tous les jours. C'est bien simple, je ne peux pas me cacher sous une table sans en trouver un. Aucune raison que celui-là s'attarde particulièrement dans ma mémoire ou fasse faire des pirouettes à mon estomac.

Et… je ne suis pas *du tout* passée cinq ou six fois devant le stand d'Infinity Models pendant le reste de la journée pour voir s'il était là. D'ailleurs, il n'y était pas.

Le hic, c'est que je n'ai pas des masses d'autres choses auxquelles penser. J'ai l'impression que mon crâne est tout cassé et qu'il faudrait le raccommoder avec du joli fil doré, pirouette, cacahuète. Il ne me reste qu'une chose pour me changer les idées, et ce n'est pas hyper marrant non plus. Alors, vous avez deviné ?

Eh oui.

Maintenant, il faut que je rentre mettre mes parents au courant.

16

<u>Dette : 3000 €</u>

Argent de poche : 5 € par semaine

Temps total requis pour payer dette avec argent de poche = 600 semaines = 11,1 ans

Âge à l'acquittement de la dette : 26,11 ans

<u>Abordage du sujet option 1</u>

Papa ? Annabel ? J'ai été repérée par une agence de mannequins et je dois 3000 €. Ah, et pourriez-vous me laver mon jean ? Il sent le vomi.

<u>Abordage du sujet option 2</u>

Papa ? Annabel ? J'ai été repérée par une agence de mannequins et je dois 3000 €. Ah, et pourriez-vous me laver mon jean ? Il sent les Chocapic.

<u>Abordage du sujet option 3</u>

Papa ? Annabel ? Je pars pour le Mexique et, oui, c'est bien une fausse moustache.

Le problème, quand on échafaude des plans minutieux et d'une construction magistrale, c'est que les gens ont tendance à ne pas les suivre du tout. Les autres, je veux dire. Pas moi ! Moi, je m'y tiens religieusement.

Au moment où je pousse la porte, je suis déjà en train de me racler la gorge. J'ai décidé de commencer par évoquer l'agence de mannequins, en espérant que mes parents seront tellement paralysés par la stupéfaction que je pourrai alors leur glisser sans douleur la somme astronomique qu'ils doivent aux différents exposants, tel un dentiste pratiquant une anesthésie locale avant de vous dévitaliser une dent.

« Papa ? Annabel ? » dis-je avec nervosité en refermant derrière moi.

Hugo déboule immédiatement dans mes jambes et pose ses pattes avant sur mon ventre. Il sort sans aucun doute de chez le toiletteur, car je peux localiser ses yeux au lieu de simplement deviner leur emplacement en calculant l'angle par rapport à la truffe.

« Bonjour, Hugo, lui chuchoté-je en me baissant vers lui. Tu es très élégant, dis donc. »

Il me lèche la figure, ce qui signifie, je crois : « Merci beaucoup », ou peut-être : « Tu sens la saucisse ». Puis je me redresse.

« Papa ? Annabel ? »

Silence.

Vous savez quoi ? Il va vraiment falloir travailler sur l'atmosphère accueillante, dans cette maison. J'ai passé la journée dehors, et la nuit est tombée. Pourquoi ne sont-ils pas tous les deux dans l'entrée, à attendre avec impatience que je rentre saine et sauve et en un seul morceau ? Qu'est-ce que c'est que ces parents ?

« Papa ? je répète, un peu grognon. Annab…

— Harriet ? m'interrompt Annabel depuis le salon. Viens ici, s'il te plaît. »

Je pousse un gros soupir, pose mon sac par terre et obéis. Annabel est assise sur le canapé, vêtue de son tailleur de travail, en train de manger, inexplicablement, des sardines à même la boîte. Papa est dans le fauteuil en face d'elle.

Vous vous rappelez ce que je disais à propos des enfants, et du fait que la vie sans uniforme n'existe pas réellement pour eux ? Eh bien, c'est la même chose avec les avocats. Annabel est soit en tailleur, soit en peignoir, sauf quand elle passe son peignoir par-dessus son tailleur. Quand elle sort pour un dîner, elle doit s'acheter une tenue pour l'occasion.

« Mais qu'est-ce que tu manges ? je lui demande immédiatement en prenant une chaise, les yeux rivés sur sa boîte de sardines.

— Des sardines, m'explique-t-elle – comme si je n'avais pas voulu dire : "Mais *pourquoi* est-ce que tu manges ça ?" –, et sur ce elle en avale une entière. Bon, Harriet, ajoute-t-elle, ton père a des ennuis au travail.

— Annabel ! s'exclame alors papa. Pour l'amour de… Enfin, ne lui balance pas une chose pareille à la figure comme ça ! Il faut la préparer progressivement, bon Dieu ! »

Ma belle-mère lève les yeux au ciel.

« Très bien. Bonsoir, Harriet. Comment vas-tu ? Ton père a des ennuis au travail. »

Puis elle regarde papa.

« C'est mieux, comme ça ? »

Il boude, maintenant.

« Pas du tout. Ce n'est rien, Harriet. Juste un petit désaccord entre nous.

— Tu as dit à ton client le plus important d'aller se faire… empapaouter, pour être polie, Richard. En plein milieu d'une réception. »

Papa arrache une bouloche de son fauteuil.

« Oui, bon, il n'était pas censé entendre ! se défend mon père. C'est sorti trop fort à cause de l'acoustique de la salle. C'est la faute des murs en pierre.

— Et nous sommes ravis de te donner ce superbe exemple de comportement adulte et responsable à suivre, Harriet.

— C'est à cause des murs ! » s'écrie papa, exaspéré.

J'observe Annabel. Sous un fin vernis d'ironie décontractée, elle semble réellement inquiète.

« C'est grave ? je demande.

— Oui, c'est grave. Ils l'ont convoqué devant une commission disciplinaire demain.

— Simple formalité, bougonne papa. Je suis un créatif : c'est normal que je sois imprévisible. C'est ce qu'on attend de moi. Je suis capable de mettre des chaussures en daim quand il pleut ; ils ne savent juste pas comment réagir. Vous allez voir qu'ils vont m'augmenter, pour récompenser mon non-conformisme. »

Annabel hausse un sourcil, un seul, puis se frotte les paupières.

« Eh bien, espérons-le, parce que nous n'avons vraiment pas les moyens de vivre sur un seul salaire en ce moment. Enfin bref. Et toi, Harriet ? Tu as passé une bonne journée ? Une journée parfumée, j'imagine, parce que quand je suis entrée dans la salle de bains, je me suis retrouvée jusqu'aux genoux dans le talc à la vanille de ta grand-mère. »

Je pique du nez.

« Ah, pardon. J'avais l'intention de nettoyer.

— Je n'en doute pas. Si seulement ton nettoyage réel était à la hauteur de tes intentions, nous aurions une maison impeccable. As-tu réussi à éviter ce que tu essayais d'éviter, cette fois-ci ? »

À bien y repenser, je ne vais peut-être pas leur parler *tout de suite* de l'argent. L'honnêteté est fondamentale dans une famille. Mais le timing aussi. Surtout lorsqu'il est question d'une somme comme 3 000 £ alors que votre père est en train de jeter son job par la fenêtre.

« Alors ? insiste-t-elle après un silence. Dis-nous tout, chérie.

— Je, euh… Eh bien, comment dire… » J'inspire à fond et je me prépare à affronter le… la… enfin la réaction qu'on obtient de ses parents lorsqu'on annonce une nouvelle pareille. « J'ai été castée », finis-je par articuler à grand-peine.

Il y a un silence. Je vais être plus claire.

« Aujourd'hui. J'ai été castée aujourd'hui. »

Encore un silence, puis Annabel prend un air tout pincé.

« Quoi ? »

Elle pose sa boîte de sardines, me fait lever de ma chaise et m'observe d'un air consterné. Elle fait signe à papa de s'approcher, et ils échangent un regard désolé. Mais qu'est-ce qu'ils ont ?

« Harriet, finit-elle par me dire fermement, ce n'est pas possible. Tu devais être malade le jour où ils vous ont expliqué tout ça à l'école. En éducation sexuelle. »

Hein ? Ah !

« Pas *castrée* ! Je le sais bien, qu'on ne peut pas me castrer, je ne suis pas un chat ! *Castée*. Repérée. Remarquée. Découverte. Trouvée. » Comme ils restent de marbre, je m'énerve encore plus. « Par une agence de mannequins ! Infinity Models, pour être exacte. »

Annabel semble encore plus perdue.

« Pour faire quoi, au juste ?

— Pour emballer des patates.

— Ah bon ?

— Mais non ! Pour être *mannequin* ! » je crie, désespérée.

C'est une chose de ne pas se trouver jolie, mais c'en est une autre de voir cette idée confirmée par les seules personnes au monde qui sont censées penser le contraire.

Annabel fronce de nouveau les sourcils. Papa, en revanche, rayonne de la lumière d'un million de bonnes fées qui ne se prennent pas pour de la crotte.

« C'est mes gènes, ça, tu sais, dit-il en me montrant du doigt. Là, en chair et en os devant moi. Mon patrimoine génétique.

— Bien sûr, mon chéri, tes gènes », répète Annabel comme si elle s'adressait à un petit enfant.

Et là, elle se rassied et prend son journal.

Je les regarde tour à tour. Quoi, c'est *tout* ? Non mais sérieux ?

Bon d'accord, je ne m'attendais pas à les voir se mettre à danser sur la table basse en agitant leurs Sudokus comme des plumes d'autruche, mais un *tout petit peu* plus d'enthousiasme, ça leur aurait fait mal ? C'est fantastique, Harriet ! auraient-ils pu me dire. Finalement, tu n'es peut-être pas aussi répugnante à voir qu'on l'a toujours cru. Quelle bonne nouvelle pour toute la famille !

Ou au moins quelques mots pour rappeler que ce serait l'événement le plus époustouflant qui soit jamais arrivé à quiconque, si j'étais quelqu'un d'autre et si nous étions une famille complètement différente.

Annabel relève les yeux et me voit toujours plantée là, estomaquée.

« Quoi ? C'est non, Harriet. Tu es trop jeune, et tu dois te consacrer à tes études.

— *C'est non* ? reprend papa d'une voix incrédule. Comment ça, c'est non ? »

Annabel lui répond calmement :

« Elle a quinze ans, Richard. Ce n'est absolument pas de son âge.

— Mais c'est Infinity Models, Annabel. Même moi, j'en ai entendu parler.

— Des centaines de belles femmes réunies au même endroit ? Je ne doute pas que tu connaisses, chéri. Mais c'est quand même non.

— C'est pas vrai ! s'égosille soudain papa. C'est trop injuste ! »

Vous voyez le problème ? C'est dur d'être un enfant dans ma famille, alors que la place est déjà prise.

Je préfère l'arrêter tout de suite.

« Bah, dis-je, je ne veux pas vraiment le faire. Je vous informais, c'est tout. Mais vous auriez quand même pu, je ne sais pas… me féliciter, quoi.

— Comment ça, *tu ne veux pas* ? » me hurle papa. Allons bon. Annabel fait la grimace.

« C'est du mannequinat. La mode. Qu'est-ce que ça a d'intéressant ? Pourquoi est-ce que ça vous met dans tous vos états, subitement ? »

Je la regarde, puis regarde papa, puis regarde Hugo. Le chien descend de son fauteuil en remuant la queue pour venir me faire une léchouille. Je crois qu'il a compris que j'en avais grand besoin.

« Bon, très bien », dis-je d'une voix légèrement dépitée.

La seule chose vaguement palpitante qui me soit jamais arrivée vient de se produire, et c'est déjà terminé. J'ai un peu envie de faire la tête. Papa, apparemment, est encore sous le choc.

« Bien ! lâche Annabel en secouant la télécommande pour faire marcher les piles et allumer la télé. Qui veut regarder un documentaire sur les criquets ? »

17

Je fais la tête pendant environ vingt-cinq minutes, après quoi je me lasse et je passe le reste de ce jeudi soir à a) *ne pas* penser à Nick, et b) me préparer à faire du charme à Nat pour qu'elle redevienne ma Pire Pote. Fleurs, cartes, poèmes ; je lui confectionne même des muffins spéciaux, personnalisés, sans sucre, avec des photos d'elle et moi dessus (pas des photos comestibles, je n'ai pas eu le temps ; de vraies photos). Ensuite, je les mets dans mon sac pour les emporter au lycée, où je prendrai Nat en embuscade pour la convaincre de ma culpabilité et/ou de mon innocence. Tout ce qu'elle voudra, du moment que sa colère contre moi disparaît.

Eh bien, c'est un pur gaspillage de temps, d'efforts et de farine. Il semble que je n'aie pas du tout besoin de faire du charme à Nat. Le vendredi matin, à 8 heures pétantes, on sonne à la porte.

Je m'étrangle de surprise, en pleine tartine de confiture :

« Nat ! Tu es là ! »

Ce qui donne, en réalité, une sorte de *Nnnnaaaat-chhhh uéglaaahhhhh !* tout poisseux et parfumé à la fraise.

« C'est ton petit dej ? *Sérieux* ? » me coupe-t-elle en posant un regard sévère sur ce qui reste de ma tartine, que je tiens encore à la main.

Je pointe le nez en l'air avec toute la dignité dont je suis capable.

« La tartine de confiture constitue un petit déjeuner parfaitement équilibré, dis-je. Elle contient tous les nutriments nécessaires à une bonne santé : glucose, vitamines, sucres lents. Je pourrais me nourrir exclusivement de tartines de confiture et mener une vie parfaitement normale.

— Non », me contredit Nat en me traînant dehors. (C'est une chance que j'aie mis mes chaussures avant, sinon je serais allée au bahut en chaussettes.) « Tu serais la Fille-qui-se-nourrit-exclusivement-de-tartines-de-confiture et ce ne serait pas normal. » Elle s'arrête, puis elle toussote. « Mais, euh… ça t'ennuierait de m'en passer un bout ? Je crève de faim. »

Très étonnée, je lui donne volontiers le reste de ma tartine, et constate qu'elle la mange. Premièrement, Nat n'ingurgite jamais rien qui soit riche en sucre. *Jamais*. Plus depuis cette boum fatale, il y a huit ans.

Et deuxièmement : c'est tout ? C'est ça, la grande scène dramatique que j'ai redoutée toute la nuit ? J'ai fait cuire des muffins sans sucre exprès pour elle, et maintenant personne n'en veut ?

Nous prenons la parole pile en même temps.

« Nat.

— Harriet. »

Puis elle se racle la gorge.

« Désolée, me dit-elle, de m'être mise en rogne et d'être partie comme ça. »

Alors là, je n'en reviens pas.

« Oh. Ça ne fait rien. Moi aussi, je suis désolée. De… d'avoir été repérée, tout ça.

— Ce qui m'a mise en colère, c'est que tu m'as menti, Harriet, m'explique-t-elle avec un demi-sourire gêné avant de se lécher les doigts. On ne pourrait pas oublier complètement hier, dis ?

— Bien sûr que si ! » lui dis-je, toute contente.

Une énorme vague de soulagement me passe dessus : tout va bien. C'est moi qui ai réagi de manière névrosée et hypersensible, comme d'habitude.

Et là – toujours comme une vague –, le soulagement s'en va. Nat s'éclaircit la gorge, et je la regarde à nouveau, mais avec un peu plus de méfiance, cette fois. Soudain, ce que je n'avais pas remarqué avant m'apparaît clairement : elle a le cou raide, les épaules crispées. Les clavicules pleines de rougeurs. Les yeux rougis aussi. Elle n'arrête pas de se mordiller la lèvre.

« Cool, lâche-t-elle après une pause infiniment longue – après quoi la rougeur remonte vers ses joues et s'y fixe, comme une accusation. Alors... » Nouveau raclement de gorge. « ... Est-ce qu'ils... » Elle déglutit. « Tu sais... est-ce qu'ils t'ont... appelée ? » Elle s'éclaircit la gorge pour la troisième fois. « Infinity ? Ils t'ont appelée ? »

Elle n'a pas du tout oublié hier, en fait. Pas une seconde.

« Non. »

Dans ma tête, j'ajoute : « Je ne leur ai pas donné mon numéro », mais quelque chose me dit que ça n'arrangerait rien de le lui révéler.

Ses joues s'empourprent encore plus.

« Ah bon. Quel dommage ! Désolée pour toi. Mettons ça derrière nous, d'accord ? »

Je fronce les sourcils. Je croyais que c'était déjà fait.

« D'accord.

— Et faisons comme si ça n'était jamais arrivé, ajoute-t-elle d'une voix tendue.

— D'accord. »

Plus elle dit qu'il faut mettre ça derrière nous, plus il devient clair qu'elle n'est absolument pas prête à le faire.

« Et continuons de vivre normalement, insiste-t-elle encore.

— Oui, d'accord. »

S'ensuit un long silence, pas confortable du tout. En dix ans, c'est peut-être le premier silence gêné qui ait jamais existé entre nous. À part la fois où elle a fait pipi par terre dans la salle de danse et où mon pied a été éclaboussé. Ça aussi, c'était un peu gênant.

« Bon, bref, tranche-t-elle au bout de deux bonnes minutes en se tapotant les cheveux, lissant son manteau et remontant son collant, le tout d'une seule main. Dis-moi, Harriet, continue-t-elle en regardant le petit morceau de tartine qui lui reste dans l'autre main. Où sont les protéines, là-dedans, hein ? Je regrette, mais je crois que tu ne t'es pas assez bien renseignée. »

Ah ! Enfin, nous sommes de retour sur un terrain que je maîtrise. Je fais semblant d'être outrée : « Si, je suis très bien renseignée ! Les protéines sont dans le… » Que dire pour éloigner la conversation le plus possible du mannequinat ? « … le poulet, conclus-je avec un grand sourire. Il y a aussi du poulet. Aurais-je oublié de le préciser ? Une bonne tartine confiture de fraise-poulet hyperprotéinée. Mmm. C'est ce que je préfère.

— Fraise-*poulet* ? »

Elle rit, et mes épaules se décrispent un chouïa.

« On peut totalement vivre en ne se nourrissant que de tartines fraise-poulet », dis-je encore en évitant de croiser son regard.

Existe-t-il un moyen d'esquiver le sujet d'hier jusqu'à ce qu'il disparaisse complètement ? Est-ce ainsi que ça fonctionne entre Pires Potes ? Peut-être. Peut-être pas.

Mais pendant tout le reste du trajet, nous faisons de notre mieux pour essayer.

18

Ce qu'il y a de bien, avec Toby Pilgrim, c'est qu'on peut toujours compter sur lui pour aborder une situation délicate avec tact et sensibilité.

« Whouuuuaaaaaah ! » lance-t-il au moment où Nat entre en classe.

Nous sommes arrivées au collège en un seul morceau – de justesse. J'ai parlé de l'origine grecque du nom de la fleur de delphinium (*delphis*, parce qu'elle ressemble à un dauphin), du nombre réel de femmes qu'a eues Henry VIII (entre deux et quatre, selon qu'on est catholique ou non), et du fait que les pyramides d'Égypte étaient à l'origine blanches et brillantes, avec des cristaux au sommet. Nat a gardé le regard fixé loin devant elle et hoché la tête, de plus en plus silencieuse, de plus en plus raide et de plus en plus rouge du côté des clavicules.

Mais l'important, c'est que nous ayons réussi à éviter de parler de mannequinat, de rêve volé, de déception écrasante et de saccage des ambitions d'une vie entière.

Enfin bref.

« Whouuuuaaaaaah ! lance donc Toby. C'est dingue, cette tension à couper au couteau entre vous ! On se croirait en pleine guerre froide, vers 1962. Harriet, je pense que tu es l'Amérique : tu as l'air d'essayer de faire un boucan pas possible dans l'espoir que le problème s'en aille. Nat, tu serais plutôt comme la Russie, genre toute froide et glaciale et couverte de neige. Pas couverte de neige au sens propre, précise-t-il après un court silence. Bien qu'il fasse un temps vraiment hivernal, aujourd'hui, pas vrai ? Est-ce que vous aimez mes nouveaux gants ? »

Et là, il nous tend une paire de gants tricotés noirs avec des os en coton blanc cousus dessus. Il y a un silence embarrassé, durant lequel Nat et moi déployons beaucoup d'énergie à sortir nos livres de nos sacs. Tout notre dur labeur de la matinée vient d'être fichu par terre.

Merci beaucoup, Toby.

« Vous savez, continue-t-il sans se rendre compte de rien, tournant et retournant ses gants avec amour, j'ai dû coudre ces os moi-même. J'ai tiré mon inspiration d'un vieux déguisement d'Halloween, qui n'était malheureusement pas assez chaud pour le mois de décembre. » Il m'agite un de ses gants sous le nez. « Et en plus, je me suis dit que ce serait un excellent moyen d'approfondir mes connaissances médicales. »

Je remarque à présent que, sur une bonne partie des vingt-sept os de la main, il a inscrit leur nom au feutre gris : carpe, métacarpe, phalanges proximale, médiane, distale.

« Très joli, Toby, lui dis-je, l'esprit ailleurs, car Nat est déjà en train de se lever de sa chaise.

— Il faut que j'aille rendre mon devoir de SVT, annonce-t-elle d'une voix gênée. On se verra à la pause, d'accord ? »

Pour info, Nat et moi n'avons aucun cours en commun. Malgré tous nos efforts de l'an dernier pour être mises dans les mêmes groupes de niveau (Nat révisant à fond tandis que je donnais de mauvaises réponses exprès), je suis toujours dans les groupes les plus avancés, et elle un ou deux degrés en dessous.

« D'accord. (Elle ne croise toujours pas mon regard.) On se retrouve à la cantine ?

— OK. »

Là, elle m'envoie un rapide sourire et file plus vite que je ne l'ai jamais vue filer.

Le restant de la journée peut se résumer ainsi :

Chaque fois que je vois Nat, elle me sourit et se cache derrière ses cheveux.

À la pause du matin, elle doit aller en colle.

À la pause déjeuner, re-colle.

À la pause de l'après-midi, encore une colle, dites donc.

Je passe la journée entière toute seule.

Quand la dernière heure sonne et qu'elle me dit qu'elle est aussi retenue après les cours, je commence à être certaine qu'elle se fait coller exprès, rien que pour m'éviter. Je suis au fin fond du désespoir, mais en même temps impressionnée par l'ingéniosité stratégique de son mauvais comportement en classe.

Pendant ce temps, Toby a profité à fond de l'absence de Nat pour me suivre partout, tel un chaton courant derrière une pelote de laine ; il va jusqu'à me palper de temps en temps pour vérifier que je suis toujours là.

« Harriet, me chuchote-t-il en cours de littérature anglaise, pendant la dernière heure, n'est-ce pas que c'est délicieux de passer autant de temps ensemble ? »

Je grommelle vaguement tout en dessinant un œil dans mon cahier de textes.

« Je sens bien que je commence à mieux te connaître, continue-t-il avec ardeur. Par exemple, je sais qu'à 10 heures précises, tu as tendance à filer aux toilettes, et que quand tu en sors tu es nettement mieux coiffée ; j'en déduis que tu refais ta queue-de-cheval devant la glace. »

Je continue de gribouiller.

« Et après, murmure-t-il fiévreusement, à midi cinq, tu retournes aux toilettes et quand tu en ressors à midi et quart, tu as les yeux un peu rouges et gonflés. D'où je déduis que tu vas pleurer en secret. »

Je le fusille du regard.

« Je ne fais pas ça tous les jours, Toby.

— Ah non ? »

Il sort de sa poche un petit calepin et l'ouvre à une page qui semble déjà porter une liste. Il barre la ligne correspondante.

Je sens que je ne vais pas tarder à perdre mon calme. J'ai blessé Nat, j'ai passé une journée pourrie, et quelque chose me dit que c'est Toby qui va morfler.

« De plus, poursuit-il, vers 15 heures tu retournes aux toilettes, mais cette fois tu y passes tout le temps de la pause, ce qui me porte à croire que tu m'évites peut-être. Soit ça, soit… tu vois, quoi… tu es en proie à des activités intestinales complexes. »

Mes joues s'enflamment d'un seul coup. Sa première supposition était la bonne, mais la seconde insinuation ne me plaît pas du tout. Je n'aime pas parler de mes activités intestinales, quel que soit leur niveau de complexité.

« Est-ce que tu pourrais envisager de me ficher la paix ? dis-je en retour, d'une voix de plus en plus forte. Non mais sérieusement, y a-t-il une chance pour que tu puisses… je ne sais pas, moi… trouver quelqu'un d'autre à harceler ? »

Toby a l'air de tomber des nues. Il regarde autour de lui.

« Mais qui ? Personne d'autre n'est digne que je le harcèle, Harriet. Il n'y a que toi. »

À ce stade, je grince des dents.

« Alors ne harcèle personne. » Ma voix devient stridente. « Hein ? Si tu ne harcelais personne, du tout, Toby ? Autrement dit : FOUS-MOI LA PAIX ! »

Là, il y a un silence. Les yeux de Toby sont comme des soucoupes. Une petite vague de ricanements parcourt la classe. Quand je relève les yeux, M. Bott a cessé d'écrire au tableau et me contemple avec une expression qu'une geek comme moi ne voit que très rarement. Une expression de colère, d'exaspération, dans laquelle on distingue un désir fervent de sévir.

Tout compte fait, j'ai des chances de voir Nat après les cours, aujourd'hui.

19

Tel un lapin pris dans les phares d'une voiture, je regarde M. Bott.

« Mademoiselle Manners, me dit-il d'un ton glacial devant toute la classe – et là, je me rappelle subitement que nous devions lire l'acte IV, scène 5, de *Hamlet*. Y a-t-il quelque chose que vous aimeriez nous apprendre ?

— Non, répliqué-je immédiatement, les yeux baissés sur mon bureau.

— J'ai beaucoup de mal à le croire, poursuit-il sur un ton encore plus cassant. Vous avez toujours quelque chose en tête que vous brûlez de nous apprendre. De fait, il est généralement difficile de vous en empêcher.

— Je n'ai rien du tout en tête, dis-je d'une petite voix toute faiblarde.

— C'est bon à savoir. Voilà ce que j'aime : une élève qui s'apprête à passer ses examens la tête parfaitement vide. »

Alexa relève le nez de son téléphone, avec lequel elle était en train d'envoyer des SMS sous son bureau, et pouffe de rire.

Ah oui, j'ai oublié de vous le dire, Alexa est également dans tous les groupes de niveau avancé. Pour mon malheur, elle est aussi brillante qu'elle est méchante. Il me reste encore au moins trois ans à tirer avec elle, après quoi elle me suivra probablement jusqu'à la fac. Vu le temps qu'elle passe en classe à textoter, je me dis qu'elle doit être vraiment très douée pour réviser à la dernière minute.

M. Bott pivote vivement et se campe devant elle.

« Alexa ? Qu'est-ce qu'il y a de drôle ? »

Elle me toise et hausse un sourcil moqueur.

« Rien, rien, fait-elle d'un air entendu. C'est tout le contraire. C'est même triste, je dois dire. »

Sympa. Elle a trouvé le moyen de m'insulter devant le prof sans même qu'il s'en rende compte.

« Parfait », dit-il, bien qu'il ne semble pas très heureux non plus.

Mais soyons juste : il semble rarement heureux. Je ne pense pas qu'il ait choisi l'enseignement parce que cela le remplissait d'une chaude lumière intérieure.

« Je propose, reprend-il, que Mme Je-crie-en-classe et Mme Je-glousse-de-rire viennent au tableau nous dire ce qu'elles pensent d'une petite question que j'ai en réserve. »

Alexa blêmit, et pendant que nous nous approchons de l'estrade, elle me foudroie du regard.

« Maintenant, nous ordonne M. Bott, tournez-vous face à la classe, je vous prie. »

Mes joues sont de plus en plus brûlantes. J'oriente mon corps dans la bonne direction, mais tâche de me concentrer sur le sol.

Le prof se rassied et indique le tableau d'un geste gracieux.

« Bien, Alexa Roberts et Harriet Manners, puisqu'il est clair que ce texte vous passionne autant l'une que l'autre, voulez-vous bien nous expliquer la portée dramatique du personnage de Laërte dans *Hamlet* ? » Il regarde Alexa. « Allez-y, mademoiselle Roberts.

— Eh bien… commence-t-elle avec hésitation. C'est le frère d'Ophélie, non ?

— Je ne vous ai pas demandé son arbre généalogique, Alexa. Je veux comprendre la fonction littéraire remplie par ce personnage. »

Alexa semble mal à l'aise.

« Bon, ben, sa signification littéraire, c'est bien d'être le frère d'Ophélie, pas vrai ? Comme ça, elle a quelqu'un pour lui tenir compagnie.

— Quelle délicate attention, de la part de Shakespeare, d'avoir donné au personnage de fiction Ophélie un petit camarade de jeux tout aussi fictif, pour qu'elle ne s'ennuie pas fictivement. Je suis ébloui par vos capacités d'analyse, Alexa. Je devrais peut-être vous envoyer dans la classe de CE2 de Mme White pour que vous analysiez le personnage de Oui-Oui. Il me semble que lui aussi a plein de copains. »

La figure d'Alexa vire au rouge tomate : elle a l'air absolument mortifiée. Je la plains sincèrement, à vrai dire.

C'est alors que M. Bott se tourne vers moi.

« À votre tour, mademoiselle Manners. Quelque chose à ajouter ? »

Je contemple le lino pendant quelques secondes. Répondre correctement en public à des questions intellectuelles intéressantes est peut-être ma plus grande faiblesse. Chaque fois que je le fais, ma cote d'impopularité monte d'un cran. Mais c'est plus fort que moi.

J'ai beau savoir que je devrais prendre ma voix la plus crétine pour répondre « Désolée, aucune idée », je ne peux pas m'empêcher de dire : « Eh bien… Laërte constitue pour Hamlet un miroir littéraire. Le sujet de la pièce est *ostensiblement* la vengeance d'Hamlet suite à l'assassinat de son père, mais ce dont la pièce parle, en réalité, c'est d'Hamlet repoussant sans cesse cette vengeance. Laërte est une sorte d'Hamlet dans un univers alternatif, car quand Hamlet tue son père, Laërte se venge aussitôt et pousse immédiatement la pièce vers son dénouement. Donc, sa fonction est, je crois, de montrer ce qui serait arrivé si Hamlet avait été quelqu'un d'autre. Pour Shakespeare, c'est un peu une manière de dire que notre vie dépend de ce que nous sommes et de ce que nous faisons, et non de ce qui nous arrive. »

J'inspire à fond. Toby commence à applaudir, mais le coup d'œil assassin que je lui lance lui coupe l'herbe sous le pied.

« C'est très bien, Harriet, conclut le prof en hochant la tête. Excellent, en fait. Peut-être même une analyse de niveau universitaire, quoique basique. » Puis il s'adresse à Alexa d'une voix glaciale. « Alexa, il n'y a pas de bonne réponse en littérature. En revanche il y en a beaucoup de mauvaises. Et la vôtre appartient à cette catégorie.

— Mais monsieur ! s'indigne-t-elle. Ce n'est pas juste ! Nous n'avons pas encore lu la pièce jusqu'au bout ! Harriet a triché !

— Cela ne s'appelle pas tricher, soupire le prof en passant la main sur ses yeux. Cela s'appelle s'intéresser un minimum à l'intrigue. »

Après quoi, il se pince un instant l'arête du nez et souffle doucement.

« Mais... balbutie Alexa, les joues encore plus écarlates qu'avant.

— Je constate en tout cas que je ne perds pas complètement mon temps dans cette classe, la coupe-t-il. Et je vais vous laisser sur cette note encourageante : je dois aller chercher des livres en salle des professeurs. Il semble qu'au moins trois élèves de cette classe sont en train de lire *Roméo et Juliette* en espérant que je ne verrai pas la différence. Occupez-vous tout seuls cinq minutes, si vous le pouvez », conclut-il avec dédain.

Et sur ce, il s'en va, tel un dompteur de cirque qui vient de cogner un tigre furieux sur la truffe, puis de l'enfermer dans une cage avec son assistant.

Je pivote lentement pour faire face à Alexa, et quelque part au loin – au-delà du bourdonnement terrifié qui vient d'envahir mon crâne –, j'entends trente adolescents de quinze ans retenir leur souffle en même temps.

« C'est de ta faute, tout ça, finit par me lancer Alexa en se tournant vers moi – et je vous jure qu'elle émet une sorte de grondement. Maintenant, c'est entre toi et moi, Harriet. »

20

Vous savez, dans les comédies romantiques, il y a toujours un moment où le héros n'en peut plus de retenir ses sentiments et où il est pris d'un besoin soudain de les déclarer en public ?

C'est toujours absolument prévisible, et toujours absolument téléphoné ; pourtant, l'héroïne est toujours stupéfaite et abasourdie, comme si cela lui tombait dessus par surprise. Je n'ai jamais compris ça. Je veux dire, elle est complètement idiote, ou quoi ? Elle ne l'a pas vu venir à un kilomètre ? Elle n'a pas senti la tension monter progressivement, comme tout le monde ?

Mais maintenant, je commence à comprendre un peu mieux. On ne voit pas venir les choses quand c'est à vous qu'elles arrivent. La haine inexplicable et passionnée que me voue Alexa n'a plus nulle part où aller.

Tel un bouton d'acné, elle a une grosse tête enflammée et elle est sur le point d'éclater.

Je regarde la porte avec désespoir. Dois-je tenter l'évasion ? Ou bien faire le gros dos en attendant que ça passe ? Nous nous trouvons dans un établissement scolaire, ça ne peut pas virer à la tragédie, quand même ? Et vous savez ce qui est le plus terrifiant ? C'est que je suis tentée de corriger sa syntaxe. On dit *c'est ta faute*, Alexa, pas *de ta faute*, ai-je envie de lui signaler. Il aurait fallu dire : « C'est ta faute, tout ça. Maintenant, c'est entre toi et moi, Harriet. »

« Bon, Harriet Manners », lâche-t-elle, alors que la classe est toujours en apnée.

Je déglutis et fais un pas vers ma place.

« Oh non. Non, non. Tu ne vas nulle part. »

Elle m'attrape par le dos de mon pull et me tire en arrière vers le tableau. Ce n'est pas un geste violent ; elle est plutôt douce, presque comme une mère empêchant son enfant de traverser la rue alors qu'une voiture arrive. Je m'arrête, la tête basse, et je me fais aussi petite que possible.

« Tu crois que tu aurais pu me faire passer pour encore plus idiote ? me demande-t-elle, presque sur le ton de la conversation. Non mais vraiment, *ostensiblement* ? Tu as réellement employé le mot *ostensiblement* ?

— Ça veut dire “manifestement”, marmonné-je tout bas. Ou “en apparence”. »

Pourquoi, pourquoi n'ai-je pas dit « en apparence » ?

Ma réponse la met encore plus en rogne.

« Je *sais* ce que ça veut dire ! me crie-t-elle. Purée, tu me prends vraiment pour une imbécile, hein ?

— Non, pas du tout…

— Si ! Toi et tes petits commentaires malins et tes petits faits méconnus et ta sale petite tronche de geek ! »

Elle fait à nouveau cette drôle de tête, avec les yeux qui louchent et les dents en avant. Ce qui est vraiment injuste : elle sait que je n'ai plus d'appareil dentaire depuis des années, et mon œil gauche ne louche que quand je suis fatiguée.

« Tu te crois vraiment au-dessus de tout le monde, hein, Harriet Manners ?

— Non, pas du tout », bredouillé-je une fois de plus.

La brûlure de l'humiliation s'est étendue jusqu'à mon cou et mes oreilles, et envahit à présent mon cuir chevelu. Je sens que toute la classe me regarde comme elle regardait le singe qui avait le cul tout rouge, le jour de la sortie au zoo.

« Je ne t'entends pas », dit-elle.

Elle se rapproche de moi – faisant nettement intrusion dans mon périmètre personnel – et, pendant une brève seconde, je crois qu'elle va me gifler.

« Je vais le dire autrement. Est-ce que tu te crois mieux que tout le monde, Harriet Manners ?

— Non ! dis-je le plus distinctement possible.

— Si, siffle-t-elle, se rapprochant encore. T'as pas idée de la pauvre fille que tu es. »

Et même dans mon état d'hébétude, je n'en reviens pas de ce que je lis sur ses traits : une haine pure, presque brillante. Comme si cette flamme de haine qui brûle en elle se voyait par transparence, à la manière de ces photophores que nous fabriquions avec des pots de yaourt en maternelle.

« Ce n'est pas vrai », dis-je dans un souffle.

Parce que si, je sais *exactement* qui je suis. Je suis Harriet Manners : élève brillante, collectionneuse de pierres semi-précieuses, constructrice de petits trains électriques parfaitement proportionnés, rédactrice de listes, classeuse de livres par ordre alphabétique et par genres, utilisatrice de substantifs inventés, observatrice attentive de vingt-trois cloportes sous un gros caillou au fond de son jardin.

Je suis Harriet Manners : GEEK.

Alexa ne m'écoute pas.

« Je pense donc qu'il est temps de faire le test », continue-t-elle avant de promener son regard sur la classe.

Je sens mes yeux s'emplir de larmes, mais je suis paralysée. Même ma langue est engourdie.

« Qui, dans cette classe, déteste Harriet Manners ? demande Alexa d'une voix lente et forte. Levez la main. »

Je n'y vois pas grand-chose, parce que toute la salle vacille et tremblote.

« Toby, ajoute Alexa, lève la main, ou tu te retrouves la tête dans les toilettes à la pause déjeuner pendant toute la semaine prochaine. »

Je ferme les yeux, et deux larmes roulent sur mes joues. Il est vraiment important, me semble-t-il, que je ne voie pas ce qui va suivre.

« Maintenant, ouvre les yeux, la geek, m'ordonne Alexa.

— Non, dis-je le plus fermement possible.

— Ouvre les yeux, pauvre geek.

— Non.

— Ouvre les yeux, sale geek. Sinon je ferai de ta vie un enfer aujourd'hui, demain et après-demain. Et je continuerai jusqu'à ce que tu aies compris ce que tu es et ce que tu n'es pas. »

Alors, bien que je sache précisément ce que je suis – et bien que je doute qu'elle puisse me rendre encore plus malheureuse –, j'ouvre les yeux.

Tout le monde dans la classe a levé la main.

J'aurais préféré qu'elle m'assomme d'un coup de poing.

Sur cette dernière pensée, je fonds en larmes, je ramasse mon sac sur lequel quelqu'un a écrit « GEEK », et je sors en courant.

21

Personnes qui détestent Harriet Manners

Alexa Roberts

Madame Chapeaux

Les propriétaires des stands 24D, 24E, 24F, 24G, 24H

Nat ?

La classe de littérature anglaise 11A

Le temps d'arriver chez moi, je pleure tellement fort qu'on croirait entendre quelqu'un scier du bois.

Je ne suis pas vraiment une pleureuse, pourtant, et comme il y a des chances pour que mes parents ne comprennent pas ce que je suis en train de faire, je me réfugie dans le buisson qui pousse devant la maison jusqu'à être absolument certaine – je veux dire, sans l'ombre d'un doute – de pouvoir respirer sans hoqueter ou sans qu'une bulle de morve me sorte du nez. Je m'assieds au milieu des feuillages, dans le trou que

Toby a fini par creuser à force de m'épier depuis quatre ans, et je sanglote sans bruit dans la manche de mon pull.

Je ne sais pas trop pendant combien de temps je pleure. C'est un cercle vicieux : chaque fois que je me calme et que je relève les yeux, mon regard tombe sur le mot gribouillé en rouge sur mon sac, et ça repart de plus belle. Il me semble que le mot est de plus en plus gros, même si rationnellement je suis consciente qu'il reste de la même taille :

GEEK

GEEK

GEEK

GEEK

GEEK

Et je ne peux plus me persuader que ça n'a pas d'importance, parce que ça en a. Ce mot ne me lâche pas.

J'en ai tellement marre ! Marre de ne pas m'intégrer ; d'être exclue de tout ; d'être détestée. Ras le bol de voir les autres déchiqueter et traîner dans la boue tout ce que je suis, comme un chiot massacre un rouleau de PQ abandonné. Ras le bol de ne jamais rien faire comme il faut ; d'être humiliée en permanence ; d'avoir l'impression que je ne suis pas à la hauteur, quoi que je fasse.

J'en ai marre, oui, d'éprouver ça. Et par-dessus tout, j'en ai marre d'être un ours polaire seul dans la jungle.

Quand les lettres gribouillées sur mon sac atteignent une hauteur de deux mètres et se mettent à clignoter, je finis par craquer complètement. Poussant un petit cri de rage, je m'attaque au mot avec la boucle de ma ceinture jusqu'à ce que la toile déchirée le rende illisible. Et ensuite, enfin un peu plus calme, je m'extirpe du buisson, j'essuie la boue sur mon uniforme et je tâche de faire comme si je me comportais de manière parfaitement normale pour un vendredi à 4 heures de l'après-midi.

Je rejoins la porte d'entrée en reniflant.

« Papa ? Annabel ? » dis-je doucement en ouvrant, tout en m'essuyant le nez sur ma manche.

Et je me fige sur place, stupéfaite. Car Annabel, papa et Hugo sont là, dans l'entrée.

Apparemment, ils m'attendaient.

22

Non mais on se fiche de moi, ou quoi ?

Précisément le jour où tout ce que je veux, c'est filer au lit sans être assaillie de questions par mes parents, c'est le moment qu'ils choisissent pour créer une ambiance plus accueillante à la maison ?

« Qu'est-ce qui se passe ? » dis-je, gênée, en me dépêchant d'essuyer mes yeux.

Hugo bondit sur mon pantalon et commence à en lécher la boue – à titre expérimental, sans doute.

« Tout va bien ? Papa, tu as eu ta réunion ? »

Annabel fronce les sourcils et m'observe attentivement.

« Qu'est-ce qui ne va pas, Harriet ? Est-ce que tu as… »

Et là elle se tait, perplexe. Je peux la voir se creuser la cervelle pour trouver le mot juste.

« … pleuré ? termine-t-elle d'un air incertain.

— J'ai attrapé un rhume. Ça m'a prise ce matin. »

Puis je redemande à papa, qui n'a pas encore ouvert la bouche :

« Papa ? Ta réunion importante ? Ça s'est bien passé ? »

Il fait une drôle de tête.

« Hein ? Ah oui, sans problème. Ils m'ont dit que j'étais un anticonformiste, comme je m'y attendais, mais j'ai demandé une augmentation et ils ont refusé. » Il regarde Annabel et sautille une ou deux fois sur la pointe des pieds. « Dis-lui, toi. » Il lui donne un coup de coude. « Allez, dis-lui.

— Me dire quoi ? »

Annabel me fixe sans rien dire.

« Quoi ? »

Elle soupire.

« Ils ont appelé, Harriet, finit-elle par lâcher d'une voix réticente. L'agence de mannequins. Ils ont appelé. Pendant que tu étais en cours. »

Ma mâchoire se met légèrement à pendre.

« Appelé ? Mais... mais... Je ne leur ai pas donné notre numéro. Comment ont-ils pu appeler ?

— Eh bien, ils l'ont trouvé, et ils ont appelé ! » s'écrie papa, tout joyeux, en donnant des coups de poing en l'air.

Hugo, lui, recule de quelques pas et aboie gaiement.

« Infinity Models, Harriet ! C'est énorme ! C'est énorme de chez énorme ! C'est é-noooorme ! Ils ont appelé pour dire qu'ils ont adoré les photos et qu'ils veulent tous nous voir ! Demain à la première heure ! À l'agence ! Avec eux ! et nous ! et eux !

— *De chez énorme*, ça ne veut rien dire, Richard, soupire Annabel. De toute manière, ce qu'ils veulent n'est pas acceptable. Comme nous en avons convenu, Harriet n'ira pas. Elle n'en a même pas envie. N'est-ce pas, Harriet ? »

Il y a un long silence.

« *N'est-ce pas*, Harriet ? »

Je regarde mes parents : Annabel, les mains sur les hanches, papa qui se dandine comme un joyeux petit caneton… et soudain, je ne les vois plus réellement. Je ne vois plus rien du tout, d'ailleurs. On dirait que le monde entier vient de devenir étrangement noir et silencieux et que moi je suis plantée là, à attendre que la lumière et le bruit reviennent.

Et là, cela me tombe dessus, comme une enclume, ou comme la foudre ou un marteau ou un poing ou n'importe quoi de rapide et lourd et absolument inévitable. Et c'est tellement clair que je ne sais même pas pourquoi je ne le voyais pas avant, sauf que je ne pouvais peut-être pas parce que je n'en avais pas besoin comme maintenant, à cet instant précis.

C'est ça.

C'est *ça* que je peux faire pour changer les choses.

Cela pourrait bien être MA métamorphose, comme celles d'Ovide ou de Kafka ou du Vilain Petit Canard de Hans Christian Andersen ou même celle de Cendrillon (histoire qui s'intitulait à l'origine *Rhodopsis* et fut écrite en Grèce au Ier siècle avant Jésus-Christ). La chenille que je suis pourrait enfin se transformer en papillon, le têtard en grenouille, la larve en libellule (ce qui n'est en réalité qu'une demi-métamorphose, mais vaut quand même la peine, je crois, d'être mentionné).

LE MANNEQUINAT POURRAIT ME TRANSFORMER. Et je ne serais plus Harriet Manners – détestée, ignorée, humiliée. Je serais… quelqu'un d'autre. Quelqu'un de différent. Quelqu'un de cool. Parce que si je ne fais pas quelque chose maintenant, je resterai moi à jamais. Je serai une geek à vie. Et les gens continueront de me détester et de se moquer de moi et de lever la main. Pour l'éternité. Et rien ne changera jamais, jamais.

Sauf si moi, je change.

« Je… je… »

Je bégaie un peu, puis je me tais et déglutis, car j'ai du mal à croire ce que je suis sur le point de dire.

« Alors ? me demandent Annabel et papa en même temps, mais pas du tout sur le même ton.

— Je… crois que je veux peut-être y aller. »

Il y a un silence stupéfait.

« Quoi ? s'étrangle ensuite Annabel. Tu veux quoi ?

— Je veux y aller », dis-je, d'une voix plus ferme.

Pendant quelques secondes, le visage de Nat clignote dans un coin de ma tête. Le visage tendu, rouge, malheureux, désespéré de ma Pire Pote. Et puis celui d'Alexa s'allume à côté du sien, comme dans une présentation PowerPoint, et j'éteins les deux.

« Je veux aller à l'agence de mannequins. »

Papa bondit de joie.

« Tu as dit qu'elle pourrait, Annabel ! triomphe-t-il. Tu te rappelles ? On s'est disputés, et j'ai gagné, et tu as dit que, si elle le voulait, on irait les voir !

— Je ne pensais pas qu'elle en aurait réellement envie, grommelle ma belle-mère. Tu m'as piégée, Richard. Je n'en reviens pas que tu m'aies fait ça.

— S'il te plaît ? » fais-je avec mes grands yeux de chaton affamé. En regardant sur le côté, je vois que papa fait de même. « Juste pour voir ? S'te plaît, Annabel ? »

Elle ouvre la bouche et la referme. Elle scrute mon visage comme si c'était un problème de maths plus difficile que prévu.

« C'est vraiment ce que tu veux ? insiste-t-elle d'une voix stupéfaite et légèrement écœurée, comme si j'avais dit que je voulais épouiller des chats errants pour le restant de mes jours, voire manger leurs puces. Des *vêtements*, Harriet ? Des photos ? La mode ? Le *mannequinat* ? »

Je la regarde droit dans les yeux.

« Oui. Enfin, peut-être. »

Elle soutient mon regard, puis soupire et se prend la tête entre les mains.

« Est-ce que le monde marche sur la tête, tout à coup ?

— Absolument.

— Alors… soupire-t-elle. Bon, je suis un peu piégée par ma propre intégrité, c'est bien ça ?

— Yessssss ! » s'écrie papa comme s'il venait de marquer un but. Annabel lui lance un coup d'œil bref et glacial, et il se racle la gorge. « Je veux dire, bonne décision, chérie. Excellente. Très raisonnable.

— Ne t'emballe pas trop, Richard, le mouche-t-elle. J'ai dit qu'on *irait voir*. C'est tout. Je n'ai fait aucune autre promesse. Je n'autorise rien pour l'instant.

— Mais bien sûr, pour qui me prends-tu ? Ça aussi, c'est très raisonnable, ma chérie. »

Mais quand, après m'avoir envoyé un clin d'œil, il court faire une petite danse de joie dans la cuisine, je me rends compte que je n'écoute plus vraiment. Car tout ce que je sais, là, c'est qu'après dix ans de galère je fais enfin quelque chose pour améliorer ma vie.

Et franchement, il était temps.

23

Le premier élément essentiel à toute bonne métamorphose, c'est un plan. Un beau plan, bien conçu, structuré, réfléchi, et *ferme*.

Et si par hasard il se trouve que ce plan prend la forme d'une liste à points, qu'il est tapé, puis imprimé sur l'ordi du « bureau » de papa (la chambre d'amis), ce n'en est que mieux.

Le voici.

Plan pour le jour J

- Réveil réglé sur 7 heures, appuyer sur *snooze* précisément trois fois.
- Ne pas penser à Nat.
- Trouver dans mon armoire une tenue adaptée à un rendez-vous dans une agence de mannequins.
- Descendre vêtue de la tenue en question. Mes parents calmes et encourageants s'extasient dessus

et me disent qu'ils n'avaient pas compris que j'avais un tel don naturel pour le style.

- Rougir joliment et reconnaître que, oui, c'est un don naturel chez moi.
- Ne pas penser à Nat.
- Quitter la maison à 8h34 précises, afin d'attraper le train de 9h02 pour Londres.
- Arriver juste à temps pour manger un pain au chocolat et boire un cappuccino au café du coin parce que c'est ce que font les mannequins tous les matins.
- Être transformée en créature de rêve.

Je reconnais que le dernier point est un peu vague – car je ne sais pas trop ce qu'ils vont me faire, ni comment ils comptent s'y prendre –, mais ce n'est pas grave. Du moment que je contrôle le reste du plan, tout devrait marcher comme sur des roulettes.

Malheureusement, personne d'autre ne l'a lu, mon plan.

« Richard Manners ! » est en train de crier Annabel au moment où je sors de ma chambre.

La journée n'a pas bien commencé. J'ai en fait appuyé quinze fois sur *snooze*, et je me suis finalement levée bercée par le doux bruit de mes parents occupés à s'arracher mutuellement les tympans.

« Je n'en reviens pas que tu aies terminé la confiture de fraises !

— Mais c'est faux ! braille papa. Regarde ! Il en reste !

— Que veux-tu que je fasse de si peu de confiture ? Est-ce que j'ai l'air d'une fée ? J'ai l'air de me nourrir d'une goutte de confiture ? Je mesure 1 mètre 76, bon sang !

— Et comment je fais, là, pour te répondre sans que tu m'accuses de te traiter de grosse ?

— Fais *très attention* à ce que tu vas dire, Richard Manners. Ta vie dépend de ta prochaine phrase.

— Eh bien… je… Harriet ? »

Papa vient de se tourner vers moi. Je ne sais pas trop comment ils se débrouillent pour que la dispute me retombe dessus alors que je viens d'entrer dans la pièce, mais apparemment c'est bien ce qui m'arrive.

« Enfin, Harriet, qu'est-ce que tu as sur le dos ? »

J'affiche mon expression la plus indignée.

« C'est une combinaison intégrale noire, dis-je, la tête haute. Je sais que tu ne peux pas comprendre, en raison de ton grand âge. Ça s'appelle la mode. La *mooo-deuh*. »

Là, c'est Annabel qui paraît perplexe.

« Ce ne serait pas ton déguisement d'Halloween de l'an dernier, Harriet ? demande-t-elle en raclant de la confiture sur la tartine de papa pour l'étaler sur la sienne. Tu t'es déguisée en araignée ? »

Je toussote.

« Non.

— Alors pourquoi as-tu une manche vide qui pend de ton épaule ?

— C'est un genre de lavallière.

— Et pourquoi ces sept ronds en Velcro dans ton dos ?

— Pour l'audace du style.

— Et la toile d'araignée collée sur tes fesses ? »

Oh zut !

« Très bien, dis-je d'un ton sec. C'est bien mon déguisement d'araignée d'Halloween, OK ? Contente ? »

Ce n'est pas que je sois excessivement émue ou énervée, mais *pourquoi est-ce que personne ne respecte mon plan* ?

« Je ne suis pas certain que ce soit le meilleur choix pour aujourd'hui, murmure papa, dubitatif, en récupérant sa confiture (je vois bien qu'il se retient de rire). Je veux dire, il y a d'autres insectes plus tendance, de nos jours. Il paraît que les abeilles sont très *hype* cette année.

— Eh bien tant pis. Parce que c'est tout ce que j'ai, OK ?

— Et si tu t'habillais plutôt en guêpe ? Non ? propose mon père, pouffant carrément.

— Tous mes autres vêtements ont un dessin humoristique sur la poitrine.

— Ou en sauterelle ? renchérit Annabel avec un clin d'œil pour papa. J'aime bien les sauterelles. »

Là, je craque complètement. Ils ne sont pas calmes du tout et ne m'apportent aucun soutien.

« Mais pourquoi êtes-vous des parents aussi nuls ?

— Je ne sais pas ! me répond papa en criant aussi fort que moi. Pourquoi es-tu une vilaine petite araignée ? »

Là-dessus, Annabel explose de rire.

« Aaaaaarh ! Je vous déteste ! Jevoushaisjevoushais-jevoushais ! »

Et je sors de la pièce avec toute la dignité possible. C'est-à-dire pas beaucoup, vu que ma patte d'araignée en trop se prend dans la porte et qu'Annabel doit venir m'aider à me dépatouiller, totalement écroulée de rire.

24

Ma porte ne claque plus aussi fort qu'avant. Je crois que mes parents l'ont rabotée. Ce qui est très sournois de leur part, et me prive de ma liberté légale de m'exprimer avec créativité. Je la ferme trois fois pour compenser.

Une fois effondrée à plat ventre sur mon lit, je commence à avoir très légèrement honte de moi. Le hic, c'est que j'ai dévié de mon plan avant même d'être arrivée à l'escalier. J'ai pensé à Nat toute la matinée. C'est la première chose qui m'est venue en tête au réveil, et elle y est restée pendant les quinze *snooze* d'affilée. J'imaginais sa tête quand je lui révélerais ce que j'aurais fait aujourd'hui. Son expression quand elle comprendrait que je lui avais volé son rêve, et cela pour de mauvaises raisons. Pas par amour de la mode, mais parce que c'était mon raccourci pour échapper à ma triste destinée de geek.

Et elle ne me sort toujours pas de la tête.

Alors, oui, j'en veux pas mal à mes parents d'avoir déliré sur les insectes, et je suis aussi un peu vexée parce que le sens inné du style que j'espérais posséder est soit inexistant, soit tellement intériorisé qu'il n'arrivera jamais à sortir. Un peu comme le fond d'un tube de dentifrice.

Mais surtout, je m'en veux, à moi.

« Harriet ? Je peux entrer ? » me demande Annabel pendant que je soupire à fendre l'âme et m'empare d'une des barres chocolatées que je garde dans le tiroir de ma table de nuit.

D'ordinaire, elle ne demande jamais la permission : ça doit vouloir dire qu'elle se sent un peu penaude.

« N'importe, rétorqué-je d'une voix boudeuse.

— Tu sais que "n'importe" n'est pas une réponse grammaticalement correcte, Harriet. » Elle passe une tête. « Essaie encore.

— Entre, s'il le faut absolument.

— Merci. Je veux bien. »

Elle vient s'asseoir à côté de moi sur le lit. Elle a des sacs en plastique plein les bras et, malgré moi, ma curiosité est titillée. Annabel aime le shopping à peu près autant que moi.

« Pardon de t'avoir énervée, dit-elle en chassant une mèche de mes yeux. Ton père et moi n'avions pas compris que tu appréhendais tant le rendez-vous d'aujourd'hui. »

J'émets un bruit volontairement ambigu.

« Est-ce que quelque chose ne va pas ? soupire-t-elle. Tu es très lunatique, ces jours-ci. Toi qui es si sensée d'habitude. »

C'est peut-être *ça*, le problème.

« Je vais très bien.

— Il n'y a pas quelque chose dont tu veux parler ? »

Pendant quelques secondes, tout ce que je vois dans ma tête, ce sont trente mains levées.

« Non.

— Alors… » Elle s'éclaircit la gorge. « Je t'ai apporté un cadeau. J'ai pensé que ça te remonterait le moral. »

Je la regarde avec étonnement. Elle m'achète rarement des cadeaux, et quand elle le fait, ils ne me remontent absolument jamais le moral.

Annabel déplie une grande housse et me la tend.

« À vrai dire, je te l'ai acheté il y a déjà un petit bout de temps. J'attendais le bon moment pour te le donner, et je crois que ce moment est venu. Tu peux le porter aujourd'hui. »

Elle ouvre la housse.

J'observe son contenu avec étonnement. C'est une veste. Une veste de tailleur grise. Avec un chemisier blanc et une jupe droite assortie à la veste. Le tissu a de très fines rayures blanches, et les manches ont un pli repassé. Ceci est, sans le moindre doute possible, un tailleur. Annabel est allée m'acheter un costume de mini-avocate. Elle voudrait que je sois habillée exactement comme elle, avec vingt ans de moins.

« Tu es en train de devenir une femme, me dit-elle avec une drôle de voix. Une adulte. Et c'est ce qu'on porte quand on est adulte. Qu'en penses-tu ? »

J'en pense que l'agence va croire que je viens lui faire un procès.

Mais juste avant d'ouvrir la bouche pour lui dire que je préférerais mille fois y aller en araignée, je vois sa tête. Elle est si radieuse, et si impatiente, et si heureuse – car il est clair qu'elle conçoit ce moment comme une sorte de grand passage initiatique – que le cœur me manque.

« J'adore, dis-je en croisant les doigts derrière mon dos.

— C'est vrai ? Et tu vas le porter aujourd'hui ? »

Je déglutis, gorge nouée. Je ne connais pas grand-chose à la mode, mais je n'ai pas vu beaucoup de filles de quinze ans en tailleur à rayures tennis la semaine dernière.

« Oui, soufflé-je en tâchant de feindre l'enthousiasme.

— Excellent ! me lance-t-elle avec un immense sourire, en poussant d'autres sacs dans ma direction. Parce que je t'ai acheté un agenda et un attaché-case pour aller avec ! »

25

Mon plan entier était une vaste perte de temps. Et un gaspillage d'encre et de papier.

Le temps que j'aie revêtu mon costume d'assistante juridique et que mes parents aient fini de se disputer au sujet du tee-shirt de papa (« Il n'est même pas lavé, Richard ! — Je ne m'inclinerai pas devant les diktats de la mode, Annabel ! — Mais devant les règles de l'hygiène élémentaire, Richard ? »), nous avons raté notre train, ainsi que le suivant.

Quand nous arrivons à Londres, nous n'avons plus le temps de prendre un pain au chocolat ni un cappuccino, et apparemment, même si nous l'avions, je n'aurais pas le droit d'en commander.

« Pas de café, Harriet, déclare Annabel quand je me mets à trépigner devant la vitrine d'un café.

— Mais, *Annabel*…

— Non. Tu n'as que quinze ans, et tu es déjà assez nerveuse comme ça. »

Pour couronner le tout, lorsque nous localisons enfin la bonne rue dans le quartier de Kensington, nous ne trouvons pas l'immeuble. Principalement parce que nous ne cherchions pas un cube en ciment coincé derrière un supermarché.

« Ça n'a pas l'air très… murmure papa, dubitatif, alors que nous sommes devant et contemplons le bâtiment avec suspicion.

— En effet, dit Annabel. Tu crois que c'est…

— Louche ?

— C'est peut-être plus beau à l'intérieur ? suggère Annabel.

— Quelle ironie, pour une agence de mannequins ! » lance papa.

Sur quoi ils éclatent de rire, et Annabel se penche pour l'embrasser, ce qui veut dire qu'ils se sont mutuellement pardonné leurs insultes. Franchement, on dirait un couple de poissons rouges : ils se chamaillent, et trois minutes après tout est oublié.

« Bieeen, dit lentement Annabel, pressant plusieurs fois la main de papa en croyant que je ne vais pas le remarquer, après quoi elle inspire profondément et me regarde. Je suppose qu'on y est. Tu es prête, Harriet ?

— Tu plaisantes ? fait papa en m'ébouriffant les cheveux. La célébrité, la fortune, la gloire ? C'est une Manners : elle est prête de naissance. »

Avant que j'aie pu répondre à cette énorme contre-vérité, il ajoute : « Le dernier à l'intérieur est un gros nul ! »

Et il part en courant, entraînant Annabel par la main.

Ce qui me laisse, tremblante comme la proverbiale feuille, assise sur le trottoir, la tête entre les genoux, en proie à une crise de panique pas du tout proverbiale.

26

J'ai beau respirer à fond pendant plusieurs minutes, je ne retrouve pas mon calme.

Ceci va peut-être vous surprendre, mais voici un fait : les gens qui planifient minutieusement les choses ne sont pas particulièrement connectés avec la réalité. Ils en ont l'air, mais c'est faux : au contraire, ils s'emploient à la découper en mini-portions pour ne pas avoir à contempler le tableau général. C'est de la procrastination sous sa forme la plus pure, parce que cela persuade tout le monde – y compris eux-mêmes – qu'ils sont très sensés et en prise avec la réalité, alors que c'est tout l'inverse : ils la réduisent en miettes pour pouvoir faire comme si elle n'existait pas du tout.

Comme Nat quand elle grignote un hamburger à toutes petites bouchées pour se donner l'impression qu'elle ne le mange pas, alors qu'elle le boulotte comme vous et moi.

Malgré ma rigoureuse planification, je n'arrive pas à morceler le réel, là. Entrer dans une agence de mannequins et demander à des inconnus de me dire objectivement si je suis jolie ou non, c'est une énorme bouchée d'effroi, et la vérité, c'est que je suis terrifiée.

Donc, juste au moment où la situation ne devrait pas pouvoir empirer, je me mets à hyperventiler.

L'hyperventilation se définit comme un débit respiratoire supérieur à cinq à huit litres d'air par minute, et la meilleure chose à faire quand on hyperventile est de trouver un sac en papier et de respirer dedans. Cela parce que l'accumulation de dioxyde de carbone dans l'air exhalé contribue à ralentir le rythme cardiaque, ce qui à son tour ralentit la respiration.

Comme je n'ai pas de sac en papier sur moi, je me rabats sur un paquet de chips, mais l'odeur de sel et de vinaigre me lève le cœur. J'envisage d'essayer le sac en plastique dans lequel se trouvait mon paquet de chips, mais je me rends compte à temps que, si j'aspire trop fort, je vais me le coller dans la trachée, une situation problématique même quand on n'a pas de mal à respirer au départ. Donc, en dernier recours, je ferme les yeux et respire dans mes mains placées en coupe.

Et c'est ce que je fais depuis environ trente-cinq secondes lorsque j'entends un bruit d'origine humaine à côté de moi.

« Va-t'en », dis-je faiblement, inspirant et expirant toujours à fond. Je ne veux pas savoir ce que pense papa. Lui, quand il est stressé, il joue aux devinettes tout seul, alors vous comprenez : je ne vois pas comment il pourrait m'être utile.

« On n'est pas à Singapour, ici, tu sais, fait une voix. Tu ne peux pas te rouler par terre comme ça. Tu vas mettre du chewing-gum plein ton tailleur, en plus. »

Je cesse subitement de respirer, mais je garde les yeux fermés parce que maintenant je suis trop gênée pour les rouvrir. Mon tailleur est gris et le trottoir aussi ; peut-être que, si je ne bouge pas du tout et ne fais aucun bruit, je vais me fondre dans le décor, et le propriétaire de la voix ne me verra plus.

Raté.

« Alors, Miss Dessous-de-Table, continue la voix en réprimant un rire. Qu'est-ce que tu fabriques, cette fois-ci ? »

Ce n'est pas possible.

Et pourtant si.

J'ouvre un œil, regarde entre mes doigts, et là, assis sur le trottoir à côté de moi… l'Homme-Lion.

27

S'il y a une personne au monde par qui je ne voulais pas être vue assise par terre en tailleur à rayures tennis, en train d'hyperventiler dans mes mains, c'est lui. Le premier de la liste.

Et juste après, le type qui décerne les prix Nobel. Juste au cas où, vous voyez, quoi.

« Hummm », dis-je dans mes mains en réfléchissant le plus vite possible.

Comme « J'hyperventile » ne me semble pas être une réponse idéale, je trouve autre chose : « Je me reniflais les mains. » Ce qui, avec le recul, me paraît encore pire. Il faut que j'ajoute vite une précision. « Pas parce qu'elles sentent mauvais, note bien. Car ce n'est pas le cas. »

De nouveau, je jette un petit coup d'œil entre mes doigts et vois que l'Homme-Lion remue paresseusement les pieds en contemplant le ciel. Je ne sais pas comment il s'y prend, mais il réussit à être encore plus beau que jeudi dernier.

« Alors, qu'est-ce qu'elles sentent ?

— Un peu le sel », dis-je honnêtement. Puis j'ajoute nerveusement : « Tu veux sentir ? »

Oui. En fouillant dans quinze années de savoir, de passions et d'expérience, le mieux que j'aie trouvé à dire, c'est « Est-ce que tu veux sentir mes mains ? ».

« J'essaie d'arrêter, me répond-il avec malice. Mais merci quand même.

— De rien », dis-je par réflexe.

Ensuite, il y a un bref silence pendant lequel je me demande si – dans un univers parallèle, quelque part ailleurs – une autre Harriet Manners est en train d'avoir une conversation avec un garçon beau à tomber par terre et prénommé Nick sans passer pour une imbécile totale.

« Bon, finit-il par souffler. Tu es prête à monter, maintenant ? Parce que tes parents attendent à l'accueil, et vu la tête de ta mère il y a cinq minutes, il est possible que tout le monde soit mort là-bas à l'heure qu'il est. »

Oh, nom d'une sucette à moteur. Je le savais, qu'Annabel allait se mettre en mode *Tomb Raider* : elle est d'une humeur de chien depuis ce matin.

« Qu'est-ce qui te dit que ce sont mes parents ? je rétorque sur un ton détaché, espérant lui faire croire que je ne les ai jamais vus de ma vie.

— D'abord, ta mère est habillée exactement comme toi. Et puis tu as la même couleur de cheveux que ton père.

— Ah.

— Et ils n'arrêtent pas de regarder par la fenêtre et de répéter : "Bon sang mais qu'est-ce qu'elle fabrique, cette Harriet ?"

— Ah. »

J'ai les mains qui tremblent, et je me demande jusqu'où je vais pouvoir continuer à rougir de honte. Je suis déjà violette.

« Tu sais, dis-je après un instant de réflexion, je crois que je vais peut-être bien rester ici.

— À hyperventiler sur le trottoir ? »

Relevant les yeux, je constate qu'il est hilare.

« Oui », fais-je d'un air pincé. Il n'a pas le droit de se moquer de mes problèmes respiratoires. Qui peuvent s'avérer très dangereux. « Je vais rester ici et je vais hyperventiler sur le trottoir jusqu'à ce soir. C'est une décision que j'ai prise en tant que femme d'affaires en tailleur, et c'est ainsi que je compte me distraire jusqu'à la tombée de la nuit. »

Nick éclate franchement de rire, bien que pour ma part je sois tout à fait sérieuse.

« Ne sois pas bête, Harriet Manners. »

Il se lève, et une petite décharge électrique me traverse les entrailles parce que je me rends compte qu'il a retenu mon nom.

« Et n'aie pas peur, continue-t-il. Le mannequinat, ça n'a rien d'effrayant. Ça peut même être marrant, de temps en temps. Tant qu'on ne se prend pas trop au sérieux.

— Mmm », dis-je vaguement… parce que, pour être franche, je prends *tout* au sérieux.

Et puis je le regarde repartir de son pas traînant vers le bâtiment. Tout ce que fait Nick est lent, comme s'il vivait dans une petite bulle qui va deux fois moins vite que le reste du monde autour de lui. C'est fascinant. Même si cela me donne l'impression, par contraste, que tout ce que je fais et dis est trop rapide, frénétique, et du coup s'embrouille et s'emmêle comme le fil dans la machine à coudre de ma grand-mère.

« Au fait, tu veux connaître la *vraie* bonne nouvelle à propos du mannequinat ? » ajoute-t-il en faisant brusquement demi-tour.

Je lui jette un œil méfiant en tâchant d'ignorer la sensation de mal de mer causée par mon estomac qui palpite comme un poisson sorti de l'eau.

« Quoi ?

— C'est un milieu professionnel plein de tables sous lesquelles on peut se cacher. Si tu décides que finalement ça ne te plaît pas, tu n'auras qu'à te baisser. »

Et dans un nouvel éclat de rire, il disparaît entre les portes de l'agence.

Il y a encore quarante-huit heures, l'événement le plus époustouflant qui me soit arrivé dans ma vie était la fois où ma main avait été accidentellement touchée par celle de l'employé le moins boutonneux de la bibliothèque de mon quartier, et encore, c'était juste parce qu'il me tendait un livre. Et maintenant, on attend de moi que je me lève du trottoir et que je suive le plus beau garçon de l'univers dans une agence de mannequins de renommée internationale, comme si c'était la chose la plus naturelle, la plus normale au monde.

Alors je vais être très claire, au cas où vous ne me connaîtriez pas encore assez bien.

Ça n'est pas normal du tout.

28

J'attends le plus longtemps possible, parce qu'il est important de conserver à tout moment un haut niveau de dignité, et aussi parce qu'on ne doit pas montrer à quelqu'un qu'on est folle amoureuse de lui en le poursuivant dans des escaliers. Ensuite, je me lève du trottoir et je marche à toute vitesse.

Tout ça pour rien : Nick reste toujours à quelques pas devant moi, comme s'il était la carotte et moi l'âne éternellement optimiste. Le temps que j'atteigne le hall d'accueil d'Infinity Models (au troisième étage), il s'est volatilisé, et il ne reste que le léger battement d'une porte pour me convaincre que je ne l'ai pas imaginé.

Un coup d'œil rapide, toutefois, me prouve qu'il avait raison et qu'Annabel est effectivement furax. Alors que papa fait des bonds partout dans la pièce, ce qui exaspère l'hôtesse d'accueil, ma belle-mère reste assise dans un silence total, toute droite, le dos très loin du dossier de sa chaise. Les tendons de son cou ressortent comme les cloques dans le papier peint de notre salon.

Et soudain, je comprends pourquoi. Quelque part dans la direction de son regard, j'entends au loin les pleurs d'une fille.

« Où étais-tu passée ? » me demande-t-elle aussitôt que j'arrive.

Je suis sauvée non par le gong mais par Wilbur, qui jaillit par la porte dans une explosion de couleurs. Il a associé un pantalon de soie orange à une chemise pleine de taches de peinture, sauf qu'il est évident que ni lui ni personne n'a réellement fait de la peinture.

« Bon-jouuuuuuur ! s'écrie-t-il en joignant les mains avec ravissement. Mais qui voilà ? Monsieur et madame Bébé-Bébé-Panda ! Juste là, devant moi, comme deux petits pots de fromage frais à la fraise assortis ! Oooh, je pourrais vous manger. Mais je vais m'abstenir, car ce serait affreusement malpoli. »

Les yeux d'Annabel sont devenus très ronds et sa bouche s'est ouverte toute seule. Même papa a cessé de s'agiter et il s'assied à côté d'elle d'un air légèrement terrifié.

« Qu'est-ce qu'il raconte ? lui souffle-t-elle du coin des lèvres. *Comment* est-ce qu'il vient de nous appeler ?

— C'est ça, la mode, murmure mon père d'un ton rassurant, en lui prenant doucement la main comme si elle était Dorothy et lui Glinda, la gentille sorcière du Nord dans *Le Magicien d'Oz*. C'est comme ça qu'ils parlent, c'est normal.

— Et voici Mini-Panda en personne ! continue Wilbur sans se soucier d'eux, en me faisant signe. En tailleur, rien de moins ! Quelle a été ton inspiration cette fois-ci, Ouistiti-Joli ? »

Annabel articule en silence : « Ouistiti-Joli ? » à papa, lequel hausse les épaules et lui chuchote en réponse : « Monsieur Bébé-Bébé-Panda ? »

« Ma belle-mère est avocate, dis-je en guise d'explication.

— "Ma... belle-mère... est avocate", répète lentement Wilbur d'un air de plus en plus émerveillé. Génial ! Je m'appelle Wilbur, "bur" et pas "iam", poursuit-il gaiement en gambadant pour aller prendre les mains d'Annabel et de papa, et je suis intensément, *intensément* ivre de joie de vous voir tous les deux.

— C'est un... hum, balbutie Annabel, mais Wilbur lui met les doigts sur la bouche pour l'empêcher de parler.

— Chhhhht. Je sais bien, ma petite Citrouille-Géniale. Et il faut que je vous dise que je suis complètement *incandescent* en ce moment même devant le merveilleux *visâââge* de votre fille. Un visage unique. Nouveau. Intéressant. Nous n'en voyons pas souvent par ici. C'est bien simple, nous n'avons que des jambes jusqu'*ici* (il désigne son propre cou), des cils jusque-*là* (il éloigne sa main de vingt centimètres au niveau de ses yeux) et des lèvres jusque-*là* (il laisse sa main au même endroit). Barbant, barbant, barbant. » Il se tourne vers moi avec un grand sourire. « Mais tu n'as rien de tout cela, toi, n'est-ce pas, ma petite Caisse-de-Pêches ? »

J'ouvre la bouche pour répondre, mais je me rends soudain compte qu'il est en train de me dire… que je n'ai rien de tout cela. Tout ce qu'on appelle généralement la beauté. Formidable.

Pendant ce temps, papa fixe sa propre main, toujours prisonnière de celle de Wilbur.

« Hum, fait-il en tentant de se dégager le plus poliment possible.

— Je sais ! lui dit Wilbur en serrant plus fort. Un tourbillon d'aventures nous attend ! »

Et avant qu'ils aient pu ajouter un mot, il reprend la main d'Annabel, les force tous les deux à se lever et commence à les traîner à travers le hall de l'accueil.

29

« Bien, j'adorerais y mettre un peu plus de cérémonie, dit Wilbur en poussant carrément mes parents dans un petit bureau tout au fond, mais nous n'avons pas une minute à perdre. J'ai un autre rendez-vous dans six minutes. Alors finissons-en rapido, et en avant pour la magie, pas vrai ? »

Il lève une main en direction de papa.

« Banco ! clame celui-ci en lui tapant dans la main.

— Mais enfin, s'écrie Annabel tandis que Wilbur nous indique des petits sièges en plastique, suis-je la seule à prendre tout ceci au sérieux ? Et je vous préviens que je vais prendre des notes, ajoute-t-elle avec sévérité en sortant un calepin.

— Comme c'est rigolicieux ! » clame Wilbur.

Annabel écrit un mot, un seul, mais je ne vois pas lequel.

« Bien, le prénom Harriet est-il définitif ? »

Nous le dévisageons tous avec stupéfaction, car… enfin, quoi, c'est mon prénom ! Je le porte de manière assez définitive, en effet, depuis une quinzaine d'années.

« Je tiens mon prénom, l'informé-je sur un ton aussi digne que possible, d'Harriet Quimby, la première femme pilote américaine et première femme à avoir traversé la Manche aux commandes d'un aéroplane. Ma mère l'a choisi pour évoquer la liberté, le courage et l'indépendance, et elle l'a prononcé juste avant de mourir. »

Il y a un bref silence. Wilbur prend l'air peiné qui convient. Puis c'est papa qui parle.

« Qui t'a raconté ça ?

— Annabel.

— Mais ce n'est pas vrai du tout. Tu tiens ton nom d'Harriet la tortue, la deuxième tortue la plus âgée au monde. »

Nouveau silence, pendant lequel je regarde fixement papa. Annabel se prend la tête entre les mains, si brusquement que son stylo se met à fuir dans son col.

« Richard… gémit-elle à mi-voix.

— Une *tortue* ? je répète, désemparée. Je tiens mon nom d'une *tortue* ? Et c'est censé évoquer quoi, une tortue ?

— La longévité ? »

J'en reste comme deux ronds de flan. Je n'en reviens pas ! Quinze ans passés, affublée du pire prénom possible, et je ne peux même pas m'en plaindre à ma mère, vu qu'elle est décédée !

« Nous pourrions essayer Frankie ? propose Wilbur, plein de bonne volonté. Je ne crois pas qu'il y ait eu de reptiles célèbres portant ce prénom, mais il a bien dû y avoir un chat ou deux.

— On garde Harriet, intervient Annabel d'une voix tendue.

— Reconnais que ça valait le coup d'essayer, me chuchote Wilbur, mais je suis trop occupée à faire les gros yeux à mon père pour lui répondre.

— Et maintenant, reprend Annabel, qui tient une liste devant elle. Wil*bur*. Vous êtes conscient qu'Harriet est encore scolarisée ?

— Bien sûr, Moumoute-en-Sucre. Les autres sont décidément trop vieilles. »

Annabel lui lance un regard haineux.

« Je vois qu'il faut que je reformule. *Qu'en est-il de la scolarité d'Harriet* ?

— Nous nous adapterons. L'éducation, c'est hypeeer important, n'est-ce pas ? Surtout le jour où la beauté s'en va et où on s'empâte un peu. »

Annabel plisse les paupières.

« Et ça va nous coûter combien, tout ça ?

— Seigneur, elle n'y va pas par quatre chemins, hein ? commente Wilbur d'un air approbateur en faisant un clin d'œil à papa. Pour un simple test, tout le monde travaille gratuitement et cela ne coûte rien du tout. Pour un engagement, Harriet est payée et l'agence prend un pourcentage. C'est un peu tout l'intérêt, pas vrai ? Je ne travaille pas ici uniquement pour les soirées mondaines. » Il marque une pause, pensif. « Bon, un peu pour les soirées mondaines, se corrige-t-il, mais pas seulement.

— Et qui veillera sur elle ? Elle n'a que quinze ans.

— Mais vous, Chouchou. Ou bien Panda Senior, là. À quinze ans, elle doit être chaperonnée en permanence, et je propose que ce soit par un de vous deux, parce que les parfaits inconnus que nous ramassons dans la rue ne seront sûrement pas aussi attentifs. »

Un rapide coup d'œil à mon père m'apprend que son niveau d'enthousiasme monte dangereusement en flèche. Annabel le fusille du regard.

« Et qui est cette fille que j'ai entendue pleurer tout à l'heure ? demande-t-elle entre ses dents. Pourquoi pleurait-elle ? »

Wilbur soupire.

« Nous avons dû lui dire non, Chérubine-Chérie. Si nous réalisions le rêve de toutes celles qui veulent être mannequins, nous serions simplement une agence d'êtres humains, pas vrai ? La mode est un milieu très exclusif, ma Courgette-Choupinette. Ce qui implique d'*exclure* des gens.

— Mais c'était une enfant », fulmine Annabel.

Wilbur hausse les épaules.

« Peut-être, peut-être pas. C'est difficile à dire : parfois, c'est simplement qu'elles ne mangent pas beaucoup. Ça perturbe les hormones de croissance, vous savez ? Enfin bref, nous l'avons envoyée voir ailleurs. » Et là, il nous fait à tous un grand sourire. « Mais vous, je ne vais pas vous envoyer voir ailleurs, parce que vous êtes spécialement invités par *myself* ! »

À ce moment-là, il jette les polaroïds de la Mode Expo sur la table.

« Votre fifille est adorable. Jamais de ma vie je n'ai vu un tel canard martien.

— Un *quoi* ?

— Notre Frankie a exactement le physique du fruit roux des amours clandestines d'un Martien et d'un canard, et c'est ça qui est tellement *frais* !

— Elle-ne-s'appelle-pas-Frankie ! s'exclame Annabel sans plus cacher sa contrariété. Elle s'appelle *Harriet* !

— Tu n'aurais pas pu au moins sourire, Frankie ? soupire papa en observant les photos. Pourquoi faut-il toujours que tu fasses la tête ? » Il regarde Wilbur d'un air navré. « Elle a gâché 80 % de nos photos de vacances en France l'été dernier.

— Elle s'appelle Harriet ! braille Annabel.

— Oh, pensez-vous, répond Wilbur sans l'écouter. Moi, ça me va. Le public aime que les top-modèles paraissent aussi profondément malheureuses que possible. On ne peut quand même pas avoir la beauté *et* le bonheur : ce serait trop injuste ! » Il admire les photos avec une expression d'intense satisfaction. « Harriet semble engluée dans le tréfonds du désespoir : elle est parfaite. Enfin, elle le sera dès que nous nous serons occupés de ce strabisme, bien sûr.

— Mais de quoi parlez-vous ? crie Annabel d'une voix qui monte de plus en plus dans les aigus, comme si elle chantait. Harriet n'est pas bigleuse !

— Pardon, pardon, fait Wilbur en agitant les mains pour tâcher de l'apaiser. Quel est le terme politiquement correct, déjà ? Mal convergente oculaire ? »

Annabel est à deux doigts de le mordre. Je trouve finalement la force de m'interposer avant qu'elle ne démolisse la pièce entière.

« Êtes-vous bien sûr que je suis ce que vous cherchez ? Qu'il n'y a pas une erreur quelque part ? »

Parce que avec toute cette tension et tous ces cris, je n'ai pas encore pu en placer une, mais certains des mots que j'ai entendus m'ont quand même interpellée. Des mots comme « rousse », « tortue », « Martien », « canard » et « strabisme ». Pour l'instant, je ne vois pas trop venir la métamorphose magique que j'attendais. Je ne me sens pas franchement magnifique. Pour tout dire, je me sens encore plus moche qu'à mon arrivée.

« Ma petite Tortue », me dit Wilbur en me prenant la main. Mes yeux de Martienne mal convergents à cils courts commencent à s'emplir de larmes. « Bigleuse ou non, il n'y a aucune erreur. Tu es parfaite comme tu es. Et je ne suis pas le seul à le penser.

— Non, ton papa le pense aussi », renchérit mon père en m'ébouriffant les cheveux pour tenter de faire la paix.

Je grogne et lui tape sur la main.

Wilbur, lui, sourit toujours.

« En fait, je faisais une allusion assez énigmatique, je le reconnais, à une styliste *immensément* importante qui a vu les polaroïds et qui souhaite rencontrer Harriet asap. » Il consulte sa montre. « Asap est l'abréviation de l'expression "as soon as possible", qui signifie "dès que possible" », croit-il bon d'ajouter.

S'ensuit un long silence, pendant lequel Annabel, papa et moi contemplons Wilbur d'un air absolument inexpressif. Au bout de vingt secondes de rien, Annabel sort tout à coup de son hébétude.

« Mais que voulez-vous dire, étrange petit bonhomme ? Quand ? »

La montre émet un petit *bip-bip*.

« Maintenant ! répond-il en se levant tout joyeux. Il s'agit de l'autre rendez-vous dont je vous parlais.

— *Maintenant* ?

— Oui. » Là-dessus, Wilbur me regarde droit dans les yeux. « Elle est dans la pièce à côté. »

30

Bon, je sais beaucoup de choses.

Je sais que le mot « momie » dérive d'un terme égyptien signifiant « bouillasse noire et gluante ». Je sais que, chaque année, la Lune vole un peu d'énergie à la Terre et s'éloigne de nous de 3,8 cm. Je sais que, quand on éternue, tous les organes s'arrêtent, y compris le cœur.

Sur le mannequinat, en revanche, je ne sais rien du tout.

Toutefois, je suis à peu près certaine que ce n'est pas censé se passer ainsi. L'agence est censée m'évaluer, puis prendre un moment pour réfléchir, nous sommes censés l'évaluer, puis prendre un moment pour réfléchir, et nous sommes tous censés prendre des tas de décisions très réfléchies et beaucoup attendre avant qu'il se passe quoi que ce soit d'intéressant. À supposer qu'il se passe quelque chose d'intéressant.

Ils ne sont pas censés me jeter une styliste à la figure, telle Alexa me jetant le ballon en pleine tête avant même que la partie de balle au prisonnier ait commencé. En outre, ils n'ont même pas encore ébauché ma métamorphose. Je ne suis pas prête. Je suis encore une chenille.

« Co-co-comment ? finit par balbutier Annabel, totalement incrédule. Elle est… *quoi* ? »

Sur ces entrefaites, Wilbur m'a soulevée à deux mains de ma chaise, et il me pousse en ce moment même vers la porte, sur mes jambes chancelantes de Bambi.

« Elle est dans la pièce à côté, répète-t-il. Vous savez, de nos jours, on trouve en pharmacie de fabuleux petits vaporisateurs pour les oreilles qui vous débarrassent en un clin d'œil des menus soucis d'audition.

— Impossible, gronde Annabel en commençant elle aussi à se lever.

— Oh, je vous assure que si, insiste Wilbur. Un petit *plop*, et soudain vous entendez à nouveau. »

Annabel claque la langue de fureur.

« Je voulais dire qu'Harriet n'ira nulle part. »

Il la regarde, interdit.

« Mais c'est une styliste *importantissime*, mon petit Bec-de-Cane. Je crois que vous ne saisissez pas bien. Notre Frankie est une petite fille très chanceuse de pouvoir ne serait-ce que l'approcher.

— Je me fous complètement que ce soit la reine de l'Univers, tranche Annabel. On ne va pas jeter Harriet dans le grand bain comme ça. »

Wilbur soupire.

« Voyons les choses de manière un peu rationnelle, d'*accordo* ? Vous n'avez rien signé et vous n'avez encore rien décidé. Vous pouvez toujours dire non. Mais ne vaut-il pas mieux savoir à quoi on dit non ? C'est un calcul très simple.

— Ce n'est pas une question de calcul », soupire Annabel.

Mais là, son visage se chiffonne et ses sourcils se rapprochent : la logique commence à faire son chemin.

« Et en plus, Annabel, ajoute papa avec impatience, imagine que ce soit *vraiment* la reine de l'Univers ?

— Oh, nom d'un petit bonhomme ! » finit-elle par souffler. (Wilbur demande à papa à voix basse : « C'est vous, le petit bonhomme ? ») « Harriet, tu as envie de rencontrer cette personne, toi ?

— Euh », dis-je, parce que soudain tout est devenu très lointain et très silencieux et que tout mon corps est agité de tremblements – même mes pouces.

Ce n'est pas conforme au plan. Ça n'est conforme à *aucun* plan.

Ils veulent que j'agisse sans plan ?

Oui. Apparemment, c'est exactement ce qu'ils veulent.

« *Perfecto mundo !* » s'écrie Wilbur.

Et avant que j'aie le temps de réfléchir à la suite, il me pousse par la porte et referme derrière nous.

31

Nous sommes seuls dans le couloir, et je recommence à hyperventiler. J'aurais dû prendre le sachet de chips avec moi.

« Bien ! me dit Wilbur. Tu n'as aucune inquiétude à avoir, Plum-Pudding. Cette femme ne peut pas te faire de mal. » Il réfléchit un instant à ce qu'il vient de dire. « En réalité, ce n'est pas complètement vrai. Elle peut te faire du mal, et elle t'en fera peut-être. Mais essaie d'oublier ça, car si elle flaire la peur sur toi, cela risque d'aggraver les choses. Elle est un peu comme un affreux rottweiller, mais avec moins de muscles et de bien meilleures manières à table.

— M-m-m-mais qui est-ce ?

— Si je te le dis, tu vas paniquer. »

Je panique déjà, de toute manière. Je ne vois pas ce qu'il pourrait me dire qui me fasse encore plus peur.

« Je ne paniquerai pas. » Un gros bobard.

« Si. Tu vas paniquer, et alors je vais paniquer, et alors tu paniqueras encore plus, et elle verra que nous sommes faibles et elle nous dévorera tous les deux.

— Wilbur, je vous *promets* de ne pas paniquer. Dites-moi simplement qui c'est. »

Il prend une grande inspiration et agrippe mes deux bras.

« Ma Compote-de-Fraises chérie, souffle-t-il avec déférence, c'est *Yuka Ito.* »

Et il attend ma réaction. Qui doit être très décevante, car après un bref silence, il me secoue doucement et me tapote le crâne.

« Tu es toujours là ? Tu n'as pas survécu au choc ?

— Qui ça ?

— Yuka Ito. » Il attend encore un peu que ça fasse tilt, puis soupire parce que ça ne fait rien du tout. « Styliste de légende, a personnellement découvert au moins cinq super top-modèles ? Dispose d'un *fauteuil personnalisé à son nom* à la Fashion Week de New York ? Directrice de création actuelle de Baylee ? » Il attend encore encore un peu, et soupire de nouveau. « Lapinou-Lapinette, cette femme ne travaille pas dans la mode, elle *est* la mode. Elle en est le début et la fin. Un petit peu *plus* de panique ne ferait pas de mal, là. »

À en croire les chercheurs, chaque information voyage dans le cerveau à une vitesse minimale de

416 km/h. Mais je ne les crois pas, car mon cerveau à moi est très loin d'atteindre cette allure.

Ma bouche s'est subitement asséchée. Je n'ai jamais entendu parler de Yuka Ito, mais j'ai entendu parler de Baylee. Les filles du collège achètent des contrefaçons de leurs sacs à main au marché. Et on m'envoie devant elle comme ça ? En *tailleur* ? Sans aucune préparation ? Et ma métamorphose, alors, où est-elle ?

« M-m-m-m-m-mais q-q-q-q-qu'est-ce que je dois f-f-f-f-faire ? dis-je en bégayant parce que mes oreilles ont fait ce qu'elles font toujours quand j'ai très peur : elles font les mortes, ou tout comme. Q-q-q-q-qu'est-ce que je dois d-d-d-d-dire ? »

Wilbur pousse un soupir de soulagement.

« Ah, ouf, voilà qui est mieux. Crise de nerfs totale. Une réaction quand même plus respectable. »

Il me donne de petites tapes et m'entraîne vers le second bureau vitré.

« *Toi*, tu ne fais rien, Beignet-au-Sucre-Glace. C'est Yuka Ito qui *fait*. Crois-moi, elle saura tout de suite si tu es ce qu'elle cherche. Et si ce n'est pas le cas… Bah. Elle te mordra jusqu'au sang, probablement.

— M-m-m-m-mais…

— Ne t'inquiète pas, elle est cent pour cent aseptisée. Attention, c'est maintenant que tout le reste de ta vie va prendre forme, Harriet. » Il pose une main rassurante sur mon épaule. Puis se ravise. « Ou échouer lamentablement. » Il ouvre la porte. « Pas de pression, surtout ! »

Et il me propulse à l'intérieur.

32

Ok.

Respirer à fond. Iiiinspirer, eeeeexpirer. Mais subtilement : je ne voudrais pas que Yuka Ito me croie en train d'accoucher.

Tout est sombre, mais j'ignore si c'est mon cerveau qui s'est éteint de terreur ou si ce sont mes yeux qui ont du mal à s'accoutumer. La pièce est plongée dans le noir, il y a juste une loupiote dans le coin. Et pile au milieu, dans un fauteuil, est assise une très petite femme.

Immobile, parfaitement silencieuse, en noir de la tête aux pieds. *Tout* est noir : ses longs cheveux sont noirs, son chapeau minuscule est noir et la voilette en dentelle qui lui pend sur un œil est noire. Sa robe est noire et ses chaussures sont noires et ses bas sont noirs. L'unique chose sur elle qui ne soit pas noire est son rouge à lèvres, mais il est violet foncé. Ses mains sont très sagement pliées sur ses genoux, et la seule autre caractéristique que je puisse trouver pour la décrire, c'est qu'elle est tout ce que Wilbur n'est pas : calme, posée, rigide. On dirait exactement une araignée de la mode.

Je le savais : j'aurais dû m'en tenir à ma première tenue.

Wilbur, tel un acteur de théâtre, s'écrie « Chériiiiiie ! » et court l'embrasser. « Ça fait trooooop longteeeemps ! »

Elle le regarde sans que le moindre frémissement d'expression apparaisse sur son parfait visage pâle.

« Je t'ai vu il y a huit minutes. C'est-à-dire, me semble-t-il, deux minutes de plus que prévu.

— C'est ce que je dis ! Troooop longtemps ! » Il revient vers moi en courant, imperturbable, et me pousse en avant. « Ça n'a pas été une mince affaire de l'attraper, celle-là, explique-t-il joyeusement – un peu comme s'il était mon chien Hugo et moi un vraiment chouette bâton –, mais tu vois, je te l'ai rapportée. »

Il me donne une pichenette du bout des doigts de telle manière que je me retrouve, gauche et empruntée, juste devant Yuka. Elle a quelque chose de tellement royal que je me surprends soudain à lui faire une révérence, comme j'ai appris à en faire à la danse, jusqu'au jour où la prof a demandé à Annabel de ne plus m'amener parce qu'il lui était, je cite, « impossible de m'enseigner la grâce ».

Yuka Ito m'observe avec un visage de marbre, puis – quasiment sans bouger – touche un petit bouton de la télécommande qu'elle a sur les genoux. Un gros spot lumineux s'allume progressivement, de manière très théâtrale, presque exactement au-dessus de ma tête, et je sursaute un peu. Non mais sérieusement, on est où, là ?

« Harriet », dit-elle alors que je regarde en haut, les yeux plissés.

Sa voix n'ayant aucune inflexion, je ne sais pas bien si c'est une question ou une affirmation, ou si elle s'entraîne juste à prononcer mon prénom.

Je précise par réflexe : « Harriet Manners.

— Harriet Manners. » Elle me toise longuement. « Quel âge as-tu, Harriet Manners ?

— J'ai quinze ans, trois mois et huit jours.

— Est-ce ta couleur de cheveux naturelle ? »

Je reste coite un instant. Pourquoi voudrait-on se les teindre de cette couleur ?

« … Oui. »

Elle hausse un seul sourcil.

« Et tu n'as jamais posé ?

— Non.

— As-tu la moindre notion de mode ? »

Je baisse les yeux sur mon tailleur gris à rayures tennis. Ça doit être une question piège.

« Non.

— Et sais-tu qui je suis ?

— Vous êtes Yuka Ito, directrice artistique de Baylee.

— Savais-tu qui j'étais avant que Wilbur te le dise il y a trente secondes ? »

Un bref coup d'œil à Wilbur.

« Non.

— Mais elle est *très* brillante, éclate Wilbur, incapable de se contenir plus longtemps. Elle apprend avec une rapidité folle, pas vrai, ma petite Maya-l'Abeille ? Quand je lui ai dit qui tu étais, elle ne l'a pas oublié aussitôt. »

Yuka fait lentement glisser son regard jusqu'à lui.

« À quel moment au juste, profère-t-elle d'une voix glaciale, t'ai-je donné l'impression que je souhaitais engager la conversation avec toi, Wilbur ?

— Aucun », convient-il en reculant de quelques pas.

Il commence à me faire signe d'aller me placer derrière lui.

« Et, continue-t-elle en s'adressant à moi, quelle est ton opinion sur la mode ? »

Je réfléchis très fort pendant quelques secondes.

« Ce ne sont que des vêtements », dis-je enfin.

Puis je referme ma bouche le plus hermétiquement possible et je m'inflige mentalement une torture indienne. *Ce ne sont que des vêtements ?* Mais c'est quoi, mon problème ? Dire à la femme la plus puissante de l'industrie textile « Ce ne sont que des vêtements », c'est comme dire à Michel-Ange : « Ce n'est qu'un dessin. » Ou à Mozart : « Ce n'est qu'un morceau de musique. » Pourquoi n'y a-t-il aucun filtre entre mon cerveau et ma bouche pour arrêter ce genre de phrases, comme celui que nous avons dans l'évier de la cuisine pour arrêter les épluchures ?

« En ce cas, veux-tu bien m'expliquer pourquoi tu souhaites devenir mannequin ? »

Je déglutis et j'hésite.

« Je crois… que j'aimerais changer les choses.

— Et par les *choses*, intervient Wilbur en s'avançant, elle veut dire : la faim dans le monde. La pauvreté. Le réchauffement climatique.

— En fait, je parlais de moi, principalement, le contredis-je avec embarras. Je ne suis pas sûre que la mode puisse changer grand-chose d'autre. »

Yuka m'étudie fixement pendant une éternité qui me semble durer environ vingt ans, bien qu'il s'agisse en fait de dix secondes, d'un air totalement inexpressif.

« Tourne un peu », finit-elle par lâcher.

Alors je tourne sur moi-même. Et puis, vu que je ne sais pas trop quoi faire d'autre, je continue de tourner. Et je tourne et je tourne. Jusqu'à ce que je commence à craindre de vomir sur la moquette.

« Tu peux arrêter de tourner », me dit-elle sèchement au bout d'un moment, d'une voix qui me paraît tendue.

Une nouvelle pression du doigt, et la lampe qui est au-dessus de ma tête s'éteint, me replongeant dans le noir.

« J'en ai assez vu. Va-t'en, maintenant. »

Je m'arrête, mais comme la pièce continue de tourner, Wilbur doit me rattraper avant que je m'étale par terre.

Je n'en reviens pas. C'était ma grande chance, et j'ai tout raté. C'était la trappe par laquelle je pouvais m'évader de ma vie, et j'ai réussi à me la refermer sur les doigts en l'espace de quarante-cinq secondes. Résultat : je suis condamnée à rester moi-même toute ma vie.

Toute ma vie.

Oh, misère. C'est peut-être vrai que je suis débile, tout compte fait. J'aurais dû revérifier mon QI avant de partir.

« Go, go, go », me souffle Wilbur avec impatience parce que je suis encore plantée au milieu de la pièce, à regarder bêtement Yuka, totalement paralysée. « Sors, sors, sors. »

Puis il s'incline devant Yuka, quitte la pièce à reculons et me catapulte à nouveau dans le monde réel.

33

Le monde réel s'avère encore plus glacé que le monde de la mode.

Je regagne, malheureuse comme les pierres, le petit bureau où m'attendent mes parents : Annabel se tient la tête entre les mains, pendant que papa met visiblement un point d'honneur à l'ignorer en regardant par la fenêtre.

« Dis à ta belle-mère que ça ne te dérange pas d'avoir le nom d'une tortue, exige-t-il immédiatement de moi sans se détourner de la fenêtre. Dis-lui, Harriet. Elle refuse de me parler. »

Je soupire et m'effondre sur une chaise. Décidément, aujourd'hui, c'est la dégringolade. Et vu que je ne partais déjà pas de très haut, je ne sais même pas comment c'est possible.

« Je peux sans doute m'estimer heureuse que vous n'ayez pas feuilleté la liste des ennemis du FBI au lieu de consulter le livre des records ce jour-là, papa.

— Les tortues sont des créatures extraordinaires, argumente-t-il avec chaleur. Ce qui leur manque en élégance et en beauté, elles le compensent par leur capacité à rentrer dans leur carapace et à se défendre contre les prédateurs.

— Quoi, comme moi ?

— Ce n'est pas ce que je dis, Harriet.

— Alors qu'est-ce que tu dis, au juste ?

— Non », nous coupe soudain Annabel en relevant la tête. Ce qui déroute complètement papa.

« Mais si, Annabel. J'ai vu un documentaire à la télé. »

Annabel se tourne vivement vers lui, blanche comme la feuille de papier qu'elle tient encore à la main.

« Pourquoi il a fallu que tu lui parles de cette fichue tortue, ça, je n'en ai aucune idée. Qu'est-ce que tu as dans le crâne ? » Papa cherche mon aide du regard, mais je ne vais quand même pas voler à son secours, sur ce coup-là. « Et, Harriet, continue Annabel, *non*, tu ne vas pas faire le mannequin. Ni maintenant, ni l'an prochain, jamais. Point final, point barre, n'importe quel point du moment qu'il met *fin* à la phrase.

— Eh, oh, une seconde ! proteste papa. J'ai mon mot à dire, moi aussi.

— Pas du tout. Pas si ce que tu dis est idiot. Ça n'arrivera pas, Richard. Harriet a un brillant avenir devant elle et je ne vais pas la laisser le gâcher par toutes ces *absurdités*.

— Qui a dit qu'il était brillant ? » Ma question tombe dans le vide.

« As-tu écouté un mot de ce que nous a raconté cette espèce de dingue, Richard ?

— Tout ce que tu veux, c'est qu'elle devienne avocate comme toi, hein, Annabel ! s'insurge papa.

— Et alors ? Quel mal y a-t-il à être avocate ?

— Ne me lance pas sur le sujet des avocats ! »

Ils sont à un mètre l'un de l'autre, prêts à se sauter à la gorge.

« Et moi, j'ai mon mot à dire ? je demande en me levant.

— Non », lâchent-ils tous les deux sans se quitter des yeux.

Je me rassieds. « Bien. C'est bon à savoir. »

Annabel met son sac à l'épaule. Elle tremble des pieds à la tête. « J'avais dit que j'y réfléchirais, et je l'ai fait. J'ai même pris des notes et je n'ai rien vu qui puisse me convaincre que c'est une bonne chose pour Harriet. En fait, je n'ai vu que des choses qui me persuadent exactement du contraire : c'est un environnement idiot, malsain et destructeur pour une jeune fille, c'était une idée calamiteuse, et il faut que ça s'arrête avant d'aller plus loin.

— Mais…

— Fin de la discussion. Compris ? C'est *terminé*. Harriet ira en classe comme une jeune fille de quinze ans normale, elle fera ses devoirs comme une jeune fille de quinze ans normale et elle mènera une vie de jeune fille de quinze ans normale afin d'avoir ensuite une vie d'adulte brillante, pleine de réussite et *stable*. Est-ce que c'est bien clair ? »

Je pourrais faire remarquer que c'est inutile de s'énerver – étant donné que je viens de torpiller la seule chance qui s'offrait à moi –, mais Annabel fait tellement peur, et on voit tellement loin à l'intérieur de ses narines, que papa et moi baissons la tête et marmonnons : « D'accord.

— Bien, quand vous serez prêts, rejoignez-moi dehors, poursuit-elle entre ses dents. Loin de cette *pourriture*. »

Et papa et moi contemplons fixement la table jusqu'à ce que nous entendions la porte se refermer, soulagés de ne plus être menacés par les foudres d'Annabel.

34

Nous continuons de contempler la table pendant un bon petit moment : moi perdue dans mes pensées, et papa peut-être simplement très intéressé par cette table.

Vous savez, le cerveau humain ne cesse jamais de m'étonner. Il évolue en permanence : pas seulement au fil des siècles, mais de jour en jour, d'une minute à l'autre. C'est un flux constant. Il y a quarante-huit heures de cela, j'aurais éclaté de rire si on m'avait parlé de devenir mannequin, ou du moins j'aurais dévisagé la personne comme si elle avait été une extraterrestre avec des mains lui poussant directement sur le crâne. J'ai toujours voulu être paléontologue, ou peut-être physicienne. Mais là… je ne veux plus retourner à ma vie d'avant. Maintenant que j'ai imaginé autre chose, ce n'est plus envisageable.

Relevant les yeux vers papa, je me rends compte qu'il me scrute attentivement.

« Que veux-tu, *toi*, Harriet ? me demande-t-il avec douceur. Ne t'en fais pas pour Annabel, je crois qu'elle est dans sa mauvaise période du mois. Tu sais, ce moment où elle se transforme en loup-garou. Mais toi, de quoi as-tu envie, sincèrement ? »

Je pense à Nat et au chagrin qu'elle aurait si cela allait plus loin. Je pense à Annabel et à sa fureur, puis à Yuka Ito et à son mépris non dissimulé. « C'est pas grave, dis-je d'une petite voix. De toute manière, c'est raté. »

À ce moment précis, Wilbur fait irruption dans la pièce et se laisse tomber avec emphase dans le siège qu'Annabel vient de libérer. Il ne semble pas se rendre compte qu'il manque quelqu'un.

« C'est bon, tu as le job, m'apprend-il abruptement. Elle t'adore. »

Je le regarde en silence avant de pouvoir bredouiller quoi que ce soit.

« M-m-m-mais... non, elle ne m'aime pas. Elle me hait ! Elle a éteint la lumière pour ne plus me voir. Pour ne plus rien voir du tout.

— Elle te *hait* ? répète Wilbur avec un rire carillonnant. Oh, ma Choupinounette ! Tu as vu ce qu'elle a fait à tes rivales ? Évidemment que non : si les gens voyaient ça, nous croulerions sous les procès. Elle ne te hait pas, mon petit Poisson-Rouge. Elle n'a même pas allumé la lumière pour la plupart des autres candidates.

— Que se passe-t-il ? » s'enquiert papa.

Du moins, je crois que c'est ce qu'il dit. Mon cerveau émet de nouveau ce grésillement de vieux téléviseur.

« Quel job ?

— Le job du siècle, mon Roudoudou-Joli. L'emploi du millénaire. L'occasion unique.

— C'est-à-dire ? l'arrête papa, l'air énervé. Arrêtez votre cinéma, Wilbur, et dites-nous ! »

Wilbur sourit d'une oreille à l'autre.

« Pigé. Yuka Ito veut qu'Harriet soit la nouvelle égérie de Baylee. Les délais sont serrés, le shooting commence demain. À Moscou. Vingt-quatre heures de mode à gogo ! »

J'ai l'impression de me trouver dans un ascenseur en chute libre sur vingt étages. Mon estomac ne semble plus avoir aucun lien avec mon abdomen.

Papa ouvre et referme la bouche plusieurs fois.

« Sérieux ? » finit-il par demander – et même dans mon état catatonique, je me crispe. J'aimerais qu'il cesse d'essayer de faire « djeune ».

« Sérieux comme la mort, confirme Wilbur, lui-même très sérieux. On cherchait partout la perle rare. Les espaces publicitaires sont déjà réservés et l'équipe est en stand-by. Maintenant qu'on l'a trouvée, zou ! on décolle.

— Mon Dieu », souffle papa.

Il est étrangement calme, soudain. J'aurais cru qu'il se mettrait à danser dans toute la pièce, mais non : il garde son sang-froid et affiche une expression… vous savez… *paternelle*.

« Bien, dit-il d'un air lointain. Eh bé. Ça va se faire, alors. Qui l'eût cru ? »

Dans ma tête, le crépitement est de plus en plus fort.

« Papa ? je couine. Qu'est-ce que je fais ? »

Il se racle la gorge, s'incline vers moi et pose une main sur ma tête. « Harriet, dit-il, très grave, d'une voix qui ne lui ressemble pas, mais alors pas du tout. Réfléchis attentivement. Si tu ne veux pas le faire, on s'en va tout de suite. Tu n'as pas à te justifier. Si tu es partante, en revanche, je suis avec toi.

— Mais Annabel ne va… »

Il soupire. « Annabel, j'en fais mon affaire. Elle ne me fait pas peur. » Il se tait un instant. « Si, d'accord, elle me fait peur. Mais je lui ferai encore plus peur. »

J'essaie de déglutir, en vain. Une porte vient de s'ouvrir en grand devant moi alors que je la croyais hermétiquement verrouillée. Je suis à la croisée des chemins dont parlent les poèmes. Je peux retourner à mon ancienne vie. Je peux continuer à être Harriet Manners, Meilleure-amie-de-Nat, Proie-d'Alexa, Belle-fille-d'Annabel, Victime-du-harcèlement-de-Toby. Et pour Nick, une inconnue-cinglée-qui-se-renifle-les-mains. Une geek, en somme.

Ou alors, je peux essayer de devenir entièrement quelqu'un d'autre.

Quelque chose craque en moi. Je m'entends répondre : « J'ai envie de le faire. Je veux essayer de devenir mannequin.

— Évidemment ! clame joyeusement Wilbur.

— Bon, alors, que se passe-t-il ensuite ? » demande papa.

Il prend ma main et la presse dans la sienne. Je tremble de tous mes membres.

« Ce qui se passe ? s'esclaffe Wilbur en se renversant contre le dossier de son fauteuil. Bien. Disons juste qu'Harriet Manners va devenir quelqu'un de très tendance. » Un nouvel éclat de rire. « À la pointe de la tendance, même. »

35

Donc, papa et moi avons échafaudé un plan rusé. Il n'est pas particulièrement compliqué et ne comporte qu'une étape : mentir. Voilà, c'est tout !

Nous débattons de l'option « dire la vérité » pendant environ trente secondes, après quoi nous concluons qu'il vaut sans doute mieux pour tout le monde que nous… l'évitions. Parce que nous avons la trouille, principalement. Comme le dit papa, « Annabel est absolument *dingue* en ce moment, Harriet. Tu tiens vraiment à réveiller le monstre qui est en elle ? »

Nous allons donc simplement mentir à Annabel. Et – j'ajoute ceci en silence dans ma tête – à Nat aussi. Évidemment, nous ne leur mentirons pas éternellement. Ce serait ridicule. Nous allons nous contenter de les protéger de la vérité jusqu'à ce que le moment soit bien choisi. Et que les circonstances nous semblent favorables.

Car nous n'avons pas le choix. Excuse qui ne me réconforte pas du tout. C'est pourquoi, aussitôt rentrée de l'agence, je trouve un prétexte et je file vers le lieu où je me réfugie quand j'ai besoin de fuir.

La laverie automatique.

Celle-ci se trouve à quelque trois cents mètres de chez moi, et j'y suis toujours venue depuis que j'ai le droit de sortir seule. J'ignore pourquoi, cet endroit me remonte toujours le moral. J'aime ses doux bourdonnements, ses odeurs de lessive, sa lumière vive, j'adore la chaleur qui sort des machines. Mais par-dessus tout, j'aime le sentiment que rien de mal ne peut m'arriver dans ce lieu où tout est en train de se faire laver.

Je trouve une pièce de 50 pence dans ma poche et la glisse dans la fente d'un sèche-linge. Puis, une fois qu'il est allumé, chaud et vibrant, j'appuie ma tête contre la vitre concave et ferme les yeux.

J'ignore combien de temps je reste ainsi, la tête contre le séchoir, mais je m'assoupis sans doute car, tout à coup, une voix me réveille en sursaut. « Savais-tu que la famille américaine moyenne fait huit à dix lessives par semaine, et qu'une lessive dure en moyenne une heure vingt-sept minutes, séchage compris ? Ce qui signifie que la famille américaine moyenne passe environ 617 heures par an à laver du linge. Et les Anglais, à ton avis ? Moins, je pense. Il me semble que nous sommes un petit peu plus sales. »

Il est là, assis sur une machine à laver : Toby.

Je le dévisage sans rien dire.

« Tiens, tu es réveillée ! observe-t-il. Regarde ! » Il désigne son tee-shirt. On y voit une batterie. « C'est interactif ! Quand j'appuie sur les percussions, elles font le bruit correspondant. » *Boum, tchak.*

« Toby. Qu'est-ce que tu fais là ?

— T'as entendu ? » Il est coiffé d'un bonnet à pompon jaune, et le pompon remue en rythme avec son enthousiasme. *Boum, boum, tchak.* « Très réaliste, non ? Tu crois que, si tu achetais le modèle guitare, on pourrait former un groupe ?

— Non. Qu'est-ce que tu fais là ?

— Une lessive, évidemment, Harriet. »

Je hausse les sourcils. Il paraît parfaitement à l'aise avec son excuse totalement bidon – étant donné qu'il n'a pas apporté de linge.

« Tu m'as suivie jusqu'ici ?

— Oui.

— Pourquoi ?

— Tu avais l'air triste. Et aussi parce qu'il fait noir et que ça pourrait être dangereux que tu te balades toute seule. »

Je fais la tête. « Très juste, Toby. Les types qui me suivent constituent une menace, en effet. »

Il regarde autour de nous. « Tu sais, je crois que je suis le seul, Harriet. En tout cas, je n'ai rencontré aucun autre type louche pendant ma filature. Alors, tu es contente de devenir mannequin ? »

Ce n'est pas possible…

« Mais comment es-tu au courant de ça, toi ? » C'est vrai, à la fin : comment vais-je faire pour cacher l'histoire à Nat et à Annabel si je n'arrive même pas à la dissimuler à Toby ?

« Bah, je ne ferais pas un très bon espion si je ne savais pas ce genre d'infos, pas vrai ? dit-il. Je n'aurais plus qu'à raccrocher mon matériel et ravaler ma honte. Et ce serait bien dommage, ajoute-t-il après réflexion, parce que tout ce que j'ai comme matos, c'est cette Thermos, et j'y suis très attaché. » Il sort de sa poche une bouteille rouge et me l'agite sous le nez. « De la soupe. Au cas où j'aurais faim.

— Toby, personne n'est censé être au courant !

— Alors, c'est un secret entre toi et moi ! » Je le fusille du regard. « Ce qui fait de nous des complices, et… corrige-moi si je me trompe… des âmes sœurs ?

— Nous ne sommes pas des âmes sœurs, Toby. Tu ne peux pas voler les secrets de quelqu'un pour le forcer ensuite à devenir ton âme sœur.

— OK. » Mon rejet n'a pas l'air de le décourager une seconde, notez bien. « Mais tu es quand même contente que j'aie donné ton numéro à cet agent. »

« C'est t… toi qui… as donné mon numéro à l'agence de mannequins ? je bégaie, ahurie.

— Tu as filé de la Mode Expo tellement vite que tu as oublié, je crois. Pas mal joué, hein ? » Toby me décoche un grand sourire, et son pompon rebondit gaiement. « Comme ça, maintenant, le monde entier te verra comme je te vois déjà. J'ai toujours eu un peu d'avance sur la tendance, que veux-tu. »

Je montre du doigt le mot gratté sur mon sac. « Et si le monde entier me voit plutôt comme tout le monde au bahut, Toby ? »

Il prend un petit moment pour réfléchir à la question. « Alors il te faudra un plus gros sac », finit-il par conclure. Et il tape sur la batterie de son tee-shirt. *Boum, tchak.*

Soudain, je ne suis plus si sûre que venir à la laverie ait été une bonne idée.

« Je rentre.

— D'accord. Tu veux que je reste quelques mètres derrière toi ? » Je lui lance un regard haineux, mais il ne s'en rend même pas compte. « Au fait, ajoute-t-il, Nat t'a dit ce qu'elle a fait hier ? Elle a été fantastique, Harriet. Comme la reine Boadicée [1], mais sans le char. Ni les chevaux, ni l'épée. Mais quand même : *fantastique.* »

Je m'arrête à la porte. « Nat ? dis-je, complètement perdue. Mais de quoi tu parles ?

— Quand elle a entendu ce qui t'était arrivé pendant le cours de M. Bott, elle a vu rouge. Elle a foncé

1. Reine d'une tribu britannique qui prit les armes et leva une armée pour lutter contre l'envahisseur romain au Ier siècle après Jésus-Christ.

au vestiaire pendant qu'Alexa se changeait pour l'entraînement de hockey, et elle a tapé un scandale. » Toby marque une pause. « Je n'ai pas vu la scène, parce qu'on ne m'a pas laissé entrer. Il semblerait que ce vestiaire soit réservé aux filles, et figure-toi que je n'en suis pas une, Harriet. Sois-en sûre. Quoi qu'en dise Alexa. Je suis parfaitement viril. »

Mon sang se glace, pas uniquement parce que Toby vient de prononcer le mot « viril ».

« Et tu veux savoir le meilleur ? renchérit-il sans voir que tous les muscles de mon visage, sans exception, tressaillent sous l'effet du remords et de l'horreur. Tu veux savoir ce qu'elle a fait d'autre ?

— Quoi ?

— Franchement, tu ne vas pas le croire. »

Je suis tellement tendue que c'est à peine si je ne lui saute pas à la gorge. Je braille à tue-tête dans la laverie. « Mais dis-moi ! Vas-y, dis-moi ce qu'elle a fait !

— Elle a coupé la queue-de-cheval d'Alexa. Tranchée net. À la base. Avec des ciseaux. Et ensuite, elle a dit : "Comme ça, tu verras ce que ça fait quand tout le monde se moque de toi", et elle est partie. » Toby est écroulé de rire.

Oh, mon Dieu. Je gémis et pose une main sur mes yeux. Ce qu'il vient de me raconter est l'équivalent scolaire de l'assassinat de l'archiduc François-Ferdinand à Sarajevo en juin 1914, événement qui poussa l'Autriche-Hongrie à déclarer la guerre à la Serbie, ce qui entraîna la mobilisation de la Russie, ce qui suscita l'engagement de l'Allemagne dans le conflit. Le tout ayant résulté en *Première Guerre mondiale*.

Nat vient de déclencher une guerre pour moi. Pour me défendre. À cause de moi.

Et je ne le mérite pas.

Je ne pourrais pas me sentir plus mal. J'ai atteint de nouveaux sommets de honte de moi (ou de nouveaux abîmes, selon le sens de fonctionnement de l'échelle de notation). « Je… je… dis-je faiblement, cramponnée à la poignée de la porte. Il faut vraiment que je rentre, Toby. »

Et sur ces mots, je pars en courant aussi vite que mes jambes veulent bien me propulser.

36

Je cours comme ça jusque chez moi.

Bon, d'accord, ce n'est pas vrai. Je ne cours pas *jusque* chez moi. Je voulais juste que vous pensiez que j'aurais pu si j'en avais eu besoin. Car c'est vrai, j'en aurais probablement été capable s'il l'avait fallu. Je cours sur la plus grande partie du chemin, après quoi je « carche », ou je « mours » (c'est-à-dire que je marche sur vingt pas, puis je cours sur vingt pas, et ainsi de suite). Mais quoi que je fasse, je ne suis pas assez rapide pour m'éloigner de ce que je fuis. À savoir : moi.

Qu'est-ce qui me prend ? Je suis sur le point de trahir ma Pire Pote alors qu'elle me défend, ma belle-mère alors qu'elle me protège, et peut-être bien – ça dépendra de mon degré de nullité en mannequinat – Wilbur et l'industrie de la mode dans son ensemble.

Les mots qui rebondissent comme des boules de loto dans ma tête commencent à la secouer gravement. Chaque fois que « Moscou », « Nick », « Baylee » ou « Métamorphose » cognent contre l'intérieur de mon crâne, j'ai l'impression que je vais exploser de remords et d'anxiété. Et chaque fois que la boule « Alexa » rebondit, j'ai envie de vomir.

Mais c'est trop tard. J'ai choisi. Alors, je passe le reste de la soirée à construire une boîte imaginaire dans ma tête. Et à l'intérieur de cette boîte, je range toutes les boules. Je referme le couvercle. Enfin, je verrouille le cadenas et j'égare la clé.

Je pars pour la Russie, je vais être transformée, et rien ni personne ne pourra m'arrêter.

À la première heure le lendemain matin, les mensonges commencent.

Mensonge n° 1

Nat, j'ai un gros rhume. Pour de vrai, cette fois-ci. Je ne viens pas en cours aujourd'hui et sans doute pas demain. J'espère que tu vas bien. À mercredi ! XXX

Mensonges n°s 2 et 3

Annabel : « Que fais-tu dans ce pull Winnie l'ourson, Harriet ? »

Moi : « C'est la journée sans uniforme au bahut. »

Annabel (long silence) : « Et Richard, pourquoi n'es-tu pas encore parti au travail ? »

Papa : « C'est la journée sans unif… Attends. Non. Je commence plus tard aujourd'hui. Regarde : j'ai racheté de la confiture de fraises ! »

Annabel : « Quelle idée ! Je *déteste* la confiture de fraises. »

Mensonge n° 4

Moi : « Annabel, tu ne saurais pas où est mon passeport, par hasard ? »

Annabel : « Pourquoi veux-tu ton passeport un mercredi à 8 heures du matin ? »

Moi : « … Pour un projet de voyage avec le lycée ? »

Annabel : « Et pourquoi est-ce que ça sonne comme une question ? Tu me le demandes, ou tu m'en informes ? »

Mensonge n° 5

Toby, je pars faire un shooting à Amsterdam. H

Le temps qu'Annabel nous ait fait les gros yeux à tous les deux, ait cherché mon passeport et soit partie travailler, papa et moi sommes en retard pour l'aéroport, si bien que faire mes bagages consiste simplement à jeter en vrac toutes mes possessions dans une petite valise, m'asseoir dessus pour la fermer, et envisager de couper tout ce qui dépasse comme on le fait avec la pâte à tarte.

Puisque j'ai décidé d'aller jusqu'au bout, je me dois de le faire bien. J'ai donc dessiné un diagramme à bulles sur l'ordinateur et j'en ai donné une copie à mon père. Mes mensonges, ce sont les bulles roses ; ceux de papa, les bulles bleues, et ceux que nous devons partager – cela n'étonnera personne –, les bulles violettes.

Voici le topo : Nat me croit malade chez moi et Annabel croit que je dors chez Nat ce soir et que j'irai au lycée sans repasser par la maison demain matin. Annabel croit aussi que papa s'est envolé pour Édimbourg pour une réunion impromptue avec un client, réunion qui doit se prolonger jusqu'à demain soir.

« Je n'en reviens pas que tu aies dessiné un diagramme à bulles, ne cesse de me répéter papa alors que nous nous installons enfin dans l'avion.

— C'est le schéma le plus pratique pour les projets de ce genre, lui dis-je, indignée. J'ai essayé avec des camemberts et des bâtons, mais c'était loin de marcher aussi bien. Celui-ci est nettement plus logique. »

Papa me dévisage en silence.

« Ce n'est pas ce que je voulais dire, finit-il par souffler.

— J'ai aussi établi un planning heure par heure. Mais si je te le montre, ça risque de t'embrouiller. Je pense que le mieux, c'est que je te prévienne quand tu dois dire quelque chose qui n'est pas vrai. »

Papa contemple de nouveau mon diagramme. « Harriet, es-tu certaine d'être ma fille ? Je veux dire, tu es sûre qu'Annabel ne t'a pas amenée en douce avec elle et échangée ni vu ni connu contre mon enfant ? »

Je le fusille du regard, puis fais une grimace de douleur, car l'univers a apparemment décidé de me châtier en me faisant *réellement* pousser des cornes de diable sur la tête. Au moment où l'hôtesse commence à nous montrer les issues de secours, mon front entier est déjà brûlant, en proie à une douleur lancinante ; lorsqu'elle apporte les cacahuètes gratuites, je ne peux plus froncer les sourcils sans que ça me fasse un mal de chien, et le temps que nous commencions la descente sur Moscou, papa appelle mon énorme bouton tout neuf Bob et lui parle comme si c'était une entité autonome.

« Bob veut-il un verre de jus d'orange ? s'enquiert-il chaque fois que l'hôtesse passe à côté de nous. Un biscuit sec, peut-être ? »

Je suis obligée de rassembler toute ma patience pour ne pas demander au pilote de faire demi-tour et de redéposer papa en Angleterre parce qu'il ne sait pas se tenir. Toutefois, rien de tout cela n'arrive à abattre mon enthousiasme.

Je suis en route pour la Russie !

Russie, terre de révolutions et de dirigeants embaumés avec une ampoule électrique dans la tête. Terre du Kremlin, du palais de la Grande Catherine et du Salon d'Ambre, qui était entièrement doublé d'or et a été curieusement « égaré » pendant la Seconde Guerre mondiale. Terre des chapkas en fourrure et des poupées gigognes.

Et s'il faut, en plus, que je fasse un peu de mannequinat pendant que je serai là-bas, eh bien… soit !

« On y est », dit papa pendant que l'avion descend. Il me donne un petit coup de coude et me sourit largement. « Tu sais combien d'adolescentes tueraient pour ceci, ma chérie ? »

Je regarde par le hublot. Il neige doucement et tout est poudré de blanc, comme une carte postale. La Russie est exactement telle que je l'imaginais. Et croyez-moi, je l'ai beaucoup imaginée. Elle figure en bonne place sur ma liste des Dix-pays-que-j'ai-le-plus-envie-de-visiter. En troisième position, pour être exacte. Après le Japon et le Myanmar.

J'ai une boule dans la gorge. Les choses commencent déjà à changer. À partir de maintenant, plus rien ne sera jamais comme avant.

« Tu vis un rêve, ajoute papa en me souriant.

— Oui, on dirait bien. »

Et je souris aussi.

37

Ce qu'il y a de super, avec l'aéroport de Moscou, c'est qu'il est formidablement… russe !

Les panneaux sont en russe. Les livres sont en russe. Les brochures sont en russe. Les boutiques sont en russe. Tout le contenu de ces boutiques est en russe. Tous les gens sont russes. OK, ils ne sont peut-être pas tous vraiment russes – la plupart descendent d'avions en provenance d'Angleterre et d'Amérique, et pour être tout à fait honnête, tout est écrit aussi en anglais –, mais tout est… comment dire ? Différent. Exotique. Historique. Révolutionnaire.

Même papa a soudain un air plus sophistiqué, et pourtant il porte encore cet affreux tee-shirt avec un robot dessus. Mais rien de tout cela ne semble faire le moindre effet à Wilbur.

« Oh, c'est bien simple : on dirait Miley Cyrus et son père », souffle-t-il lorsque nous le trouvons enfin.

Il est assis sur une valise rose, en chemise de soie décorée de petits poneys, et à la seconde où j'arrive près de lui il se protège les yeux de ses deux mains comme si mon bouton risquait de l'énucléer. « Mais d'où ça vient, ça ? Qu'est-ce que tu as mangé ?

— Des barres de céréales aux pépites de chocolat, l'informe aimablement mon père. Elle en a pris trois pour son petit déjeuner.

— Tu ressembles à un bébé licorne, Petons-Mignons. Tu n'aurais pas pu te retenir encore vingt-quatre heures avant de te laisser pousser des cornes ? »

Humiliée, je me renfrogne et tente de renfoncer le bouton en appuyant dessus. « Il n'y en a qu'un, finis-je par bredouiller malgré ma gêne. *Une* corne, au singulier.

— Cesse de vouloir escalader la montagne avec tes doigts, mon Crumble-au-Miel, soupire Wilbur en me donnant une tape sur la main. Sauf si tu comptes planter un drapeau au sommet pour la postérité. »

Comme papa pouffe de rire, je lui donne un coup de poing dans le bras. Il faudrait vraiment que les adultes apprennent à avoir un peu plus de tact face aux problèmes de peau des ados. Leur attitude anti-constructive peut vous ravager la santé mentale, détruire toute confiance en vous et, j'imagine, briser votre carrière de mannequin.

« Je le cacherai avec du maquillage, d'accord ? fais-je nerveusement.

— Mais, Bec-en-Sucre, mettre du maquillage là-dessus serait comme saupoudrer le mont Fuji de sucre glace ! Louons le Seigneur pour l'existence de Photoshop, un point c'est tout. » Puis Wilbur recule d'un pas pour observer ma tenue. « Par *chance*, s'exclame-t-il ensuite, tout va bien, grâce à un nouvel éclair de pur génie vestimentaire. Tourne-toi, mon petit Rhinocéros-à-Moi. »

Je le regarde en plissant les yeux, puis baisse la tête. « Mon pull Winnie l'ourson ? dis-je, incrédule. Avec ma jupe d'uniforme ? »

Oui, bon, c'est tout ce que j'ai trouvé qui soit encore à ma taille et ne soit pas a) au sale, couvert de vomi, b) une tenue de foot, c) un tailleur ou d) inspiré par un arachnide.

« Pull Winnie et Jupe d'Uniforme, déclame Wilbur en contemplant le ciel, émerveillé, avant de se taper du plat de la main sur le front. Tu es une véritable originale, Méduse-Jolie. Mais *presto* ! Je resterais bien ici toute la journée à parler de catastrophes dermatologiques et de ton sens du style ; malheureusement, je ne suis pas payé pour ça. »

Sur ces mots, il s'en va d'un pas vacillant à travers l'aéroport, traînant sa valise d'une main, l'autre main inexplicablement levée en l'air.

« Où allons-nous en premier ? » dis-je en trottinant avec papa pour le rattraper. Je suis tellement excitée, maintenant, que de petits insectes semblent voleter en tout sens dans mon estomac, exactement comme ils le faisaient dans le piège que nous avons fabriqué avec un bocal de confiture, à l'école primaire. « Le Musée d'histoire du Goulag ? La galerie Tretiakov ? Le couvent de Novodievitchi ? La statue monumentale *L'Ouvrier et la Kolkhozienne* se trouve à Moscou, tu sais. Elle y a été apportée de Paris. »

Ce n'est pas que j'aie passé tout le voyage à lire un guide sur Moscou, pensez-vous. Ou… deux ou trois. Ni à étudier le plan de la ville.

« Oh là là, soupire papa. On est au pays de la vodka, pas vrai ? Je pense qu'il m'en faudrait une, là. »

Wilbur pirouette vers nous, une main sur la hanche. « Mes Biscuits-au-Gingembre chéris. Nous n'allons ni faire du tourisme ni boire de la vodka. Ceci n'est pas une escapade romantique à trois, même si… » Et là, il lance une œillade à papa : « … même si monsieur Panda est craquant comme tout. »

Papa est momentanément abasourdi, mais ne tarde pas à me faire un clin d'œil et un sourire. « C'est ce que je dis tout le temps à Annabel, mais elle ne veut pas me croire.

— Alors, on va où ? » j'insiste avec impatience.

Je vais étrangler papa avant la fin du voyage, je le crains.

« Tout droit au shooting, et nous n'avons même pas le temps de déposer vos bagages à l'hôtel, me répond

Wilbur d'une voix toute professionnelle. En revanche, il nous faut *très vite* trouver l'autre mannequin. »

Je le dévisage avec stupéfaction. Il s'est approché de la file des taxis et agite les mains comme si ses pieds étaient en feu. « You-houuu ! crie-t-il à tue-tête. Un taxi, *per favore* ! »

Je continue de regarder son dos, légèrement perturbée par le fait qu'il semble se croire en Italie. « L'autre mannequin ? Quel autre mannequin ? »

Ça ne figure pas sur mon diagramme à bulles, ça.

« C'est un shooting à deux, Petites-Papattes, m'explique Wilbur. Je suis certain de te l'avoir déjà expliqué, à moins que je l'aie rêvé. Ce ne serait pas le plus intéressant de mes rêves, je dois dire. » Il consulte sa montre et soupire. « Mais bien sûr, il est en retard, comme d'habitude. »

Mon estomac dégringole jusque dans mes pieds, d'un seul coup. « *Il* ? finis-je par balbutier.

— C'est le pronom personnel que l'on utilise quand le sujet est masculin, Pétale. Et si je me souviens bien, tu l'as déjà rencontré, d'ailleurs. Vous parliez de queues de colombes, ou bien de pigeons ? Un oiseau, en tout cas. »

À ce stade, mon estomac traîne carrément par terre. Puis mon cœur, mes poumons, mes reins et mon foie suivent le même chemin jusqu'à former un petit tas à mes pieds.

« Enfin ! » lance Wilbur, en agitant le bras. Car là, à quelques pas de nous – appuyé à un réverbère dans la neige, vêtu d'une grosse veste militaire et tout simplement sublime –, nous attend Nick.

Encore lui.

38

Quelles étaient les probabilités ?

Eh bien, je vais vous le dire. Environ une chance sur 673. Et cela en supposant que Yuka Ito ne recrute que des modèles masculins domiciliés à Londres. En comptant le reste de la planète – qui regorge également de belles personnes –, alors les chances deviennent encore plus infimes. Une sur des milliers. Une toute petite chance sur des milliers et des milliers.

Comment ai-je pu faire le calcul si rapidement, me demandez-vous ? Aucune importance. Mais disons que, si *par hasard* j'étais tombée sur les sites Web des principales agences pendant que je m'ennuyais hier soir, et si *par hasard* j'avais compté tous leurs mannequins garçons, et si *par hasard* j'en avais profité pour calculer mes chances de revoir bientôt Nick, alors je serais arrivée à ce résultat.

Si *par hasard* j'avais fait tout cela.

Mais comme je l'ai dit, aucune importance.

Environ une chance sur 673 et pourtant le voilà, en train de monter dans un taxi avec moi. Et mon père. Ce qui est carrément incroyable, car si je supposais déjà que ma planète et celle de Nick n'étaient pas censées se croiser, celle de *mon père* et celle de Nick devaient tourner sur des orbites différentes, dans des systèmes solaires distincts, dans des univers diamétralement opposés.

Papa jette un regard à Nick – qui est assis à côté de moi sur la banquette arrière, les cheveux couverts de flocons de neige – et toussote. « Je crois que je commence à comprendre pourquoi tu avais tellement envie de devenir mannequin, Harriet », me dit-il de la voix la moins subtile que j'aie jamais entendue. En représailles, je lui donne un coup de pied dans la cheville. « Quoi ? fait-il de son air le plus innocent et offensé. Je dis juste que, du point de vue d'une jeune fille de quinze ans, tout s'explique soudain. » Et il me sourit d'une oreille à l'autre.

Ce n'est pas possible d'être gênée à ce point. Si j'ouvre la portière du taxi en mouvement et que je pousse mon père hors de la voiture, serai-je arrêtée pour meurtre ?

Je gémis : « Papaaa… ! » et me tourne vers la fenêtre. Moscou défile à toute vitesse – neige et gros immeubles partout –, mais j'ai du mal à me concentrer sur le paysage. Non seulement Nick est ici, mais il est encore plus beau que la dernière fois. Il embellit de jour en jour, au point qu'on pourrait le soupçonner d'absorber une potion magique à base de langue de licorne et de poils de dragon, quelque chose dans le genre.

Je devrais peut-être lui demander s'il en a en rab.

« Vous vous êtes rencontrés sous la table de la Mode Expo, vous vous souvenez ? » demande innocemment Wilbur en agitant la main entre nous deux.

L'expression goguenarde de papa ne s'arrange pas. « Ah oui ? Tiens donc. »

Nick me sourit à demi et pose ses pieds sur le strapontin devant nous. « Harriet Manners, dit-il de sa voix lente et paresseuse. Passionnée par le respect de la loi.

— Elle tient ça de sa belle-mère, plaisante papa pendant que j'essaie de calculer à toute vitesse quel mal je peux lui faire si j'attends un feu rouge pour ouvrir sa portière d'un coup de pied.

— Je ne savais pas que tu serais ici », dis-je sur un ton aussi détaché que possible.

Nick hausse les épaules. « J'ai décroché le job pour Baylee il y a un petit moment, m'explique-t-il comme s'il venait d'être engagé à la supérette du coin pour bosser le samedi. Ils attendaient juste de trouver la fille parfaite. »

Oh mon Dieu. C'est *moi*, la fille parfaite ? D'habitude, je suis la fille dont il va falloir se contenter vu que l'autre a la varicelle (*Cendrillon*, spectacle de fin d'année, CM2).

Wilbur se penche vers moi. « Plum-Pudding, me dit-il d'une voix remplie d'émerveillement, il a tout fait. Gucci, Hilfiger, Klein, Armani. Seize ans à peine, et il est un des jeunes mannequins mâles les plus prisés de Londres. Tu as beaucoup de chance de travailler avec lui, mon petit Pot-de-Pâte-à-Tartiner-aux-Haricots. Il te tiendra la main. Te guidera pas à pas. »

Je lorgne brièvement la main de Nick. Ce serait chouette, me dis-je avec mélancolie. Et là, mes joues rosissent.

« Franchement, faut pas t'en faire pour ça, me dit Nick d'une voix calme. On se pointe, on fait le job, on se fait neiger dessus, on rentre. Pas de quoi stresser. »

Je hoche rapidement la tête. Mes oreilles carillonnent. *Pas de quoi stresser*. Plus nous nous rapprochons du but, plus la situation devient réelle, et plus je sens ma panique monter en flèche. Ces derniers jours m'ont moins fait penser à un manège de fête foraine qu'à une de ces sphères dans lesquelles on sangle les astronautes pour les préparer à partir dans l'espace. Je ne sais plus trop où sont le haut et le bas.

Mais tout va bien, puisqu'il n'y a *pas de quoi stresser*. Ce n'est que papa, Wilbur et moi nous baladant à

Moscou pendant vingt-quatre heures, et prenant quelques photos au passage. Des photos détendues, décontractées, prises avec un appareil très très cher. Avec aussi l'un des plus fameux mannequins de Londres et un photographe célèbre. Et peut-être la légende de la mode, Yuka Ito, buvant du café à cent mètres de là et allumant et éteignant les lumières d'un air dégoûté. Voilà, juste six personnes dont l'une est l'Homme-Lion.

Pas de quoi stresser. Bien sûr.

Mon cœur commence à battre bruyamment comme un petit tambour dans un dessin animé de Noël, et j'ai soudain comme… de la moquette dans la bouche. Je me passe la langue sur les lèvres et tâche de me concentrer. C'est ce que je voulais. C'est ce que j'ai choisi. C'est ce pour quoi je mens à mes proches. Et à quoi ça rime, tout ça, si la terreur m'empêche de profiter de ma métamorphose, hein ?

Je regarde par la fenêtre tout en m'efforçant de calmer ma respiration. Non, vraiment, c'est très beau. Les immeubles sont énormes et majestueux, tout le monde est emmitouflé sous des toques de fourrure et des écharpes, et des guirlandes de Noël clignotent entre les flocons de neige. Et de temps en temps, en étant très attentif, on peut voir un homme en uniforme, debout à un coin de rue avec une énorme mitraillette entre les mains.

Ce qui me distrait légèrement de l'ambiance Noël, mais quand même.

Et puis, voici le fleuve : immense, reflétant les lumières de la ville sur toute sa largeur. Exactement comme dans les livres que j'ai chez moi et carrément mieux que la Seine, à Paris.

Enfin, je dis ça, je dis rien. N'allez pas croire que je sois raciste envers les fleuves.

« On y est presque, mes Pépites-de-Chocolat, annonce Wilbur au moment où le taxi tourne dans une rue. Bébé-Bébé-Licorne, comment te sens-tu ? Calme ? Détendue ? Profondément et ineffablement tendance ? »

Je fais le hochement de tête le moins convaincant de ma vie et sors un gros bobard. « Je me sens impec. » Le taxi s'arrête. Mes mains me font soudain l'effet de poissons vivants sur mes genoux : toutes glissantes et incapables de tenir en place. « Je me sens super bien, dis-je encore en regardant par la fenêtre. Je me... »

Et là je me tais. Car devant moi s'étend une place immense, couverte de neige. D'un côté, il y a un mur rouge, ornementé, de l'autre un vaste palais blanc, délicatement sculpté. Je sais que, si jamais je me tournais sur le côté, il y aurait un château rouge derrière nous, mais droit devant se dresse l'édifice le plus superbe que j'aie jamais vu de ma vie. Rouge et bleu et vert et jaune et à rayures et à étoiles, et façonné comme le gâteau le plus cher que l'on puisse rêver.

Et devant ce bâtiment, il y a environ trente-cinq personnes, soixante projecteurs, des remorques, des chaises, des portants couverts de vêtements, des attroupements de badauds et – détail inexplicable –, posé sur un coussin, un petit chaton blanc tenu en laisse.

Et on dirait bien que tous, sans exception, nous attendent.

39

L'Homme-Lion a menti.

Pas moyen de le dire autrement : il a menti, purement et simplement. Il y a *tout à fait* de quoi stresser. Aussitôt que nous descendons du taxi sur la place Rouge – j'avais déjà deviné que c'était là que nous nous trouvions –, nous sommes cernés : un peu comme si nous étions au beau milieu d'un film de zombies, sauf que les morts-vivants en haillons qui veulent nous dévorer sont remplacés par des gens à la mode, vêtus de noir et de fourrure, qui souhaitent nous parler de notre voyage.

« Enfin, ils sont là ! crie quelqu'un dans le fond.

— Chéris-Chéris », commence Wilbur en posant avec majesté le pied au sol. La neige ne tombe presque plus, mais il ouvre quand même un gigantesque parapluie, de crainte que ses cheveux ne soient *humidifiés*. « J'aimerais pouvoir vous dire que c'est la faute aux embouteillages, mais ce serait mentir. C'est simplement bien plus facile de faire son entrée quand tout le monde vous attend, n'est-ce pas ? »

Je regarde Nick avec tant d'insistance que j'en ai mal aux yeux. « Pas de quoi stresser ? je souffle tandis que quelqu'un nous tend le bras pour nous aider à nous extirper du taxi. *Pas de quoi stresser ?* »

Il me sourit et hausse les épaules. « Oh, allez, répond-il à voix basse. Si je t'avais dit la vérité, tu aurais essayé de te jeter par la fenêtre du taxi. »

Il a raison. C'est ce que j'aurais fait. « Pas du tout ! » rétorqué-je sèchement parce que je n'ai pas envie qu'il m'imagine essayant de sortir du taxi par la fenêtre. Et là, histoire de retrouver un peu de dignité, je détourne la tête avec colère. Même si c'est difficile de rester en colère quand on est plongé en plein conte de fées, devant un château, en compagnie de quelqu'un qui ressemble à un prince…

Non pas que je prenne Nick pour un prince. Nous sommes collègues, c'est tout.

Papa, pendant ce temps, s'efforce d'attirer toute l'attention possible en un délai record. « *Ma* fille, clame-t-il à qui veut l'entendre. La jeune beauté aux cheveux blond vénitien. Vous voyez ? » Il désigne sa propre chevelure. « Génétiquement, c'est moi. En fait, c'est un gène récessif : elle a eu de la chance sur ce coup-là, car sa mère était brune.

— Papa ! fais-je d'un air pincé tandis qu'environ quatre manières supplémentaires de le tuer me passent par la tête. Pitié.

— Harriet, tout ceci est tellement… tellement… » Il soupire joyeusement en cherchant le mot adéquat dans son vocabulaire des années 1990. « Tellement… *tip top* ! » conclut-il – et je suis obligée de plaquer une main sur ma figure pour dissimuler ma gêne.

Mais même cela ne suffit pas à gâcher l'instant. Je suis sur la place Rouge ! À ma gauche, le Kremlin avec le mausolée de Lénine, et devant moi la cathédrale Basile-le-Bienheureux, un des plus merveilleux joyaux de l'architecture mondiale. Il y a aussi le grand magasin Goum, et le Musée historique d'État, ainsi que la cathédrale de Kazan. Il y a même une statue en bronze de Kouzma Minine et Dmitri Pojarski, mais elle est couverte de neige et je ne peux pas les distinguer l'un de l'autre.

C'est sublime, ce qui ne devrait étonner personne. En effet, la place Rouge ne s'appelle pas ainsi à cause de sa couleur, mais parce que le mot russe qui veut dire rouge – *красная* – signifie aussi « belle ». C'est leur *belle* place.

Il y a là tant de gens, qui font tant de bruit – et tant d'objets dont j'ignore la fonction – qu'il me faut un bon moment pour me rendre compte que Nick s'est de nouveau volatilisé et que la foule commence à s'ouvrir par le milieu, un peu comme la mer Rouge, mais en noir.

Le silence se fait peu à peu et l'ouverture dans la foule s'élargit jusqu'à ce qu'on voie distinctement un chemin enneigé au milieu. Même Wilbur cesse de jacasser, et le seul bruit restant émane du chaton, qui de temps en temps pousse un petit *miaou*, telle une porte qui grince.

« La voilà », souffle quelqu'un avec quelque chose comme de la terreur dans la voix. Toutes les têtes se tournent alors dans la même direction.

Perchée sur des talons noirs – si hauts que je ne savais pas que ça existait –, Yuka Ito s'avance lentement dans le passage. Et elle me regarde droit dans les yeux.

40

Bon, je peux me tromper, mais il me semble que Yuka Ito est habillée exactement comme la dernière fois, à ceci près que son rouge à lèvres n'est plus violet mais orange. Pour quelqu'un de si haut placé dans le monde de la mode, ce n'est pas très varié, si vous voulez mon avis. Elle possède encore moins de tenues que moi.

Yuka s'arrête à deux mètres de l'endroit où nous nous tenons, complètement hypnotisés. Elle n'a pas l'air contente. Mais évidemment, je ne sais pas trop à quoi ressemble une expression de bonheur chez Yuka Ito. Contentons-nous de dire que la neige ne fond pas du tout sur ses épaules.

« Wilbur, lâche-t-elle d'une voix si glacée qu'elle paraît tombée du ciel, en quoi, précisément, consiste ton travail, à ton avis ?

— Être fabuleux en toute circonstance ?

— Ça se discute. Dirais-tu qu'une de tes tâches est de m'amener mes mannequins à l'heure et à l'endroit où je t'ai demandé de le faire ? »

Wilbur réfléchit quelques secondes. « Je dirais que cela figure sur la liste, oui, certainement.

— Dans ce cas, peux-tu m'expliquer pourquoi ils ont, tous deux, quarante-cinq minutes de retard ?

— Chérie, soupire Wilbur en levant les yeux au ciel, arriver à l'heure, c'est tellement *servile* ! Ça n'a aucune classe. Et en plus… » Il fait un petit geste et baisse la voix, comme s'il nous confiait un secret. « … il *neige*.

— Oui, je m'en étais vaguement aperçue. Mais tout le monde à part toi a réussi à arriver à l'heure, car en Russie, la neige n'est pas, disons… un événement *inattendu*. » Les lèvres de Yuka dessinent une fine ligne. « Peux-tu aussi m'expliquer pourquoi le visage féminin de ma nouvelle collection porte une sorte d'accessoire facial ? »

Un accessoire facial ? Mais de quoi elle… Oh. Toute ma personne vire au rouge tomate. Elle parle de mon bouton. S'il y avait un projecteur au-dessus de ma tête, je pense qu'il serait déjà éteint.

« Quand on engage des *adolescentes*, répond Wilbur avec patience, c'est un risque à prendre. Elles sont maigres, oui, mais bourrées à ras bord d'hormones et de sébum. Autant embaucher un tigre et se plaindre qu'il a des moustaches. »

Yuka me toise toujours, impassible. Pas de doute, je ne me suis jamais sentie plus moche. Elle fait claquer sa langue.

« D'accord, concède-t-elle d'une voix guindée. De toute manière, nous l'embellirons numériquement jusqu'à ce qu'elle ne soit plus reconnaissable. Emmène-la se préparer à l'hôtel pendant qu'on installe le matériel et qu'on fait les photos en solo de Nick. Vous avez une heure et demie. » Sur ce, elle frappe dans ses mains en direction de quelques personnes postées à sa droite. « Il y a une liste. Suivez-la *scrupuleusement*. Que ce soit bien clair : ce n'est *pas* le moment de chercher à être créatifs. » Elle considère toute l'assemblée d'un œil noir. « *Tout de suite*, ajoute-t-elle. Qu'avez-vous à rester plantés là ? J'ai terminé. »

Et la voilà qui repart au milieu de la mer noire, laquelle se referme aussitôt sur son passage.

Je suis abasourdie. « Une liste ? Quelle liste ?

— Je pense, Schtroumpfette, que c'est la liste de ce que nous allons faire de ça. » Et il agite la main dans ma direction. Apparemment, par « ça », il entend : moi.

« Mais… mais tu ne m'as pas dit que j'étais parfaite telle que je suis ? »

À ces mots, Wilbur renverse la tête en arrière et explose d'un rire tonitruant.

C'est sa seule réponse.

41

Bien, j'ai un aveu à faire: je n'ai pas débarqué ici sans aucune préparation. C'est vrai, quoi, je ne peux pas attendre d'eux qu'ils fassent tout le boulot, n'est-ce pas ? Si je veux être tendance, il faut que j'y mette un peu du mien. Que je participe à ma métamorphose.

J'ai donc passé quelques heures, hier soir, à faire des recherches sur Internet. Je suis désormais bien moins ignorante qu'auparavant en matière de mode. Et j'avoue ressentir une certaine impatience, maintenant que je vais avoir une chance de le prouver et, peut-être, de faire un bout de chemin dans la bonne direction.

« Assieds-toi, chérie », m'intime une des femmes en noir.

On m'a abritée de la neige et collée dans une petite chambre d'hôtel, juste derrière la place Rouge. Jamais je n'ai vu tant de produits de beauté, de maquillage et de brosses à cheveux. Il y a même un gros casque à lampes chauffantes semblable à celui qu'utilise ma grand-mère quand elle se fait faire son indéfrisable.

Je m'assieds, donc. Une autre femme va chercher une feuille de papier et la regarde. « C'est une blague ? s'exclame-t-elle, incrédule. Pas d'yeux de chat ? Yuka ne sait pas qu'il n'y a que ça, cette saison ? »

Celle qui m'a fait asseoir hausse les épaules. « Prada vient de le faire, donc c'est déjà officiellement *out*. »

Je cligne des yeux. Ce n'est pas tout à fait la conversation à laquelle je m'étais préparée, mais je ferai de mon mieux pour m'accrocher. « Vous savez, dis-je après m'être raclé la gorge et en prenant un air dégagé, les yeux des chats sont tapissés d'une membrane réfléchissante qui optimise l'absorption de la lumière. C'est pour ça qu'ils brillent dans le noir. »

Les deux dames me regardent. « Ah… bon.

— Et puisqu'on parle de mode, m'empressé-je d'ajouter en repassant mentalement mes recherches d'hier, savez-vous qu'au XVIIIe siècle, c'était très tendance de se coller des sourcils en peau de souris ? »

Silence.

Je poursuis, résolue à continuer jusqu'à ce qu'elles soient impressionnées. « Et aussi, savez-vous que, s'il y a des boutons sur les manches des manteaux, c'est parce que Napoléon en avait fait coudre afin que ses soldats cessent de s'essuyer le nez dessus ?

— C'est dégueu, commente l'une des deux.

— Mais pas inintéressant, dans le genre bizarre », ajoute l'autre.

Vous voyez ? Je le savais, que mes recherches paieraient. J'ai déjà conquis une petite fraction de l'industrie de la mode grâce à mes connaissances pointues.

« Bon, continue la femme en consultant de nouveau la liste, on aura juste le temps de faire ton maquillage, après. Et de te mettre les fringues sur le dos. »

Je la dévisage sans comprendre, tandis que papa erre dans la pièce en soulevant des objets pour les reposer aussitôt. (« Harriet ! Une Bible russe ! Elle est entièrement écrite en russe ! ») Il hausse les épaules avec nonchalance lorsque je l'interroge du regard. « Aucune idée de ce que racontent ces gens, chérie. Pas la peine de me fixer comme ça », signifie sa mimique.

« Après ? Après quoi ? » je m'enquiers timidement auprès de Wilbur.

Nous avons une heure et demie. Combien de temps faut-il pour étaler un peu de rouge à lèvres et enfiler une robe ? Combien de temps faut-il pour me transformer en mannequin ? Ils me trouvent vraiment si moche ?

Wilbur tape dans ses mains. « Ah, ma Tranche-d'Ananas, voilà le meilleur qui arrive, m'explique-t-il. Je brûle d'impatience depuis que j'ai vu la Liste. »

Je promène mon regard dans la pièce. Déjà, une sensation de menace imminente m'étreint. « Qu'est-ce qui va m'arriver ?

— Oh, allez ! s'écrie joyeusement Wilbur en se mettant à sautiller sur place. Qu'arrive-t-il au Vilain Petit Canard pour qu'il devienne un Beau Grand Cygne ? »

Je deviens blême. « Vous allez me faire nager ?

— Voilà ! braille-t-il. Nous allons te faire… » Il s'interrompt brusquement. « Hein ? Mais non, chérie. Nous allons te *couper les cheveux* ! » À cet instant, la porte s'ouvre. « Et *lui*, ajoute Wilbur en pointant du doigt l'homme incroyablement petit qui vient d'entrer, c'est le magicien qui va opérer ta transformation. »

OK, je ne sais pas trop quels contes de fées Wilbur lisait enfant, mais je suis tout à fait certaine que Hans Christian Andersen n'a jamais décrit un Vilain Petit Canard se faisant couper les cheveux.

Le Vilain Petit Canard devient peu à peu, pour l'extérieur, le bel oiseau qu'il a toujours été intérieurement. Cette histoire parle de beauté intérieure, d'acceptation de ce que l'on est réellement et d'accomplissement de sa destinée (et aussi de ne pas faire attention aux méchants canards qui vous embêtent entre-temps).

Il ne se fait pas *couper les cheveux*. J'ai bien tenté de l'expliquer à Wilbur, mais il ne veut rien savoir. « Mais qu'est-ce que tu racontes, Popotin-en-Sucre ? me demande-t-il sur un ton absent, dansant toujours autour de ma chaise comme une sorte de lutin surexcité. Comment veux-tu qu'il soit passé de gris et raplapla à tout beau, tout blanc, tout lisse ? Tu es en train de me dire que cela aurait pu se faire sans coiffeur ? »

Comme je ne sais pas bien que répondre à cela, je me tais et étudie le coiffeur – un Français prénommé Julien –, qui s'est planté devant moi en affectant un air solennel.

« Alors, *ma petite puce**, me dit-il avec un fort accent de mangeur de grenouilles. Comment t'appelles-tu, déjà ? »

Je lui tends maladroitement la main. « Harriet Manners. » Je rêve, ou il vient de me traiter d'insecte piqueur ?

Julien considère ma main avec horreur. « *Mon Dieu**, lance-t-il, consterné. Je suis français. On ne se serre pas la main ! Ce n'est pas hygiénique.

— Pardon, dis-je en la retirant précipitamment pour l'essuyer sur mon pantalon.

— Non, chez nous, on se fait la bise ! Comme ceci. »

Et le voilà qui se penche vers Wilbur, qui lui fait trois bises sur les joues, et qui conclut par un baiser insistant sur la bouche.

* En français dans le texte.

Wilbur glousse de rire. « C'est la meilleure partie du voyage, me chuchote-t-il derrière sa main. Je dois dire que j'*adooore* les Français.

— Le baiser sur la bouche, c'était seulement pour Wilbur, m'explique Julien. On ne fait pas ça en France. Bon, voyons voir. » Il prend ma figure entre ses mains et se place derrière moi pour m'observer dans la glace. Le visage de Wilbur apparaît sur la droite, celui de papa sur la gauche, si bien que tous trois me contemplent fixement : on dirait une mauvaise pochette de disque des années 1980.

« Tes cheveux, conclut Julien. Il y en a trop.

— Oui, dis-je.

— C'est trop, c'est trop. Ils te… comment dites-vous… ils t'inondent.

— Ils la noient ? propose gentiment papa.

— *Mais oui**. Tu n'es rien qu'une petite vague dans un océan de cheveux. On ne voit plus tes traits. Tout est perdu, perdu, perdu. » Julien lance un regard à Wilbur, puis revient à moi. « Yuka a raison », lâche-t-il enfin, et Wilbur pousse un petit couinement comme si quelqu'un venait de lui marcher sur le pied, mais que cela lui faisait plaisir.

Cette conversation ne me met pas aussi à l'aise qu'elle le devrait.

* En français dans le texte.

« Tes cheveux, déclare Julien, sont trop gros pour ta tête.

— Oui, c'est exprès. Comme ça, j'ai plus de place où me cacher. »

Mais Julien pousse ma tête vers le bas. « Non. Sur une petite tête, il faut de petits cheveux.

— Et quand on a la grosse tête, il en faut beaucoup… »

Peine perdue, c'est trop tard. Julien a glissé une épaisse mèche de mes cheveux entre les lames de ses ciseaux, qu'il rapproche de plus en plus de mon crâne.

« Papa ! Fais quelque chose !

— Si vous touchez à un cheveu de la tête de ma fille, intervient mon père, ma femme vous poursuivra tous en justice.

— D'accord », lâche Julien avec un haussement d'épaules. Et là, il coupe tout.

42

Mon père a le moral au plus bas.

Il n'arrête pas de regarder ma tête, puis de murmurer « Oh là là, oh là là, oh là là », et de se cacher les yeux avec ses mains. « Je crois qu'Annabel va se douter de quelque chose », finit-il par souffler.

Je serre une de mes mèches entre mes doigts. Il y a une heure, mes cheveux me descendaient jusqu'à la taille, maintenant ils sont coupés au bol et m'arrivent à peine sous les oreilles. J'ai aussi une courte frange effilée qui va tenir toute seule en l'air au moins jusqu'à mes vingt ans.

Julien appelle cette coupe « la Jeanne d'Arc de la Nouvelle Décennie ». D'après ce que j'en comprends, cela veut dire qu'on m'aiguillera vers les mauvaises toilettes au restaurant jusqu'à ce que ça repousse.

« Chérie, dit la styliste en me tapotant l'épaule, je sais que tu dois être dégoûtée : la perte de ta féminité, tout ça. Mais on n'a pas le temps. Il faut te préparer, et tout de suite. »

Je hoche la tête, puis me ressaisis et descends de la banquette. Je ne peux quand même pas me plaindre simplement parce que mon idée d'une *transformation* – à savoir : me rendre plus belle – diffère de celle des autres.

« D'accord », dis-je bravement en montant sur la chaise de maquillage.

Je vais laisser ces gens faire ce qu'ils veulent.

C'est-à-dire, selon toute apparence, me faire mourir d'ennui.

Se faire transformer, c'est incroyablement barbant. C'est un peu comme regarder un inconnu faire du coloriage. De manière inexplicable, on repeint mon visage avec une substance qui a la couleur de… mon visage, puis on ajoute du rose là où je rougissais déjà avant, après quoi on m'applique un tas de mascara qui me coule dans les yeux, et enfin on me fait les lèvres rose vif.

Puis on dépose quelque chose de scintillant sur mes épaules, et quelque chose de scintillant dans mes cheveux, avant de me tendre ma « tenue ». J'ai mis des guillemets, notez bien, parce que ce n'est pas une tenue. C'est un manteau court en fausse fourrure et une paire de talons aiguilles rouges d'une hauteur hallucinante. Et c'est tout.

Non, pardon. J'ai aussi une grande culotte noire qui arrive à ras du manteau, et un collant totalement transparent qui ne fait rien à part donner aux jambes une bizarre texture brillante, comme des jambes de Barbie.

Je contemple le tout sans y croire pendant quelques secondes, puis l'emporte aux toilettes. Car je suis pudique, ce que tout le monde semble trouver hilarant, pour une raison qui m'échappe. Et donc, je m'assieds sur les toilettes pour enfiler la « tenue ».

Dix minutes plus tard, j'y suis toujours.

« Harriet ? finit par faire une voix inquiète accompagnée d'un petit *toc toc* à la porte. C'est papa. Est-ce que tout va bien, chérie ?

— À tous les coups, elle est tellement fascinée par son nouveau visage qu'elle ne peut plus détacher ses yeux du miroir, chuchote Wilbur, tel un personnage de théâtre. Moi, c'est pour ça que je suis toujours en retard. » À son tour, il frappe à la porte. « Détourne les yeux de ton reflet, bébé ! me crie-t-il à travers le battant. Il te suffit de détourner les yeux, et le sortilège sera brisé !

— Papa ? Tu peux entrer ? Je suis sur les toilettes. »

Il y a un silence. « Chérie, je t'aime plus que tout au monde. Tu es mon enfant unique, la prunelle de mes yeux, tout ça, tout ça. Mais je ne vais certainement pas entrer si tu es sur les toilettes. »

Je soupire, exaspérée. « Le couvercle *baissé*, papa. Je suis assise sur les toilettes. Comme sur une chaise.

— Ah bon. D'accord. » Il passe la tête à l'intérieur. « Qu'est-ce que tu fabriques ?

— Je ne peux pas me lever.

— Tu es paralysée ? Mais qu'est-ce qui t'arrive ?

— Non, je ne peux pas me mettre debout, physiquement. Les talons sont trop hauts, papa. Je ne peux pas marcher avec ça. »

J'essaie de me lever, mes chevilles se tordent, et je retombe assise sur le siège.

Papa se rembrunit. « Ah. Pourquoi est-ce qu'Annabel ne t'a jamais appris à marcher avec des talons ? Je croyais qu'on était d'accord : je t'apprends à être cool, et elle t'apprend à faire des trucs de fille. »

Voilà qui explique beaucoup de choses. « Je n'ai jamais porté de chaussures à talons. Alors, qu'est-ce que je vais faire ? »

Papa réfléchit, puis se met à chanter *Lean on Me*[1] d'Al Green. Il se baisse, et je fais un pas vacillant pour lui agripper l'épaule, façon bébé koala pompette se raccrochant à son eucalyptus. Alors, papa me fait vivement pivoter dos à la porte.

« Mais qu'est-ce que tu fais ? La sortie, c'est par *là*, râlé-je aussitôt.

1. Littéralement : « Appuie-toi sur moi. »

— Avant qu'on aille où que ce soit, je veux que tu voies ça », me répond-il en désignant le miroir.

À côté d'un reflet qui ressemble trait pour trait à mon père, il y a une fille. Elle a la peau blanche, les pommettes hautes, le menton pointu et les yeux verts. Elle a de longues jambes, un long cou, et elle déploie une grâce maladroite, un peu comme un faon. C'est seulement en me penchant en avant pour constater que son nez est retroussé au bout, exactement comme le mien, que je comprends pleinement ce que je vois.

C'est *moi*, ça ? Wouah. En fait, ça marche. Je suis… je suis… à peu près pas trop mal.

« Tu peux dire ce que tu veux, me souffle papa un instant plus tard : je crois que ta mère et moi, on a réussi quelque chose. »

Je pousse un couinement embarrassé mais heureux.

« Attention, je tiens à souligner que les cheveux, c'est moi. Mais c'est elle qui avait toute la beauté. Elle serait comblée, en ce moment. » Sur quoi mon père me fait tourner dans l'autre sens en s'arrangeant pour que les pointes de mes pieds reposent sur les siens, et il m'aide à sortir des toilettes moitié en me portant, moitié en dansant.

« Un petit rugissement pour moi ? me demande-t-il.

— Roaaaarrrr.

— Bravo. Allez, mon tigre, on va les bouffer !

— Je crois que c'est du léopard, en fait, dis-je en regardant le manteau. Les tigres ont des rayures. »

Papa me décoche son plus grand sourire.
« Alors allons les bouffer, mon léopard ! »

Je mets plus de quatre minutes à regagner la chambre, et le temps que j'arrive, papa a corrigé sa comparaison : je ne suis plus un léopard, mais « un girafon qui apprend à faire du patin à glace »...

Ce qui n'est pas gentil du tout. J'aimerais le voir, lui, essayer de marcher avec des pointes de vingt centimètres attachées sous les pieds. En outre, les girafes ne se couchent jamais, alors que j'avance de façon plus ou moins horizontale.

« Bon, ça ne va pas marcher, hein ? finit par constater Wilbur. À ce rythme, tu seras bien trop vieille pour poser quand on arrivera au shooting, mon Ange-Miaou-Miaou. Tu auras environ soixante-douze ans, et à quoi est-ce que ça nous servira ?

— Je pourrais peut-être remettre mes baskets », suggéré-je en les sortant de mon sac.

Wilbur grimace comme s'il avait reçu une gifle. « Un manteau Baylee de la saison prochaine, au tombé parfait, en édition limitée, porté avec... Qu'est-ce que je vois là, des baskets génériques du supermarché ? » Il déglutit. « Un crime de lèse-mode. Je ne le permettrai pas. Pas tant qu'il restera un souffle dans ce corps superbe qui est le mien. » Il fronce les sourcils et promène son regard dans la chambre. « Heureusement, ma beauté n'a d'égale que mon intelligence ! ajoute-t-il malicieusement. Et j'ai une idée ! »

Dix minutes plus tard, je fais mon entrée sur la place Rouge entourée de mon escorte. Ce n'est pas exactement l'entrée que j'espérais. Pour tout dire, je garde la tête dans mes mains d'un bout à l'autre.

Nick jette un regard au fauteuil roulant, devine aussitôt pourquoi je suis dessus et pousse un hululement d'hilarité pas cool du tout, si fort que des pigeons s'envolent d'une statue. Yuka, elle, n'est pas aussi bonne spectatrice.

« Quelqu'un peut-il me dire, siffle-t-elle entre ses dents tout en s'approchant à grands pas de moi, fusillant du regard les sept personnes qui se tiennent derrière moi, *qui a cassé mon mannequin* ? »

43

Élégante. Digne. Gracieuse.

Trois adjectifs qui ne me décrivent pas du tout, du tout. Ils doivent s'y mettre à cinq pour m'extirper du fauteuil et me porter jusqu'à Nick qui m'attend dans la neige, devant la cathédrale Basile-le-Bienheureux, et quand ils finissent par me reposer par terre, il me faut encore quelques minutes pour trouver mon équilibre et tenir seule en position verticale. Et encore, j'y arrive à peine. Pour cela je dois me concentrer à fond, ne pas bouger un muscle et replier mes orteils comme des serres dans mes escarpins. Et garder les bras écartés comme un funambule. Le fou rire de papa ne m'aide pas.

Et d'ailleurs, celui de Nick non plus.

On me présente rapidement au photographe, Paul, un type blond et mince qui, pour ce que j'en vois, n'a pas le moindre goût pour les gesticulations flamboyantes. Il a l'air entièrement concentré sur son travail, ce qui se révèle encore plus angoissant. Avec Wilbur, au moins, il est possible d'oublier que des enjeux terribles reposent sur mes épaules.

Mais là, nous ne sommes plus dans une petite expérience de métamorphose. C'est un boulot. Ça coûte très cher. C'est très important. Et ça compte pour beaucoup de gens.

« Regardez-moi faire des 360 sur neige ! crie Wilbur dans le fond en pirouettant avec le fauteuil.

Le photographe fronce les sourcils, serre les dents et revient vers Nick et moi. « Je n'ai plus qu'à régler l'éclairage », annonce-t-il d'une voix tendue en levant la tête vers les cieux. Il commence à neiger plus fort, et le ciel s'est légèrement assombri. « Quelqu'un peut m'apporter mon réflecteur ? »

Un jeune garçon part en courant et revient bientôt avec un grand disque doré.

« Détendez-vous quelques minutes, nous conseille-t-il en tripotant un petit boîtier noir pendant que le garçon incline le disque dans tous les sens. Je ferai quelques prises tests quand tout sera installé. » Il tripote encore son boîtier, puis relève la tête. « Il faudrait aller chercher Gary. »

Gary ? *Gary* ? Allons bon, qui est-ce encore, celui-là ?

Je jette un coup d'œil vers Nick, dont j'ai évité de croiser le regard depuis mon retour de l'hôtel.

Ma conscience de moi-même est exacerbée depuis que je n'ai plus de cheveux. Comme le magicien d'Oz une fois que le rideau est tombé. Nick a les mains enfoncées dans les poches d'une grosse veste de style militaire et les cheveux dressés en crête avec du gel. Il plisse le nez dans ma direction, et mes organes internes se retournent comme un gant, une fois de plus.

Est-ce que je ne devrais pas être immunisée contre lui, à force ? À moins qu'il soit la version humaine du rhume des foins ?

« Fais gaffe à toi, me prévient-il avec son accent traînant. Gary est féroce.

— C'est un autre mannequin, Gary ? fais-je dans un souffle, complètement alarmée. Un styliste ? Un coiffeur ? L'assistant de Yuka ?

— Non, me répond Nick, et je vois tressaillir le coin de sa bouche. Pire. C'est un monstre. Il sème la désolation partout où il passe. » Puis il regarde pardessus mon épaule et hoche la tête. « Le voilà. Sois prudente. »

Alors, je vois une femme sortir de la foule. Elle tient dans ses mains le tout petit mignon chaton blanc.

D'accord, les premières impressions peuvent être trompeuses. Aussitôt que la femme me le tend, Gary me mordille le doigt et commence à escalader mon épaule en crachant comme une bouilloire furieuse. Ce n'est pas naturel qu'une si adorable boule de poils soit aussi agressive.

« Pourquoi est-ce qu'il me crache dessus ? demandé-je avec détresse à Nick.

— Peut-être qu'il se prend pour un lama, va savoir. »

J'empoigne le chaton, qui a changé d'avis et veut maintenant redescendre en utilisant mon bras comme tremplin. Je ne pense pas que ce soit une bonne idée. Il est petit et blanc : s'il atterrit dans la neige, il y a un risque pour qu'on ne le retrouve jamais.

« Bien ! finit par lancer Paul. Tout est prêt pour les prises tests. » Il s'interrompt et me toise. « Harriet, qu'est-ce que tu fais à cet animal ? »

Je baisse les yeux : je tiens fermement Gary par les pattes arrière pendant qu'il s'efforce de fuir en rampant avec ses pattes avant.

« Euh… je crée des liens ? dis-je faiblement.

— Tu pourrais essayer de le faire sans que ça ressemble à de la cruauté envers les animaux ? » Paul se racle la gorge. « Bon, je vais prendre une douzaine de photos. Ce que tu fais n'est pas hyper important, mais tu pourrais en profiter pour t'entraîner un peu. »

Voilà, nous y sommes. Je m'attendais à un peu plus de formation – peut-être un mode d'emploi du mannequinat, avec des schémas étape par étape –, mais… ça me va. Je vais juste me laisser aller. Laisser s'exprimer la top-modèle qui sommeille en moi. Wilbur et Yuka, à l'évidence, ont détecté quelque chose de profondément enraciné dans mon être, qui ne demande qu'à surgir pour émerveiller tout le monde. Comme un… un dragon. Ou un très gros chien.

Je regarde droit dans l'objectif avec mon visage le plus typiquement mannequin. Il y a un silence, puis Paul me considère, ébahi.

« Qu'est-ce que tu fais, Harriet ? C'est quoi, cette tête ? »

Gloups. « C'est ma tête de mannequin.

— Ta… bredouille Paul, perplexe, avant de lever les yeux au ciel. Tu as *déjà* un visage de mannequin, Harriet. Tu n'as pas besoin de le tordre comme si tu étais violemment constipée. *Détends-toi*. » Encore un silence. « Qu'est-ce que tu fabriques, maintenant ?

— Euh… je souris ? »

Paul pousse un gros soupir. « Tu as ouvert un magazine de mode une fois dans ta vie ? Regarde Nick, Harriet. Qu'est-ce qu'il fait ? »

J'observe. « Il… euh… rien, il est juste planté là.

— Exactement. Il est naturel, de la plus belle façon qui soit. Fais comme s'il n'y avait pas d'appareil photo, chérie, et occupe-toi juste d'être aussi belle que possible. »

Clairement, le chat n'est pas convaincu que j'en sois capable ; il miaule et laboure mon épaule de ses petites griffes, terrifié. Ce qui me fait dangereusement osciller sur mes talons, si bien que je dois m'appuyer à l'épaule de Nick.

Je bredouille un « Pardon » gêné en fixant la neige par terre.

Pourquoi est-ce que personne ne m'a dit qu'il fallait des compétences pour être mannequin ? Pourquoi ne m'a-t-on pas prévenue que je devrais *faire* quelque chose ? Pourquoi ne se sont-ils pas doutés que je serais nulle ?

Les larmes me montent aux yeux, et quelque part dans le fond j'entends la maquilleuse exprimer son inquiétude à propos de mon mascara. Je regarde Nick, ouvertement désespérée, et il me décoche son sourire de travers.

« Bon, lâche-t-il, donne-moi ce chat. » Il me le prend. Gary pousse aussitôt un petit « mioûû » satisfait, se roule en boule sur son bras et s'endort. Même le *chat* est dingue de lui.

« Maintenant, souffle en faisant *prrrrrt.* »

Je le dévisage en silence pendant quelques secondes.

« Tu veux que je fasse un prout ?

— Eh oui ! Le plus fort possible. Bien mouillé, avec des postillons. » Je sens mes joues rosir sous le fond de teint.

« Pas question que je fasse un prout, dis-je d'une voix pleine de dignité. Je suis presque une adulte.

— Fais-moi un beau prout.

— Non.

— Allez.

— Non.

— Vas-y.

— Bon, très bien ! »

Exaspérée, je sors un petit *prrrrrt* sans conviction. Nick fronce les sourcils.

« Ce n'était même pas un vrai prout.

— Oh là là, si tu y tiens… » Je soupire et je souffle un gros *PRRRRRT* ! Je ne veux même pas regarder Yuka. Je ne pense pas que ce soit pour ça qu'elle m'a engagée. « T'es content ?

— C'est bien mieux. Maintenant, remue les épaules. Et le cou. »

Je remue les épaules et le cou.

« Cogne tes genoux l'un contre l'autre. »

Je cogne mes genoux l'un contre l'autre.

« Et fais le poulet. »

Je glousse et remue les coudes.

« Tu peux supporter d'avoir froid aux pieds ? Parce que, si oui, je pense que tu devrais enlever ces chaussures ridicules et les prendre à la main. »

Je jette un coup d'œil à Paul, qui est occupé à régler une lampe à sa droite. Puis un coup d'œil vers la gauche, où Yuka Ito, assise sur un siège noir, nous observe avec la même expression qu'Annabel quand elle mange des huîtres.

« D'accord », dis-je en haussant les épaules. Et je retire mes chaussures. De toute manière, je suis tellement nerveuse que je ne sens plus mes pieds. Et puis, je suis déjà au fond du trou. Je ne peux pas tomber plus bas.

Visiblement, Nick pense la même chose.

« Maintenant, me dit-il avec un grand sourire, je vais te tenir la main. Et quand je te dirai “Saute”, tu sautes, le plus haut possible. Regarde droit dans l’objectif, garde tout ton calme, et saute. OK ? »

Je fais oui de la tête – une tête complètement engourdie.

« Relax ? »

Je hoche de nouveau la tête.

« Le poulet ? »

Je re-hoche la tête et fais le poulet.

« OK, saute ! »

Alors, je saute.

44

Nick me tient par la main.

Nick est vraiment en train de me tenir par la main. Et personne ne l'a forcé. Il le fait gratuitement.

Enfin, pour un salaire de mannequin. Mais il n'était pas obligé.

C'est lui qui l'a proposé.

Évidemment, ce n'est pas la seule chose qui me traverse l'esprit pendant le reste du shooting. Je suis professionnelle, tout de même. Je pense à… beaucoup de choses en rapport avec le mannequinat. Aux vêtements, au maquillage, à la coiffure, aux sourcils autocollants en peau de souris. Et à… et à… Non.

C'est la seule chose à laquelle je pense. Le fait que Nick est en train de me tenir la main alors que je n'ai jamais tenu la main d'un garçon de toute ma vie, sauf si on compte la fois où j'avais huit ans et où on m'a obligée à jouer la mère du Prince charmant dans le spectacle de l'école, et je ne la compte pas.

Et en plus, cette fois, c'est l'Homme-Lion.

Cette fois, *c'est la main de Nick.*

Il s'avère que, quand Nick m'a dit « Saute », l'idée était qu'il saute *lui aussi*, si bien que nous avons tous les deux bondi en l'air en même temps, le plus haut possible. Nick tenait le chaton, je tenais les chaussures rouges, et nous nous sommes envolés ensemble.

Eh bien, tout le monde a adoré. Paul a adoré. Wilbur a adoré. Papa a adoré. Les spectateurs ont adoré. Même Yuka a cessé de menacer de virer toute personne présente dans un rayon de vingt kilomètres. Gary, lui, était moins enthousiaste, mais que voulez-vous, on ne peut pas plaire à tout le monde.

Une fois que nous avons terminé de sauter verticalement, nous abandonnons toute réserve et essayons de courir de gauche à droite en faisant des bonds. Puis de droite à gauche, toujours en faisant des bonds. À la fin, je suis tellement détendue et je m'amuse tellement qu'ils réussissent à obtenir que je ne saute *pas* le temps de quelques photos, histoire de changer un peu. Ils se rapprochent même pour me prendre en gros plan et je ne fais aucune grimace car je suis trop occupée à penser à… hum. Au maquillage. Et aux vêtements. Et à la coiffure. Et aux souris. Et ainsi de suite.

Et avant que j'aie eu le temps de dire ouf, c'est terminé.

Ça y est, je suis mannequin !

« Mon Petit-Petit-Pois ! » glapit Wilbur aussitôt que Paul pose son appareil photo. Nick me lâche immédiatement la main, et le temps que je me retourne, il a déjà disparu. Pouf ! Comme le génie des contes. « Regarde-toi, bondissant comme un mini-kangourou des neiges ! »

Papa bouscule Wilbur pour s'approcher de moi. « Ça va, ma fille ? me demande-t-il, et on dirait que sa figure va se briser en deux tellement il sourit. Ça me rappelle des souvenirs, tout ça. J'ai fait du saut en hauteur, catégorie moins de seize ans, du temps de ma splendeur. J'ai gagné des coupes et tout et tout.

— Papa, tu as reçu la médaille de bronze une fois à la fête de l'école, quand tu avais treize ans. Elle est encore sur la cheminée.

— Des coupes, des médailles, c'est du pareil au même ! Enfin bref, je suis fier de toi. » Il me serre dans ses bras. « Pendant une minute horrible, j'ai cru qu'on allait devoir payer le billet de retour. Bon, j'ai bien entendu parler de vodka gratuite ? »

Et le voilà qui s'éloigne en gambadant dans la direction de l'hôtel.

Je baisse le regard sur ma main vide. Je n'en reviens pas que Nick soit déjà parti. Je n'ai jamais rencontré personne qui ait sa capacité à devenir invisible, de manière si rapide et si inattendue. Et je ne peux m'empêcher de le regretter.

« Londres, Poupée-Chérie, me dit gentiment Wilbur en me tapotant l'épaule.

— Hmmm ? fais-je, scrutant toujours la direction où Nick a disparu.

— Il est reparti pour Londres. Il a un shooting pour un autre styliste demain matin. »

Je déglutis, gênée, et détourne rapidement les yeux.

« Qui ça ? Je ne vois pas de qui tu veux parler.

— Oh, je t'en prie, Pétalounette. Tu as la tête allumée comme la dépouille de Lénine, et toi, tu n'as pas l'excuse d'avoir une ampoule derrière le crâne. »

Je me racle la gorge, contrariée, et feins l'indifférence. « Nick et moi sommes simplement des collègues. Nous travaillons ensemble.

— Plus maintenant, constate froidement Wilbur en me tapotant la tête. Son contrat avec nous est terminé. Yuka ne s'intéresse pas énormément au volet masculin de la mode. »

Une bouffée de déception me frappe à l'estomac, et je me mords la lèvre de peur qu'elle ne remonte jusqu'à mon visage. J'aurais dû m'en douter. Je ne reverrai probablement jamais Nick, sauf peut-être sur une page de magazine dans la salle d'attente d'un médecin, et encore : il manquera sans doute la moitié de son visage parce que quelqu'un aura arraché un bon de réduction au verso.

J'ai des picotements dans les joues. Il ne m'a même pas dit au revoir.

« Alors, dis-je le plus calmement possible, est-ce que moi aussi j'ai terminé ? »

J'ai fait une séance de photos, j'ai une nouvelle coupe de cheveux, je suis maquillée et j'ai tenu un garçon par la main, mais…

Je me sens toujours *moi*. Quelque chose ne fonctionne pas comme prévu.

Wilbur part d'un grand rire, sans plus pouvoir s'arrêter. « Est-ce que moi aussi j'ai terminé ? Est-ce que moi aussi… Oh, mon petit Rat-de-Bibliothèque, finit-il par soupirer en se penchant en avant, plié en deux. Tu es vraiment à mourir. »

Franchement, je préférerais que les gens se contentent de répondre simplement à mes questions.

« Alors ce n'est pas fini ?

— Eh non ! fait Wilbur en essuyant ses larmes d'hilarité. C'est maintenant que ça va *vraiment* devenir amusant. Nous allons nous rendre dans un autre quartier de Moscou. »

Allez savoir pourquoi, cela ne m'emballe pas autant que cela devrait. Nick n'est plus là, et cette fois je serai seule.

« Pour dîner ? »

Mais voilà que Wilbur se remet à hurler de rire. « *Dîner* ? Tu es mannequin, ma Compote-de-Prunes. Le dîner, tu oublies ! Non ! Un défilé pour Baylee nous attend.

— Un défilé ? Et je suis invitée ?

— Ah, j'espère bien, mon petit Aileron-de-Poulet, me répond Wilbur en arrangeant ma frange avec affection. Car tu seras sur le podium ! »

45

OK, comment veut-on que je me concentre sur ma transformation en papillon si j'ignore totalement ce qui va se passer d'un instant à l'autre ?

Remarquez, pour être honnête, je ne sais pas ce que j'aurais fait si on m'avait prévenue. Je ne suis pas fana de défilés de mode. Et je ne dis pas cela pour me donner le genre déprimé-défaitiste. C'est un savoir durement acquis qui me vient de ma vaste expérience. J'ai passé une bonne partie de mon neuvième été à arpenter un podium (la terrasse en bois au fond du jardin de Nat) en me tenant à une corde à sauter tendue au milieu.

Cela faisait partie d'un marché que Nat et moi avions passé : je m'entraînais à défiler avec elle, elle apprenait par cœur les répliques du poème épique *Le Chant de Hiawatha* avec moi, et nous faisions toutes les deux semblant d'y prendre plaisir. Mais j'avais beau essayer, et Nat avait beau soigner nos robes

« couture » taillées dans des sacs-poubelle et nous tresser des couronnes de marguerites pour accessoiriser nos tenues, quelque chose ratait toujours. Je trébuchais. Je déchirais ma robe.

Une fois, une chute sur une bordure en béton s'est terminée par un séjour aux urgences et sept points de suture. À dater de ce jour, Nat a décidé que ce serait sans doute moins dangereux si je m'occupais des rafraîchissements et si je dirigeais le spectacle, installée en sûreté dans une chaise longue sur la pelouse. Pendant qu'elle, pour sa part, persistait à défiler.

Nat.

Urgh ! La boîte métaphorique rangée dans ma tête me paraît sur le point de s'ouvrir en déversant tout son contenu par terre. Je replante un clou métaphorique dans chaque coin du couvercle.

« Les défilés, c'est *fantabuleux*, me rassure Wilbur en me poussant dans un taxi. Évidemment, il va falloir travailler ta façon de marcher, Haricot-Rigolo, car je ne pense pas que le fauteuil roulant rende bien sur le podium, mais pas de souci ! On aura au moins vingt minutes pour t'entraîner. »

J'ai un peu envie de vomir.

Je sors de mon sac le Diagramme à Bulles des Mensonges et allume mon téléphone. « Papa, dis-je en me tournant vers lui, il faut que tu envoies quelque chose à Annabel pour lui faire croire que tu es coincé dans une réunion assommante qui s'éternise.

— Quoi, par exemple ? me demande-t-il, effaré.

— Je ne sais pas, moi ! Je ne peux quand même pas tout faire. Écris-lui ce que tu lui écrirais normalement. »

Mais il fronce les sourcils. « Tout d'abord, quand je suis en réunion, je n'envoie pas de textos sous la table. On n'est pas au lycée. Deuxièmement, Annabel et moi sommes mariés depuis huit ans : nous ne nous envoyons pas des messages à tout bout de champ pour partager ce que nous vivons. Et troisièmement, je n'envoie *jamais* de SMS, à personne, pour partager ce que je vis. Pour partager *quoi que ce soit*, d'ailleurs.

— Oh là là, c'est pas vrai ! » Ma tête va exploser, je le sens. « Envoie-lui un SMS, papa. Tu suis les bulles, OK ? Je n'ai pas l'énergie pour gérer les fortes têtes aujourd'hui. »

Mon père hausse les épaules et sort son téléphone. « D'accord. Mais si elle devient suspicieuse, ne viens pas me faire des reproches. C'est ton aventure : moi, je ne suis que ton acolyte.

— Tu n'es pas mon acolyte, papa.

— Si. Je suis Robin. Ou peut-être le docteur Watson.

— Essaie Chewbacca », je grommelle en boudant.

Mon propre téléphone carillonne comme un fou sur mes genoux depuis tout à l'heure. Je m'efforce de faire comme si je n'entendais rien parce que je ne suis pas sûre d'être prête à affronter le missile de culpabilité et de honte que je vais bientôt me prendre en pleine figure, je le sais.

« Est-ce que c'est un truc d'ados ? finit par s'enquérir Wilbur, tout excité, lorsque l'appareil carillonne de nouveau. Il y a deux ou trois ans que j'ai quitté l'adolescence, je ne suis peut-être plus dans le coup. Est-ce que vous avez une sonnerie spéciale que vous n'entendez pas, quelque chose dans le genre ? »

Papa s'étrangle. « Deux ou trois ans ? *Deux ou trois ans* ? »

Wilbur pointe le nez en l'air. « J'ai le visage taillé à la serpe, déclare-t-il avec hauteur. Comme Wolverine. Il a toujours été ciselé comme ça. »

Papa et moi échangeons un regard entendu. Si Wilbur a moins de quarante ans, je veux bien manger le réflecteur doré de tout à l'heure.

« Non, dis-je enfin avec un soupir, en prenant mon téléphone. Je l'entends. Malheureusement. »

Et là, avec une réticence extrême, j'ouvre la boîte des messages reçus.

H, comment va ? Tu me manques ! Tu veux que je t'apporte de la soupe après les cours ? Je peux passer prendre un bol de cette soupe verte thaïe au poulet que tu aimes. Biz Nat

H, y a plus de verte. La rouge, ça te va ? XXX Nat

Chère Harriet, ici Toby Pilgrim. C'est une véritable éruption au bahut. À savoir : Alexa torture Nat. Dois-je venir te chercher à Amsterdam pour que tu la venges, tel un ange flamboyant ? Bien à toi, Toby Pilgrim

Harriet, n'oublie pas le fil dentaire. Annabel

H, la rouge, c'est trop pimenté ? Y a trois piments dessinés. C pas bon ? Nat

La nausée monte dans ma trachée et je contemple mon téléphone, absolument paralysée.

Je suis le Diable. Le Diable en personne, c'est moi. D'une minute à l'autre, la corne symétrique à Bob va pousser sur mon front et mes cheveux vont prendre feu. Pendant que je caracolais comme une idiote pieds nus dans la neige, Nat se battait pour moi et m'achetait de la soupe, et Annabel se souciait de mon hygiène bucco-dentaire. Et moi, je ne pensais qu'à une chose : la main d'un garçon dans la mienne.

Je touche le point douloureux sur mon front et tape du pied contre le plancher de la voiture. Tiens, mes pieds commencent à faire un bruit de… de *sabots*.

Je me dépêche de taper une réponse.

Nat, merci, pas de soupe - vais tout droit au lit. Suis contagieuse, ne viens pas. À + XXX H

Je relis le message, réfléchis encore quelques secondes et appuie sur Envoyer.

C'est encore un mensonge. Deux, en fait. Dans la boîte rangée dans ma tête, les boules s'agitent avec fureur : je m'assieds sur le couvercle pour qu'elles ne jaillissent pas toutes en même temps.

Papa aussi a l'air plutôt mal à l'aise. « Il fait bien chaud, en enfer, pas vrai ? me demande-t-il en refermant son téléphone. Je veux dire, ce n'est sans doute pas aussi affreux qu'on le dit ?

— Espérons », dis-je alors que nous nous garons devant un bâtiment immense, époustouflant, blanc, magnifique, sculpté, avec un tapis rouge déployé devant l'entrée.

En effet, quelque chose me dit que nous allons bientôt le savoir.

46

Le défilé Baylee a lieu dans un vrai théâtre russe à sièges recouverts de velours rouge. Un podium a été installé au milieu, là où j'imagine que d'habitude on vend des Esquimau, et de grands lustres sont suspendus très bas au-dessus. L'architecture russe n'est pas spécialement réputée pour son minimalisme : en effet, toute la salle est dorée, sculptée, ornée de miroirs et de tentures brodées.

« Oh, divin Jus-de-Mangue », glapit Wilbur lorsque nous entrons. Il plaque une main sur sa bouche et fait bruyamment semblant de vomir. « C'est à croire que la fée des Prunes au sirop a explosé là-dedans.

— Si ça ne te plaît pas, William, lui glisse Yuka en le dépassant sur ses talons aiguilles, je peux t'envoyer dans un endroit nettement plus dépouillé. »

Sur ces mots, elle s'approche du podium. Wilbur me regarde, estomaqué. « Mais d'où sortait-elle ?

souffle-t-il en posant une main sur son cœur. Je me trompe, ou c'était une menace physique ? » Il jette un regard lourd de reproches sur la femme, qui est maintenant occupée à vérifier que tout est en place. « Et c'est *bur*, pas *iam* ! lui lance-t-il d'une voix forte.

— Tu ne peux pas savoir à quel point ça me laisse froide, réplique Yuka en me faisant signe de la rejoindre. Harriet Manners, continue-t-elle sans transition. Tout le monde est en train de se préparer en coulisse. Va les rejoindre, je te prie. Des gens importants vont commencer à arriver, et je ne peux pas avoir l'égérie de ma nouvelle campagne plantée là dans un pull avec un hamster et un cheval. »

Je baisse les yeux, momentanément réduite au silence. « Ce n'est pas un hamster ! C'est Winnie l'ourson. Un *ourson*. » Puis je me retourne pour pointer le dessin dans le dos. « Et Bourriquet est un âne. »

Yuka m'étudie pendant quelques secondes. « Je n'aime pas les ânes, conclut-elle finalement. Ni les ours. Va-t'en, je t'en prie, et enfile la tenue que je t'ai choisie, qui ne comporte ni l'un ni l'autre. Ton nom est sur l'étiquette. »

Je hoche faiblement la tête. Que dire à une femme qui ne connaît même pas Winnie l'ourson ?

« Et… Harriet ? »

Je fais volte-face sur la scène, alors que je suis en train d'essayer de trouver un passage entre les rideaux.

Où je me suis emberlificoté un pied. « Oui ? » dis-je tout en tâchant de me dépatouiller.

Les yeux de Yuka glissent vers le bas et contemplent le pied coupable. « Si quelqu'un propose de te raser les jambes, me dit-elle sèchement, dis oui. »

Ah, j'ai trouvé où se cachaient les Russes.

Ou au moins toutes les Russes magnifiques. Elles sont nichées dans une petite pièce derrière la scène, serrées comme de superbes sardines blondes et minces. Jamais je n'ai été aussi mal à l'aise. Il y a de la peau nue *partout*. Et on ne voit pas de petits bourrelets ni de soutiens-gorge de sport, comme dans les vestiaires du bahut. Non, partout, de très grandes filles à la chair ferme déambulent en tenue d'Ève, comme si c'était l'état le plus naturel au monde.

Et je me fiche de ce que disent les documentaires à la télé : non, ce n'est pas naturel.

J'ai descendu les marches du fond de la scène, je suis passée derrière un paravent, et me voici sur le seuil de la pièce. Personne n'a remarqué ma présence ; on passe devant moi comme si j'étais une stagiaire. Au lycée, Alexa est la Fille Branchée, Nat est la Belle Fille, et une certaine Jessica est la Fille-qui-saute-sur-la-moindre-occasion-pour-montrer-son-décolleté. Moi, je suis la Geek-qui-a-du-poil-aux-pattes-et-des-socquettes-blanches, celle qui reste dans un coin.

Je crois que, maintenant, je suis celle qui devrait se trouver dans un trou quelque part sous le plancher.

Je commence à repasser à reculons la porte que je viens de franchir.

« Je vous dis que ma fille a besoin de moi ! » crie une voix dans mon dos. Quand je me retourne, papa est sur la pointe des pieds, près de la porte : il essaie de voir par-dessus le paravent. « Elle a besoin de moi !

— Mais non, je n'ai pas besoin de toi ! lui dis-je.

— Vous voyez ? essaie encore papa en sautillant sur place, si bien que je vois le sommet de sa tête apparaître et disparaître en rythme. J'exige de pouvoir entrer dans cette pièce remplie de grandes top-modèles russes *tout de suite* ! »

Oh, nom d'une sucette en bois.

« Papa, je grogne entre mes dents et à travers le paravent, si tu me mets encore la honte comme ça, je te renvoie à la maison. Je ne blague pas. » Il y a un silence, pendant lequel il soupire avec emphase.

« Très bien, lâche-t-il d'un ton boudeur. Je n'ai plus qu'à aller manger du chou au vinaigre au fond du hall, c'est ça ?

— Oui, s'il te plaît.

— C'est *nul* d'être l'acolyte », grommelle-t-il avant de repartir vers le théâtre en traînant les pieds.

J'observe à nouveau la pièce, ce qui s'avère plus angoissant à chaque minute qui passe. Le tumulte et le désordre règnent en maître : des montagnes de vêtements, des dizaines de gens, l'éclat des lumières vives, l'odeur de la laque, le rugissement des sèche-cheveux et le bruissement des filles. Des tas de gens qui enlèvent et remettent des vêtements. La confiance en soi qui suinte de chaque pore présent entre ces murs. Je suis totalement, complètement et absolument perdue.

Je me dis que, si je me pelotonnais en boule dans un des placards à accessoires, personne ne remarquerait mon absence. Et je me croyais importante ?

« Elle est là ! crie quelqu'un, qui arrive en courant et me traîne par le bras dans la pièce. La plus importante de toutes ! »

Ah.

Eh bien, voilà ma réponse.

47

« C'est un nouveau départ » : voilà ce que je me répète sans cesse tandis qu'on me traîne dans cette foule de filles. Que dit la sagesse populaire, déjà ? Il faut y croire pour y arriver. Il est temps que je fasse au moins semblant d'y croire – et peut-être qu'ainsi je trouverai ma place.

Après tout, on n'est pas au lycée. Je peux être quelqu'un d'autre, ici. Quelqu'un de cool. Quelqu'un de différent. Je n'ai plus à être une geek. Je baisse les yeux vers mon sac. Le mot en rouge est encore vaguement visible et je pose vivement la main dessus. Il faut vraiment que je change de sac au plus vite.

« Bonjour ! dis-je avec assurance aux filles, qui se sont interrompues pour m'observer les yeux plissés. Je suis Harriet Manners. Ravie de vous connaître ! »

Ça marche à fond. Elles ont toutes arrêté de parler, et je vois à leur expression que d'une minute à l'autre elles vont se lever, m'envelopper dans une chaleureuse embrassade de groupe et commencer à se disputer pour être ma meilleure copine. Je souris de soulagement et tends la main à une brune d'une beauté stupéfiante.

« Parle à ma main », me dit-elle avec un fort accent, après quoi elle se retourne et continue d'enfiler ses bas.

« Noir sans sucre, pour moi. N'oublie pas le citron ! » ricane une autre, qui tape dans la main de sa copine.

« C'est *elle* qui m'a volé la campagne Baylee ? Sérieusement ? Yuka est devenue folle, ou quoi ?

— On dirait un petit garçon, chuchote une autre d'une manière parfaitement audible.

— Peut-être que c'en est un. Voyons ce qui arrivera quand elle retirera sa jupe.

— À mon avis, elle n'a *rien du tout*, là. Comme Action Man.

— Vous avez déjà vu des taches de rousseur pareilles ?

— Oui. Absolument. Humm… sur un œuf !

— Ou sur un dalmatien ! »

Je me décompose. C'est exactement comme au lycée, en fait. Sauf qu'elles ont moins de vêtements sur le dos, ce qui aggrave le malaise.

Pour l'instant, j'ai prononcé précisément neuf mots. Comment ai-je pu déjà foirer à ce point ?

« En fait, dis-je de ma voix la plus réprobatrice, aucun animal n'est entièrement dépourvu d'organes reproducteurs. Même les hermaphrodites en ont un de chaque, par exemple l'immense majorité des escargots pulmonés, des opisthobranches et des limaces. Alors vous voyez, c'est physiquement impossible. »

Ces propos sont accueillis par un silence étonné, après quoi toute la pièce explose en ricanements cruels. Bon, d'accord, ma réplique ne restera pas dans l'histoire comme la repartie la plus incisive.

« Et, dis-je encore à l'intention de la fille qui enfile ses bas, je préfère éviter de parler à ta main. Je ne sais pas où elle a traîné. »

Les ricanements se taisent d'un seul coup.

Voilà qui est mieux, Harriet. Le genre de choses que Nat aurait dites.

La fille me regarde en battant plusieurs fois des paupières, stupéfaite. « Qu'est-ce qu'elle vient de me dire ? finit-elle par demander sèchement à celle qui se trouve à côté d'elle, tandis qu'un pli apparaît au milieu de son front. Je suis l'égérie de *Gucci*. Je suis *Shola*. On ne me parle pas comme ça. Je n'accepte pas qu'on me parle comme ça.

— T'énerve pas, ma chérie, lui conseille à voix basse une blonde aux yeux bleus immenses. Ça te rend moche, et on va bientôt passer. *Vogue* est dans le public. Reste jolie pour *Vogue*. »

Shola avale sa salive et se concentre. « Merci, Rose. Je ne vais *certainement* pas me faire des rides pour elle. » Elle me toise de nouveau, les yeux plus papillotants que jamais. « T'as quel âge ?

— Quinze ans trois quarts.

— Mon Dieu, tu comptes encore tes quarts d'année. Je ne vais pas m'énerver pour une gamine. Pas question. Je suis une femme, *moi*. Je suis le visage de *Gucci Femme*. Tu vois ? *Femme*, c'est écrit.

— C'est vrai, l'approuve Rose en lui tapotant l'épaule. C'est écrit là, sur la pub, juste en dessous de ton visage, Shola. *Femme*.

— Harriet ? demande alors une aimable dame en rouge, juste au bon moment (il est clair que les top-modèles sont complètement siphonnées). Voici ta tenue. »

Et elle ouvre une housse à vêtements.

Une sorte de sifflement, *ssssss*, circule dans la pièce pendant que j'admire son contenu. Il s'agit d'une longue robe dorée, soyeuse, avec des milliers de minuscules plumes dorées cousues dans le bas. Elle a de fines bretelles faites de sortes d'écailles de poisson dorées et elle scintille quand on la touche, comme une cape magique. Elle est absolument sublime : même moi, je le vois bien. Même si, d'accord, elle va me faire ressembler un peu à un Quality Street saveur caramel.

« Elle est à moi ? Pour moi ?

— Mais oui, chérie. Tu es la Mariée. »

Un autre *sssss*, légèrement plus fort, s'élève autour de moi.

« Je suis la quoi ?

— La Mariée, voyons ! La dernière à passer. Le clou du spectacle. On n'aura d'yeux que pour toi, mon cœur. »

Je jette un bref coup d'œil dans la glace : derrière moi, toutes les filles présentes dans la pièce me lancent des regards assassins.

« Tu es le nouveau visage de la collection, continue-t-elle. Yuka veut que tu sois mise en avant le plus possible. »

Shola blêmit sous son maquillage. Elle regarde rapidement Rose et quelque chose passe entre elles, mais je n'ai aucune idée de quoi.

« D'accord, dis-je en tâchant d'oublier la nouvelle sensation désagréable qui me vrille l'estomac. Mais… » Je prends ma respiration. « Les… euhhh… » Je m'arrête. Comment dire ça avec subtilité ? « Les… hum. » J'inhale une grande quantité d'oxygène. « Qu'est-ce que j'aurai aux pieds ? » finis-je par sortir d'un coup.

La dame me sourit gentiment. « Ceci », dit-elle. Et elle me tend une paire d'escarpins couverts de petites écailles dorées, avec un tout petit talon de deux centimètres. Je manque m'évanouir de soulagement.

« Yuka dit qu'elle préfère que tu restes debout, plaisante-t-elle. Allez, Miss Manners, allons vous coiffer et vous maquiller pour avoir le temps de répéter un peu, d'accord ? »

48

<u>Personnes qui détestent Harriet Manners</u>

Alexa Roberts

Madame Chapeaux

Les propriétaires des stands 24D, 24E, 24F, 24G, 24H

Nat

La classe de littérature anglaise 11A

Les mannequins en général, Shola et Rose en particulier

Je peux y arriver.

Je peux vraiment y arriver. Je suis capable de marcher de long en large dans une pièce avec une jolie robe et de jolies chaussures sans rien déchirer, détruire, briser, et sans tomber.

Cela paraissait impossible il y a une heure. Mais… j'ai répété et encore répété en coulisse, et maintenant je suis convaincue que je peux aller au bout de cette soirée sans provoquer de catastrophe. Je veux dire, ce n'est qu'un aller-retour en *marchant*. Un enfant de dix-huit mois pourrait le faire, avec quelques encouragements et peut-être un petit chariot à pousser. Ce n'est quand même pas la mer à boire !

« Merci mille fois », dis-je à Betty, la styliste qui m'a aidée. Elle a même trouvé le temps d'élaguer mes poils aux pattes sans laisser de traces.

« Tout le plaisir était pour moi, poulette. Allez, révision express : sur quel rythme dois-tu marcher ?

— La musique ! » dis-je avec ardeur. Elle m'a prêté son iPod pour que je m'entraîne. Je n'ai aucune idée de ce que c'est comme musique, mais c'est plutôt chouette, en fait. Et au moins, ça me permet de savoir quand avancer mes pieds.

« Et qu'est-ce que tu fais une fois arrivée au bout du podium ? »

Me voilà de retour en terrain connu : étude et révisions. « Je m'arrête, une main sur la hanche, je tourne la tête à gauche, puis à droite, une petite pause, et ensuite je fais lentement demi-tour et je repars.

— Expression faciale ?

— Aucune, léger ennui.

— Excellent. Et tu marches de quel côté ?

— Au centre, et si une fille arrive en face, je serre à gauche.

— Je crois que tu es parée. »

Elle me sourit et pointe le doigt vers la porte. On m'a sortie de la zone où tout le monde se préparait pour que je puisse me concentrer, et aussi pour que je puisse tomber sans que personne ne se moque de moi.

« Tu vas faire un malheur ! » ajoute Betty.

Ce qui – étant donné la probabilité pour qu'un malheur arrive – n'est pas la *meilleure* chose qu'elle pouvait me souhaiter.

Et elle me donne une petite poussée dans le dos pour me lancer dans le monde de la mode.

C'est la folie, maintenant.

Le brouhaha de tout à l'heure n'était qu'un léger bourdonnement à côté de l'agitation qui règne à présent : la pièce entière n'est plus qu'un vaste tourbillon de lumière, de bruit et de panique. J'entends la musique qui bat côté podium et je me dis que les filles n'ont plus le temps d'être méchantes : elles enfilent et retirent des robes à une vitesse record, et se font hurler dessus par des gens équipés de casques-micros, comme s'ils travaillaient dans un centre d'appels.

« Suivante ! crie un homme en colère. Allez ! Non, on n'a pas le temps pour un raccord de gloss ! En scène ! »

Une petite file de mannequins se forme de ce côté-ci du rideau, et je suis totalement hypnotisée. Toutes sont deux fois plus grandes que moi, minces comme des lianes, avec des courbes là où il faut, et des visages incroyables. Chacune représente une forme de beauté différente, issue d'une imagination unique. Et maintenant, elles évoquent un rassemblement d'oiseaux de paradis, ou de papillons, couvertes de teintes vertes, bleues, rouges, de paillettes et de plumes. Cela ressemble moins à de la mode qu'à… du plumage.

C'est un peu comme la volière aux papillons que je visite tous les étés avec Annabel : la pièce est repeinte aux couleurs de l'arc-en-ciel. J'éprouve une soudaine bouffée d'envie. Moi, je ne suis encore que la vilaine petite mite marron qui volette autour de l'ampoule électrique. Puis je tourne les yeux vers le miroir installé près du podium. Mes yeux ont été peints en noir charbonneux, et mes cheveux crêpés et épinglés à l'arrière. Mes joues sont roses, fraîches, et la lumière rebondit sur le sommet de ma tête, sur mes chaussures et sur mes bretelles. La robe dorée tombe tout droit jusqu'au sol parce que, hum, je n'ai pas de formes pour l'arrêter, mais… c'est joli quand même. Ça brille.

Je comprends avec un choc que je ne suis pas une mite. Je ne suis pas tout à fait comme les autres, mais je suis peut-être un papillon quand même. Un de ces petits papillons blancs qui ne vivent pas très longtemps, mais qui sont contents d'avoir la chance de passer un moment dans le coin.

« Harriet ? braille l'homme au casque-micro. Où est Harriet ?

— Je suis là ! » clamé-je le plus clairement possible. Je me rends compte alors que j'ai les mains moites.

Papa est quelque part dans le public. Yuka lui a attribué, à contrecœur, un siège dans le fond. Il faut que je le rende fier de moi. Il le *faut* ! Et que je fasse la fierté d'Annabel, aussi, même si elle est absente et n'est même pas au courant de ce que je fais.

« Prépare-toi, me dit le type. Ça va être à toi. »

Je suis debout tout près du rideau et je vois qu'il y a trois filles devant moi. Rose, Shola et une autre à qui je n'ai pas parlé – et qui ne m'a pas aboyé dessus –, qui a des écouteurs dans les oreilles. Une très, très belle fille aux cheveux châtain clair bouclés.

« Je suis Harriet Manners », dis-je machinalement en lui tendant une main que j'essaie d'empêcher de trembler.

Elle retire les écouteurs de ses oreilles. « Hmm ? fait-elle. Pardon. J'écoute de la musique pour me calmer les nerfs avant les défilés.

— Harriet Manners, dis-je à nouveau. Enchantée.

— Je sais qui tu es, m'informe-t-elle avec un hochement de tête et un sourire ironique. Je m'appelle Fleur. Je ne suis l'égérie de rien du tout. » Et elle m'envoie un clin d'œil presque imperceptible.

« C'est la Mariée », l'informe Shola en me désignant du menton. Fleur hausse les épaules et remet ses écouteurs, et Shola me fait un sourire adorable. « Ils t'ont dit, pour le changement de plan, n'est-ce pas ?

— Quel changement ?

— Quoi, *ils ne t'ont pas dit* ? Oh, c'est tout eux, ça. Ils nous en ont parlé pendant que tu étais dans le fond, en train de t'entraîner à marcher. » Elle regarde Rose. « *Trop* mignon, d'ailleurs ! ajoute-t-elle, narquoise.

— Quel changement ? »

Je me crispe à nouveau. J'ai tout appris par cœur, je ne suis pas sûre de pouvoir modifier des détails si tardivement. Ça n'arrive jamais en contrôle, au lycée. C'est à ça que servent les fiches de révision.

« Eh bien, on est à Moscou, m'explique-t-elle comme si je n'étais pas au courant. Et ici, les gens conduisent à droite. Alors, même si Yuka n'est pas russe, elle a décidé à la dernière minute que les mannequins se croiseraient par la *droite* sur le podium. Pas par la gauche comme d'habitude. Pour que ce soit plus… réaliste. »

Je fronce les sourcils. « Hein ?

— Je n'en reviens pas qu'ils ne t'aient rien dit. Ouf, c'était moins une ! » Shola fait une grimace de soulagement intense. « Tu te rends compte, tu aurais pu tout gâcher ! »

J'inspire à fond, perplexe. Honnêtement, je ne sais pas si je dois la croire, ou non. Est-ce qu'elle me dit ça pour me pousser à la faute, ou est-elle sincèrement en train de me prévenir pour que je ne commette pas d'erreur ?

Shola me dévisage avec ses yeux immenses, en amande, lourdement maquillés. « On est toutes dans le même bateau, nous les mannequins, dit-elle d'un air innocent. On doit se serrer les coudes. Plus tu fais d'effet, plus j'en fais aussi, pas vrai ? »

Je reste sans rien dire pendant quelques secondes. Mes pensées tournoient dans ma tête comme une danseuse sur une boîte à musique.

« D'accord, dis-je enfin. Merci. »

Rose est en train de passer, et mon tour arrive. Mes jambes se mettent à flageoler, et mes pieds tremblent.

« De rien, me répond Shola, puis elle me toise soudain avec dédain. Qu'est-ce que tu fais ?

— Je fais un prout. » Et j'agite discrètement mes coudes, de manière si subtile que je ne pense pas qu'elle le voie. « Pardon. J'essaie juste de me détendre.

— Oh ! Fais ce que tu veux », conclut-elle. Après quoi elle me tourne le dos et elle roule les yeux, croyant que je ne la vois pas. Et elle monte les marches qui mènent au podium.

Ça y est.

Je suis tellement terrifiée que, lorsque j'essaie d'humecter mes lèvres, ma langue ne sort pas. Quelque part, de l'autre côté du rideau, il y a un public énorme, et dans ce public il y a papa, qui attend que je sois merveilleuse. C'est le moment de lui prouver que je sais l'être.

Et peut-être de me le prouver à moi aussi, par la même occasion.

« À toi, me lance le type au micro. Bonne chance, Harriet. »

Je commence alors mon ascension vers la lumière.

49

Pendant quelques secondes, je ne peux plus bouger.

Le théâtre ne ressemble plus du tout à ce qu'il était quand je suis entrée. L'éclairage est si violent que je ne vois pratiquement rien, j'ai juste assez de visibilité pour constater que tous les sièges, sans exception, sont occupés. Même les loges dorées et sculptées proches du plafond sont pleines de monde, et s'il y avait encore des tsars en Russie, j'imagine qu'ils seraient assis là-haut.

Je jette un regard terrifié vers la droite, où j'aperçois vaguement Yuka assise au centre du premier rang, le visage semblable à un masque. Et, quelque part dans le fond, je crois distinguer papa qui lève les deux pouces.

Je reste plantée là, paralysée. Puis je respire à fond et je m'avance.

Il paraît que j'ai marché dès neuf mois en me tenant au bas de la veste de papa, et pourtant cela ne m'a jamais fait cet effet. Jamais cela n'a été si difficile, ni si surréaliste. On dirait que ce n'est pas moi qui avance, mais plutôt que c'est le sol qui défile sous mes pieds pendant que je tâche de garder le rythme. C'est comme… patiner. Ou marcher dans un car en mouvement.

Et comme nous le savons, je ne suis pas très douée pour ce genre d'exercice.

Je conserve une expression totalement neutre et tâche de me concentrer sur la musique. Je n'ai plus qu'à penser à une chose : poser un pied devant l'autre. En ayant l'air de m'ennuyer le plus possible.

Quelque part vers le bout du podium, Fleur s'arrête pour regarder à droite, puis à gauche, comme j'ai appris à le faire. Maintenant que je l'observe de loin, je peux apprécier ce qu'elle porte : du vert émeraude, couvert de petits bouts de tissu flottant et vert, comme une sirène. Et elle est juchée sur des talons aiguilles argentés, absolument vertigineux. Plus hauts que ceux que je devais porter sur la place Rouge. Et on ne lui a même pas donné un fauteuil roulant.

Alors ça, c'est ce que j'appelle une top-modèle accomplie.

Fleur a un petit hochement de tête très digne, fait demi-tour et revient vers moi en marchant au centre du podium. À ce moment-là, quelque chose dans ma poitrine fait un bond paniqué.

Si je crois Shola, je serre à droite. Si je ne la crois pas, à gauche. Alors, droite ou gauche ?

Droite ou gauche ?

Je peux me fier à Shola. Je me dois de croire en la bonté fondamentale de l'humanité. De croire que les filles ne se torpillent pas à la première occasion. Je peux prendre à droite. Mais là, le visage d'Alexa surgit dans ma tête. Alexa, elle, m'enverrait dans la mauvaise direction. Elle souhaiterait une collision. Et si Shola était une Alexa ?

Si bien que je commence à bifurquer vers la gauche. Mais si je me mets à croire que tout le monde est comme Alexa, n'est-ce pas lui donner la victoire ? Si je commence à perdre la foi en l'humanité, n'est-ce pas pire qu'un million de mains levées ? Je ne peux pas permettre une chose pareille.

Du coup, je repars vers la droite.

Nous sommes de plus en plus proches, et une expression de pure panique envahit le visage de Fleur.

Je ne sais pas ce que je dois faire.

Oh, mon Dieu. Droite ou gauche ? Droite ou gauche ?

Je change d'avis d'une milliseconde à l'autre, et tout en marchant, je fais des gestes presque indécelables dans chacune des directions. Des gestes si petits que je ne pense pas que le public puisse les voir. Mais

Fleur, si, et son air paniqué est de plus en plus prononcé. C'est comme si nous étions dans une partie d'échecs, à essayer de deviner le prochain mouvement de l'adversaire.

Nous voilà presque au milieu, et je ne sais toujours pas de quel côté aller. Je sens que je commence à chanceler. Je vais perdre l'équilibre et basculer, même sur mes tout petits talons. Et là, une certitude me foudroie : c'est ce que veut Shola. Ce n'est pas une collision qu'elle visait. Elle veut que je tombe.

Conclusion : je *dois* tenir. Et à ce moment, tout se déclenche au ralenti. Fleur se met à chanceler, elle aussi. Elle oscille d'un côté à l'autre comme un arbre, sauf que ses talons sont beaucoup, beaucoup plus hauts que les miens. Et ils ne peuvent pas le supporter.

Le temps s'arrête presque.

Une de ses chevilles se tord.

Et là, avec un minuscule couinement, Fleur dégringole comme une pierre sur le podium.

50

Cette fois, c'est l'horreur qui me paralyse. Tout le public a pris une grande inspiration audible.

Je viens de ruiner un défilé de mode.

Et c'est entièrement ma faute.

Complètement engourdie, je regarde Fleur, qui fait des efforts désespérés pour se relever. Ses talons n'arrêtent pas de glisser, et je vois ses yeux qui s'emplissent de larmes et, même sous l'épais maquillage, ses joues qui s'empourprent. C'est avec un haut-le-cœur que je reconnais sur ses traits l'humiliation et la honte, l'incrédulité et l'horreur. C'est comme se contempler dans un miroir. Je viens de faire à Fleur ce que je m'étais promis de ne jamais, jamais imposer à personne.

Je l'ai transformée en moi.

Tout le public nous observe, mais je ne sais qu'une chose : je dois faire un geste pour l'aider. *N'importe quoi*. Juste pour qu'elle sache qu'elle n'est pas seule.

Alors, j'inspire à fond et je m'assieds à côté d'elle sur le podium.

Il y a un silence abasourdi. Et là, de quelque part dans le fond, s'élève le bruit de quelqu'un qui applaudit de toutes ses forces.

« Wooooohouuuu ! braille papa à tue-tête. Ça, c'est ma fifille ! Wooohou ! »

Tout le monde se retourne vers lui et Fleur me prend la main. Lentement, nous nous mettons debout.

Et ensemble, nous sortons du podium et repassons derrière le rideau.

51

Aussitôt revenue en coulisse, je me précipite sous la première table que je trouve.

Je ne connais pas grand-chose aux défilés de mode, mais je ne pense pas qu'ils soient censés se passer ainsi. Et quelque chose me dit que je suis sur le point d'avoir de gros, de très gros ennuis.

« Harriet ? fait une voix au bout d'environ quarante minutes, tandis qu'une paire de baskets noires apparaît sous la nappe.

— Ouistiti-Meuh ? » fait une autre voix tandis qu'une paire de chaussures vernies orange aux bouts bleus surgit à côté. Il y a des chuchotements, après quoi j'entends Wilbur demander : « C'est une sorte de TOC ? Ça ne marche qu'avec les tables, ou avec tous types de meubles ?

— Elle a peur, explique alors papa. Elle fait ça depuis qu'elle est toute petite. » Et tenez-vous bien, le voilà qui vient me rejoindre sous la table. « Harriet, ma chérie, me dit-il gentiment. C'est très noble, ce que tu as fait. Personne ne va te crier après. »

Wilbur passe la tête sous la nappe. « Ça, je n'en mettrais pas ma main au feu, corrige-t-il. Yuka arrive, et je n'ai jamais vu ses lèvres si fines. C'est bien simple, le bas de son visage ressemble au rabat d'une enveloppe.

— Désolée, dis-je, les genoux serrés contre ma poitrine. Je ne savais pas quoi faire d'autre.

— Désolée ? s'étrangle Wilbur, une main sur la poitrine. Bébé-Bébé-Panda, Baylee n'aurait pas pu s'acheter une telle publicité même en suspendant Yuka au lustre par les pieds, le pantalon en tire-bouchon.

— Ce qui n'arrivera pas », fait une voix glaciale quelque part au-delà de la nappe. Une autre paire de chaussures entre alors en scène : noires, brillantes, pointues. « Je suis une déesse de la mode. Les déesses ne portent pas de pantalons.

— Yuka, chérie ! lance Wilbur en retirant sa tête. Je ne t'avais pas vue arriver ! Principalement parce qu'il m'aurait fallu des yeux dans le derrière.

— Fascinant, William, lâche sèchement la déesse de la mode. Harriet ? Je veux te parler immédiatement. Je préférerais ne pas avoir cette conversation avec une planche de contreplaqué. »

Je respire à fond, puis sors à quatre pattes de mon abri.

« Pardon, Yuka.

— Je ne me rappelle pas t'avoir demandé de faire autre chose que porter une robe et marcher tout droit. Il n'y avait rien de difficile, que je sache.

— Je sais… Est-ce que je suis virée ? »

Yuka pivote vers Wilbur.

« William ? Les réactions au premier rang ?

— C'est *bur*, pas *iam*, soupire l'intéressé. La rédactrice de *Elle* a trouvé Harriet “fraîche”. *Harper's* la juge “délicieuse”. *Vogue* l'a trouvée étonnamment “craquante”.

— Ma fille n'est pas une miche de pain ! » proteste papa, ébahi.

Yuka le gratifie d'un haussement de sourcils, puis me toise. « Dans ce cas, Harriet, tu n'es pas virée, et Fleur non plus. Mais à l'avenir, sache que si je veux que tu t'assoies en plein podium, je te le dirai. Je te fournirai un plan étape par étape, avec un X au point précis où je veux que ça se produise et une description détaillée de la manière dont je veux que cela se fasse.

— D'accord. »

Mon moral remonte peu à peu. Plus je connais Yuka, plus je l'apprécie. Elle me rappelle Annabel.

Elle consulte sa montre. « Il y a une *after* au dernier étage de l'hôtel. Les autres mannequins sont déjà là-bas, et toutes les rédactrices et célébrités d'Europe sont en train de boire mes bénéfices. »

Mon ventre se serre, alors que le visage de papa rayonne.

« Yuka, dis-je nerveusement, je ne suis pas certaine que…

— Évidemment, continue la femme comme si je n'avais même pas ouvert la bouche, tu vas tout droit te coucher, et il n'est pas question que tu approches de la fête. Si jamais je te surprends hors de ta chambre au cours de la soirée, attends-toi à souffrir. »

J'ai presque envie de la serrer dans mes bras. Je suis tellement épuisée ! Je viens sans doute de vivre la plus longue journée de mon existence.

« Hein, quoi ? gémit papa dans sa barbe. C'est trop injuste !

— Cela vaut pour vous aussi, lui répond sévèrement Yuka, les paupières plissées. Attendez-vous à souffrir. Compris ?

— Compris », grommelle mon père d'un air penaud, la tête basse.

Et là, je me sens vraiment chez moi avec Yuka. Car c'est exactement ce qu'aurait dit Annabel.

52

« Tu sais, me dit papa pendant que je me brosse les dents, si jamais je me réveillais en pleine nuit, disons, et que je te surprenais en train de te maquiller, je supposerais que c'est un mirage et je me recoucherais. »

Je réponds par un hochement de tête ensommeillé.

Dix minutes plus tard, alors que je me glisse sous la couette en bâillant dans mon pyjama à pingouins, il éteint la lumière et tousse. « Et si jamais je me réveillais en pleine nuit et que je trouvais ton lit vide, je supposerais que c'est un rêve et je le mettrais sur le compte de mon imagination hyperactive.

— D'accord, papa. »

Je ferme les yeux et je me niche dans les oreillers de l'immense lit *Queen-size*. Papa, lui, se retrouve sur le canapé, à l'autre bout de la chambre, comme il sied à un acolyte.

« Et si jamais je te voyais rentrer sur la pointe des pieds, couverte d'une odeur de… disons, de *fête entre célébrités*, je n'y ferais pas allusion le lendemain. Pas un mot, à *personne*.

— OK », je murmure en sombrant dans le sommeil.

Soudain, la lumière se rallume.

« Tu veux sérieusement me faire croire que tu ne vas pas aller à cette soirée ? s'impatiente papa d'une voix forte. Tu ne vas pas essayer de t'y incruster, même pour un petit moment ?

— Vas-y si tu veux, fais-je les yeux fermés. Moi, je dors.

— Oh, *formidable* ! Ne te gêne pas, fais-moi culpabiliser à mort, Harriet ! Non, non, c'est très bien. Je n'ai aucun besoin de rencontrer Liz Hurley, penses-tu. Je vais rester tranquillement ici, à manger du chou au vinaigre sur le canapé. »

Je bâille une fois de plus. Qu'est-ce que c'est que cette obsession pour le chou au vinaigre ?

« D'accord, papa. T'as qu'à faire ça.

— Tout à fait, réplique mon père en éteignant de nouveau la lumière. Une soirée pleine de célébrités, voyons, quel ennui ! Non, vraiment, quel intérêt, rencontrer Liz Hurley et boire des dry-martinis et manger des petites olives et des morceaux de fromage en brochette, quand on peut rester assis, bien réveillé, sur un canapé… d'appoint… et… manger… du… chou… au… »

Le mot « vinaigre » est remplacé par un ronflement si sonore qu'on pourrait croire que quelqu'un se sert d'une perceuse dans le mur à côté de ma tête.

J'ouvre les yeux et regarde le plafond. Quelque part, à plusieurs étages au-dessus de nous, une fête se déroule. Une fête pleine de gens magnifiques et de gens importants et de gens célèbres : ils rient, ils boivent, ils s'envoient des baisers en l'air, ils brillent, ils se font prendre en photo. Le tout dans des vêtements sublimes, en mangeant des aliments somptueux – ou en faisant semblant. Et je m'en fiche royalement.

J'écoute papa ronfler comme un sonneur pendant quelques minutes, puis je ferme les yeux et je me joins à lui. Contre toute attente, je parviens même à dormir dix heures d'affilée.

Nous avons toute la matinée qui suit pour visiter Moscou. Yuka nous a déclaré que nous étions « libres de faire ces choses étranges que font les gens ordinaires pendant la journée ».

Nous allons donc au Kremlin et visitons la cathédrale de l'Archange-Saint-Michel où sont enterrés les tsars Romanov, puis le superbe clocher d'Ivan le Grand, recouvert de feuille d'or et point central de Moscou. Ensuite, nous nous rendons au monument à Pierre le Grand, au théâtre Bolchoï, et dans un parc immense où le lac gelé est envahi de canards à l'air contrarié. Cette matinée fantastique n'est gâchée que par le fait que je dois mentir non-stop à Nat par textos et par Annabel qui appelle sans cesse papa en pleurant.

Ce qui est déconcertant, car Annabel ne pleure jamais. *Jamais.* Je vous parle d'une femme qui donne des notes d'efficacité aux lions qu'elle voit dévorer des gazelles à la télévision.

« Chérie », dit papa dans son téléphone pendant que nous payons des marchandises russes authentiques. J'ai choisi des poupées russes peintes à la main et un ours en peluche qui dit *La Russie c'est réussi*, tandis que papa a pris un tee-shirt marqué *Je ne suis pas un papy russe* (« Mais si, j'ai compris ! » m'a-t-il affirmé).

Il y a comme des couinements au bout du fil. De loin, on dirait un peu que mon père parle avec une souris.

« Enfin, chérie, ce n'est que du lait. Tu peux l'essuyer. » Elle couine de plus belle. « Mais oui, on rachètera des corn-flakes. » Encore des couinements. « Et aussi un bol. » *Couine, couine.* « Oui, c'est ça, exactement la même nuance de blanc, chérie. Allez, arrête de pleurer. »

Le marchand de souvenirs demande alors à papa, d'une voix forte et dans un anglais approximatif, s'il veut un paquet cadeau pour son mug *Le Tsar des papas*. Le téléphone couine encore un peu. « Hmm ? Paquet cadeau ? fait papa. Non, Annabel, personne n'a parlé de paquet cadeau. Ce n'est que la… la dame qui sert les cafés. Elle voulait savoir si je désirais mon *café*, euh… *kadow.* » *Couine, couine.* « Ça signifie… “avec un nuage de lait”, en patois écossais. »

Au bout d'un moment, papa pose le téléphone et se passe la main sur la figure.

« Ouf ! Chaude alerte, me dit-il après un long silence tendu. Une bonne chose que je sache aussi bien mentir. Annabel est en plein mélodrame. Qu'est-ce qu'on va faire ? »

Je déglutis, bourrelée de remords, et tire sur mes cheveux sévèrement raccourcis. « Ne pas lui montrer ça ? »

Papa acquiesce vigoureusement. « Il faut qu'on attende la fin de la saison des loups-garous. » Puis, après réflexion : « Mais Harriet… et si elle était simplement… devenue folle ? »

Nous regardons tous deux le téléphone, qui s'est remis à sonner. Puis papa contemple le stand, devant nous, qui est tapissé d'énormes chapkas en fourrure. « Achetons-en une, soupire-t-il. J'éteindrai le chauffage central, et on dira à Annabel que tu as pris froid à la tête.

— Tu crois qu'elle va gober ça ?

— Non. » Il jette de nouveau un œil à son téléphone. « Regarde-moi bien, Harriet, parce que d'ici demain je serai peut-être complètement défiguré. Par ses dents. » Il rouvre son téléphone. « Chérie ? »

Couine, couine. « Alors débarrasse-toi du brûlé, mon cœur. Et va racheter du pain. » *Couine.* « Je le sais bien, que ce n'est pas pareil. » Là, il pointe l'index vers sa tempe et le fait tourner. *Cinglée*, articule-t-il en silence à mon intention.

J'avale ma salive et j'achète autant de chapkas russes que je peux en caser dans ma valise.

Quand nous arrivons en Angleterre, tout a l'air plus prometteur. Mes cheveux sont cachés sous une belle grosse chapka – très confortable, et bien assortie à mon pull orange à flocons de neige –, et le monde est déjà plus beau.

De fait, lorsque nous descendons du train de Londres et commençons à regagner la maison à pied – et que je dis au revoir à papa pour bifurquer vers les boutiques afin de m'acheter une barre de chocolat bien méritée –, j'ai l'impression que la situation tourne enfin en ma faveur.

Je suis allée à Moscou, j'ai vécu une aventure, et je m'en suis tirée. D'accord, je n'ai pas changé du tout, sauf que maintenant je suis nettement moins velue et que je possède un ours en peluche russe. Mais j'ai le sentiment que ma vie est sur le point de s'améliorer. C'est vrai, quoi, même les chenilles passent quatre à neuf jours dans un cocon avant qu'il leur arrive quoi que ce soit. Et je sais des choses que j'ignorais encore il y a quelques jours. Par exemple, qu'une couche de laque aide à fixer l'ombre à paupières. Et que le rouge à lèvres rose a tendance à baver sur *tout*.

Il suffit peut-être d'avoir des pensées plus positives. De croire que nous pouvons changer. Et c'est là que ça me frappe. Juste au moment où le monde commence à avoir un sens et où des pensées heureuses me font rayonner de l'intérieur, un bonbec de type « banane » traverse les airs.

Et vient rebondir sur ma tête.

53

Je mets un petit moment à comprendre d'où viennent les bananes. En l'espace de quelques secondes, je me retrouve avec des bonbons sur ma chapka, dans le col de mon pull, et même avec une banane à demi mâchouillée collée à une manche de ma veste.

Allez savoir pourquoi, je lève la tête vers le ciel.

« Eh, la geek ! » braille une voix.

C'est seulement en me retournant que je réalise qu'il ne pleut pas des bonbons. Alexa est de l'autre côté de la rue, la main dans un sac en papier.

« Geek ! » me crie-t-elle avant d'éclater de rire.

Je m'immobilise. Alexa a la coupe de cheveux la plus atroce que j'aie jamais vue. Quelque chose me dit qu'elle n'est pas animée d'intentions amicales. Une vague idée bourdonne confusément à l'arrière de mon crâne. Je croyais que tout avait changé ?

« Fiche-moi la paix », lui dis-je avec une fermeté forcée.

Et j'amorce une fuite rapide. Elle me suit.

« Aucune chance ! » me lance-t-elle. Une autre banane me cogne l'occiput. « J'ai vu un documentaire sur les singes hier soir, et je trouve que tu as exactement la même dégaine, Harriet. Tu bouges comme un singe. Un petit orang-outan tout roux ! Bien orange et bien poilu. » Elle considère un instant les bananes qui restent dans son sachet en papier. « Tu sais, ajoute-t-elle, c'est une chance que ces machins aient un goût de parfum, sinon je les mangerais !

— Humm… » Elle veut que je la remercie, peut-être ?

Alexa découvre ses dents, mais ce n'est absolument pas un sourire.

« Qu'est-ce que tu en penses, Harriet ? Tu aimes ma nouvelle coupe ? » Elle désigne sa tête.

N'engage pas la conversation. Ça ne ferait qu'envenimer les choses. Mais apparemment, la connexion entre mon cerveau et ma bouche est en dérangement. « C'est, euhhh… très… chouette.

— Ah oui, tu trouves ? Personnellement, je n'aime pas trop. » Elle passe la main dans ses cheveux. « En fait, ça me met le moral à zéro. »

Je glousse de rire en me disant qu'elle a surtout la boule à zéro, puis me mords les joues, horrifiée.

« Parce que tu trouves ça drôle ? » hurle soudain Alexa. Tout son sang-froid s'est envolé, et son visage a changé de couleur. « Tu crois que ça me fait marrer ?

— Non. »

Et j'empoigne les sangles de mon sac avec mes deux mains moites, pour qu'il ne me ralentisse pas quand je me mettrai à courir.

« Le coiffeur ne peut pas me prendre avant demain. J'ai dû aller en cours comme ça pendant *deux journées entières*. Deux jours, la geek. Est-ce que tu sais combien de garçons ont cessé de m'aimer ?

— Deux ?

— Je n'attendais pas de réponse ! s'énerve Alexa. Nat a dit qu'elle avait fait ça pour toi. Donc, tu vas me le payer. »

Je recule de quelques pas tremblants parce qu'elle est sur le point de me frapper. Ça y est, après des années de vagues promesses, elle va m'en coller une.

Je passe rapidement en revue les options qui s'offrent à moi.

- Partir en courant.
- Attendre qu'elle m'ait frappée, puis partir en courant.
- Attendre qu'elle m'ait frappée, lui rendre son coup, puis partir en courant.
- La frapper d'abord, puis partir en courant.

J'opte pour un dernier choix :

- Rester plantée à la regarder comme une gourde.

« Tu vas me frapper ? » je lui demande, les jambes en coton mais étrangement soulagée. Je regrette même qu'elle n'ait pas fait ça il y a des années. Peut-être qu'elle en aurait fini avec moi, à l'heure qu'il est.

Alexa fronce les sourcils, puis éclate de rire. « Te frapper ? Pourquoi veux-tu que je te frappe ? Qu'est-ce que ça pourrait bien m'apporter, à part une montagne d'ennuis ? » Alors, elle sort quelque chose de son sac. Une chose qui ressemble beaucoup à un journal. « Tu oublies, Harriet, que je te connais depuis dix ans. Je n'ai pas *besoin* de te frapper. »

Je suis tellement perplexe que mon crâne me fait l'effet d'avoir été bourré de coton hydrophile. Mais allez savoir pourquoi, je suis convaincue que, quoi qu'elle soit sur le point de faire, j'aurais préféré qu'elle cogne avec ses poings.

Je regarde le journal. « Qu... qu-qu-qu'est-ce que c'est ?

— Ça ? C'est un article, Harriet. Sur une lycéenne de quinze ans, apparemment. Qui a fait la conquête du monde de la mode, hier, à... Où ça, déjà ? À Moscou ? »

Mon corps entier se glace, et j'ai envie de vomir.

« C'est en Russie, ajoute Alexa. Au cas où tu te demanderais si je le savais. »

Non. *Non.* Ce n'est pas possible. Car il aurait fallu que cela parte à l'imprimerie... hier soir.

Nom d'une sucette géante.

Alexa, avec un sourire narquois, me met le journal sous le nez pour que je le voie mieux. Y figure, dans toute sa splendeur, une photo de moi hier. Assise sur le podium, à côté de Fleur. La légende : *Une lycéenne fait une entrée* renversante *dans le monde de la mode.*

« Je, je… » Mes entrailles sont gelées, et mes oreilles sourdes. « Je, je…

— Je, je, je, me singe Alexa avant d'observer de nouveau la page. Je sais. Pourquoi quelqu'un voudrait te voir en photo, ça, c'est un mystère. »

Dans le tréfonds de mon esprit, l'horreur de la situation se fait jour peu à peu. « Tu as montré cet article à quelqu'un ? »

Alexa semble stupéfaite. « À qui veux-tu que je le montre ? À part au proviseur ? Qui d'autre voudrait savoir pourquoi tu as été absente deux jours ? Mais ne t'inquiète pas, j'ai refait tout le chemin jusqu'au lycée pour lui livrer personnellement un exemplaire. La sanction, quand on sèche les cours sans permission, c'est l'exclusion temporaire, non ? Ou peut-être bien… définitive. »

La tête me tourne. Je vais être virée du lycée ? Ce n'est pas moi, ça. Même une exclusion temporaire, ça ne me ressemble pas. Mais je me ressaisis, car il y a encore plus important. « Est-ce que tu l'as montré à… quelqu'un d'autre ?

— Tu veux dire… quelqu'un comme Nat ? me demande Alexa, triomphante. La fille qui évoque son rêve de devenir mannequin depuis le CP ? Celle qui ne voulait plus parler à personne après la Mode Expo et qui pleure sans arrêt dans les toilettes depuis ? Celle qui a dit à tout le monde ces deux derniers jours que tu étais malade *et qui avait l'air de le croire* ? » Alexa hausse les sourcils. « Pourquoi ? fait-elle avec un ton de fausse innocence. Il ne fallait pas ? »

Oh non. Oh non, non, non.

Noooooooooooooooon.

Je réponds en braillant à pleins poumons : « Tu l'as dit à Nat ? Alors, tu lui as dit, oui ou non ?

— Non. J'ai juste glissé une photocopie de cette page dans sa boîte aux lettres. » Elle se retourne et touche ses cheveux. « On appelle ça une revanche, Harriet. Une vengeance. Une vendetta. Un châtiment. Choisis le terme que tu préfères. »

Et là, aussi vite qu'il commençait à reprendre forme, mon univers s'écroule une fois de plus.

54

Je cours le plus rapidement possible, mais en vain. Dès que j'allume mon téléphone, je comprends que ma vie est en train de s'effondrer. J'ai quinze messages vocaux de Wilbur, et personne ne répond à mes appels.

« *Bonjour, vous êtes bien sur le répondeur de Richard Manners. Je suis sans doute avec Liz Hurley en ce moment, mais laissez-moi un message, et je vous rappelle dès qu'elle sera rentrée chez elle. BIP!* »

« Papa, dis-je, la gorge serrée, sans cesser de courir. On s'est fait griller. Surtout, veille à ce qu'Annabel n'achète pas le… » Et là, je m'arrête net sur le trottoir. J'ignore complètement de quel journal venait l'article. « … à ce qu'elle n'achète *rien*. Empêche-la de sortir de la maison, c'est tout. Comme ça, elle ne pourra rien savoir. »

Puis je me remets à courir. Il faut que j'aille trouver Nat. Avant que ce soit l'article qui la trouve.

Apparemment, je suis la seule personne au monde qui sache ce que c'est qu'une urgence. Quand la mère de Nat m'ouvre enfin la porte, j'en suis à crier « Au feu ! » par la fente du courrier en grattant la peinture avec mes ongles.

« Harriet ? » Malgré ma panique, je m'immobilise, stupéfaite, pendant quelques secondes.

La mère de Nat est bleue. Pas juste un peu : non, entièrement bleue. Comme Annabel, elle est toujours en robe de chambre chez elle. Contrairement à Annabel, elle n'en a pas qu'une, et la sienne n'est pas décorée d'un plat de haricots. Elle porte présentement un kimono en soie bleu pâle. Ses cheveux sont enveloppés d'une serviette blanche et son visage est couvert d'un masque de beauté bleu pâle aussi. Quand elle ne ressemble pas à un Schtroumpf géant, elle ressemble beaucoup à Nat. Sauf qu'elle a vingt ans de plus, et que son visage a subi une énorme quantité d'opérations de chirurgie esthétique.

« Que se passe-t-il ? On va tous mourir ? me demande-t-elle.

— Oui. Enfin non. Pas tout de suite. Est-ce que Nat est là, s'il vous plaît ?

— Aucune idée. Quatre piqûres de Botox, et je ne peux plus bouger un muscle. Regarde ! » Elle prend une expression peinée, mais avec ses yeux uniquement.

« Il faut que je la voie.

— Est-ce que tout va bien ?

— Pas exactement. » Je commence à retirer mes chaussures pour ne pas salir la moquette blanche. « Est-ce qu'on vous a livré quelque chose aujourd'hui ? »

La mère de Nat refait le coup des yeux. « Pas que je sache. »

Je cesse de dénouer mes lacets. Le soulagement qui m'envahit est si puissant que pendant une seconde je crains de tomber à la renverse. Alexa s'est peut-être trompée d'adresse.

« C'est vrai ?

— Je crois, oui. »

J'inspire à fond et je sens ma panique refluer peu à peu. Je vais quand même tout dire à Nat, mais désormais je peux le faire en douceur, avec sensibilité, délicatesse, en m'excus…

« À moins que tu veuilles parler de l'enveloppe qui a été glissée par la fente de la porte il y a une demi-heure. »

Je cesse de respirer.

« Je la lui ai montée il y a quelques minutes. Je n'appellerais pas ça une *livraison*, mais ça avait l'air important. Écrit à la main et tout et tout. »

Oh non, non, *non*.

Et avant que la mère de Nat ait pu ajouter un mot, j'arrache mes chaussures et je file à l'étage.

55

J'arrive trop tard.

C'est ma seule certitude au moment où j'ouvre la porte de la chambre de Nat. Elle est assise sur son lit, en pyjama, le journal posé à côté d'elle. Et son visage arbore l'expression la plus triste que j'aie jamais vue. De ma vie.

« Nat… » Je reste sur le pas de la porte. « Nat, ce n'est pas ce que tu crois. » Puis je me tais, parce qu'en fait c'est *exactement* ce qu'elle croit.

« Qu'est-ce que c'est que ça ? me demande-t-elle d'un air égaré. Harriet ? Qu'est-ce qui se passe ? »

Je ne suis pas sûre de l'avoir déjà entendue parler d'une telle voix de petite fille. C'est comme si nous avions de nouveau cinq ans. « C'est… C'est… dis-je avant de déglutir et de piquer du nez. C'est exactement ce que tu crois.

— Tu n'étais pas malade ?

— Non.

— Tu étais en Russie ?

— Oui.

— Tu es mannequin ?

— Oui.

— Je t'ai défendue…

— Je sais.

— Et tu m'as laissée seule face à Alexa sans même me dire pourquoi ? »

Oh, bon Dieu. « Oui.

— Tu m'as menti sur… » Elle hésite pendant quelques secondes. « Sur *toute la ligne* ?

— J'allais te le dire, mais je cherchais le bon moyen de le faire.

— Par la presse nationale ? »

Je la regarde sans comprendre, puis l'idée arrive jusqu'à mon cerveau. Je regarde l'enveloppe. Il est écrit dessus, en grandes lettres capitales rouges qui me rappellent d'ailleurs quelque chose : NAT, C'ÉTAIT LE MOYEN LE PLUS FACILE DE TE LE DIRE.

Cette Alexa, elle est décidément incroyable.

« Non ! Tu n'étais pas censée l'apprendre avant des *mois* ! » Puis je me raidis. Ce n'était peut-être pas la meilleure chose à dire.

Les yeux de Nat s'agrandissent. « Tu comptais me mentir encore pendant des mois ?

— Enfin, non… tu sais… juste encore quelques jours », mais je ne sais même plus où est la vérité. Aurais-je été un jour honnête, si je ne m'étais pas fait prendre ? Est-ce que je me mentais à moi-même, aussi bien qu'aux autres ?

Les joues de Nat sont de plus en plus roses. « Pourquoi ?

— Parce que… Parce que… » Tout était beaucoup plus clair, sur le moment… alors que, là, plus rien ne l'est. « Tu t'es mise tellement en colère, à la Mode Expo…

— Parce que tu m'avais *menti*, pas parce que tu avais été *repérée*. Je te l'ai dit !

— Ça t'aurait fait de la peine…

— Plus de peine que ça ? »

Je me passe la langue sur les lèvres. « J'avais peur que tu me mettes des bâtons dans les roues.

— Tu avais peur que je te mette des bâtons dans les roues ? répète-t-elle, incrédule. Je suis ta *meilleure amie*, Harriet. Pourquoi aurais-je fait une chose pareille ?

— Tu n'aurais pas compris, et… et… tu n'aurais plus voulu être mon amie. »

Je ne manque pas d'excuses toutes prêtes, mais la vérité, c'est que je ne suis même pas capable d'avouer à ma meilleure amie que je lui ai menti parce que c'était la solution de facilité.

Parce que je suis lâche.

Parce que, visiblement, je n'ai pas une très haute idée des gens que j'aime.

Parce que je n'ai pensé qu'à moi.

Nat se lève, et il n'y a plus trace en elle de la petite fille de cinq ans chagrinée. « Non, me dit-elle. C'est maintenant que je ne veux plus être ton amie. Sors de ma chambre !

— Mais… » Je referme la bouche aussitôt que je l'ai ouverte. Je n'ai pensé qu'à moi et j'ai menti comme un arracheur de dents. Je n'ai aucune excuse.

« Tout de suite ! » hurle-t-elle, folle de rage. Elle se met à fourrager dans un sac en plastique posé au pied de son lit.

« Nat, je te demande pardon.

— Dehors ! » Jamais je ne l'ai vue dans une telle colère. « Qu'est-ce que tu attends, Manners ? Ta soupe ? Tu veux toujours de la soupe ? » Elle sort quelque chose du sac et le jette dans ma direction. Une brique de soupe thaïe verte explose contre le mur derrière moi. « La voilà, ta foutue soupe ! » Elle farfouille encore dans le sac, et pour la seconde fois de l'après-midi, un aliment entre en collision avec ma tête. « Et voilà le pain pour aller avec. Guéris vite ! ET MAINTENANT, DÉGAGE ! »

Et, alors que je crois avoir déjà touché le fond, Nat lève une main en l'air et la regarde. Mon menton commence à trembloter : de toutes les mains levées de cette semaine, je pense que celle-ci est la plus méritée.

Puis, comme je suis paralysée sur place, Nat me pousse à travers la chambre, jusque dans le couloir.

Et me claque la porte au nez.

56

Je n'ai qu'une envie: me mettre au lit et pleurer, mais je ne peux pas. À l'instant où je pose le pied chez moi, je sais que la situation va encore empirer.

Hugo est couché dans son panier, le menton posé sur le bord. Ses sourcils de chien tressaillent avec tristesse, et il regarde fixement le mur, comme s'il refusait de me voir. D'après les chercheurs, les chiens peuvent afficher une centaine d'expressions faciales, et celle qu'il arbore en ce moment est tout à fait claire.

« Annabel ? dis-je dans un souffle. Papa ? »

Il y a un long silence. Je laisse mon sac et entre au salon sur la pointe des pieds. Puis je me rends, toujours sur la pointe des pieds, à la cuisine, dans la salle de bains, dans le garage, dans la buanderie, et dans la chambre d'Annabel et de papa. Une fois à court de pièces à visiter sur la pointe des pieds, je gagne ma chambre, où je trouve papa assis par terre, adossé à ma commode.

Il a l'air ravagé. « Tu sais, me dit-il, pour quelqu'un de si organisé, tu es incroyablement bordélique. »

Il y a des vêtements partout ; des livres qui traînent par terre, des papiers de bonbons sous le lit, des ours en peluche coincés à mi-hauteur derrière l'armoire. Il n'a pas tort. Cependant, je ne suis pas sûre que ce soit le plus important, en ce moment.

« Papa, où est Annabel ?

— Elle est partie.

— Comment ça, partie ?

— Partie, partie. Elle n'était déjà plus là quand j'ai reçu ton message et filé à la maison. Elle a emporté ses valises et le chat.

— Mais pourquoi ?

— C'est son chat.

— Non, pourquoi est-elle partie ? »

Papa plonge la main dans sa poche. « Elle a écrit ça. » Il me tend un Post-it jaune :

> MARRE QU'ON ME RACONTE DES BOBARDS.
> JE PARS.
> A

Puis il sort l'article de journal. « Il y avait ceci à côté. »

Je contemple l'article. J'ai l'impression que mon cœur a le hoquet.

« Tout est ma faute, dis-je.

— Mais non.

— Bien sûr que si, papa. De quoi veux-tu qu'elle parle, sinon ?

— De deux ou trois choses, peut-être. » Il sort un autre papier de sa poche. « Il y avait aussi ça sur la table de la cuisine. »

C'est une lettre des avocats de la Mode Expo, adressée à mes parents.

« Papa, je… je suis désolée. » Ma voix se brise sur les derniers mots.

Vu le nombre de fois où je m'excuse ces derniers temps, je devrais peut-être me procurer un petit lecteur MP3 avec cette phrase en boucle : comme ça, je n'aurais plus qu'à appuyer sur un bouton et proposer des écouteurs aux gens.

Papa secoue la tête. « Ce n'est pas tout », avoue-t-il. Il fouille une fois de plus dans sa poche. Ce qu'il en sort cette fois ressemble à une feuille de paie. « Il y avait aussi ça sur la table. »

Là, je ne comprends plus rien.

« Je t'ai menti, à toi aussi, Harriet. Je n'ai pas pris de congés pour t'accompagner à Moscou.

— Mais… »

Soudain, en le regardant mieux, je m'aperçois qu'il ne s'est pas changé depuis cinq jours, qu'il sent la vodka et qu'il a l'air épuisé. D'ailleurs, maintenant que j'y pense, il a eu l'air épuisé toute la semaine. J'étais simplement trop préoccupée par moi-même pour m'en rendre compte.

« Je ne comprends pas, papa. Pourquoi ?

— Parce que je n'avais pas besoin de congés, mon cœur. L'agence a perdu son plus gros client à cause de moi, et j'ai été viré vendredi dernier. Mis à pied sur-le-champ. *Bye, bye*.

— Mais tu disais que…

— Je sais. J'ai menti. J'avais peur qu'Annabel se mette en colère.

— Ah.

— Mais en fait, elle est beaucoup, *beaucoup* plus en colère maintenant. »

Il me semble à présent que le monde s'est incliné sur le côté et que tout est en train d'en tomber.

« Ah, dis-je encore.

— Eh oui. "Ah" résume assez bien la situation, approuve papa en s'allongeant sur le dos, à même la moquette. On est des inadaptés, hein, Harriet ? »

Et il ferme les yeux.

C'est seulement après avoir aidé mon père à se relever et l'avoir collé devant la télévision que je retourne le Post-it :

P.-S. : HARRIET, TON PÈRE NE RETOURNE JAMAIS LES POST-IT, NE LUI DIS PAS QUE JE SUIS ENCEINTE.

57

<u>Personnes qui détestent Harriet Manners</u>

Alexa Roberts

Madame Chapeaux

Les propriétaires des stands 24D, 24E, 24F, 24G, 24H

Nat

La classe de littérature anglaise 11A

Les mannequins en général, Shola et Rose en particulier

Notre proviseur, Mme Miller

Annabel

Harriet Manners

Je m'appelle Harriet Manners et je suis une imbécile.

Je sais que je suis une imbécile parce que je suis couchée dans mon lit, en train de chercher dans le dictionnaire d'autres mots pour me qualifier. Crétine. Abrutie. Neuneu. Ignare. Andouille. Idiote. Ce dernier étant à l'origine du mot « geek », je crois que la boucle est bouclée.

J'ai tout raté sur toute la ligne.

Alexa a gagné. Nat ne veut plus me parler. Annabel est partie. Papa est au chômage. Je dois 3 000 £. Je suis la risée de toute l'Angleterre. Mes cheveux ressemblent à une boule de moumoute orange.

J'ignore si oui ou non j'ai récolté une exclusion, mais c'est uniquement parce que je refuse de mettre les pieds au lycée. Pour la première fois de ma vie, j'ai décidé que je me fichais de mon éducation. Celle-ci ne m'a pas rendue plus intelligente pour un sou. De fait, j'ai réussi l'exploit de me transformer *dans l'autre sens*. Une chenille qui serait retournée à l'état d'œuf, ou une Cendrillon au chômage sans même un âtre à nettoyer.

Une simple histoire de métamorphose : même ça, je n'ai pas été fichue d'y arriver.

Papa et moi passons la nuit entière à essayer de rattraper le coup. Sauf que je ne lui ai pas parlé du verso du Post-it. J'ai *envie* de le lui dire, mais Annabel m'a ordonné précisément le contraire. Je l'ai déjà suffisamment trahie comme ça, je n'ai pas besoin d'en rajouter.

« Il faut qu'on fasse un geste *spectaculaire*, me dit papa avec le plus grand sérieux, après avoir contemplé le mur pendant une demi-heure. Nous devons prouver à Nat et à Annabel que nous sommes profondément désolés. »

Alors, nous confectionnons des gâteaux pour demander pardon, nous écrivons des cartes, nous nous filmons en train de chanter une chanson d'excuses. J'apporte à Nat un CD personnalisé, un petit pendentif en argent qui se sépare en deux et une boîte de chocolats. Puis un flacon de parfum à peine entamé, puis des fleurs avec un poème astucieusement modifié sur la carte. Elle flanque tout à la poubelle à part les chocolats, qu'elle engloutit sans m'en proposer un seul.

Papa se rend au cabinet d'avocats d'Annabel et se plante devant, un bouquet de fleurs à la main, avec un équipement d'homme-sandwich sur lequel il est écrit : *Je suis absolument désolé, Annabel.* (Et dans le dos : *Tu dois me croire. Pardon, pardon, pardon.*) Il reste comme ça jusqu'à ce que le vigile de l'immeuble vienne lui apporter un mot :

VA-T'EN, RICHARD, OU JE TE RÉCLAME DES DOMMAGES ET INTÉRÊTS POUR M'AVOIR FAIT PERDRE MON TEMPS. JE FACTURE 300 € DE L'HEURE ET TU ME DOIS DIX ANS.

ANNABEL

Papa dit qu'il n'est pas bon en maths, mais de toute manière nous n'avons pas très envie de calculer le montant.

Finalement, vaincus et découragés, nous renonçons et allons nous asseoir sur le canapé pour le restant de la soirée. Puis nous nous levons le lendemain matin et restons assis sur le canapé toute la journée. Je n'ai aucune idée de ce que nous regardons à la télévision, car je ne regarde pas vraiment.

Je n'ai qu'une idée en tête, qui tourne en boucle sans relâche : « Comment ? Comment faire pour que tout redevienne exactement comme avant ? » Car, oui, je suis prête à tout subir de nouveau – la tyrannie, la mocheté, l'impopularité – si cela me permet de retrouver ma vie. J'ai échangé les seules choses qui comptaient pour moi contre des tas de choses qui ne m'intéressent pas le moins du monde. Et je l'ai fait exprès. Par choix.

Il est clair que mon QI est bien plus bas que ce que je pensais.

« Mon petit Têtard ! s'étrangle Wilbur quand je me décide enfin à décrocher mon téléphone. Mais où étais-tu passée ?

— Sur le canapé.

— Bonbon-en-Sucre, nous avons du pain sur la planche. Tout le monde te veut, mon petit Biscuit-au-Gingembre. La presse, la télévision, les stylistes, les grandes marques. Mon téléphone n'arrête pas de sonner, Mini-Pudding, sauf quand je l'éteins pour boire mon café. La géniale Yuka Ito a transformé ton petit sit-in en coup de pub. Elle raconte à tout le monde que c'est toi qui l'as inspirée. Que tu es sa nouvelle muse.

— Hum-mm, fais-je sans réellement l'écouter.

— Sais-tu ce que ça veut dire, Grenouillette ? »

Je reste impassible devant la télévision.

« Ça veut dire que tu es *hot*, chérie. Tu es au *point d'ébullition*. Ta casserole est en train de déborder. »

Il y a un silence. C'est en faisant le mannequin que je me suis retrouvée dans ce pétrin. Bon, d'accord, si on veut chipoter, c'est en *mentant* que je me suis retrouvée dans ce pétrin. Mais je n'aurais pas eu besoin de mentir s'il n'y avait pas eu cette histoire de mannequinat. Rien de bon ne peut m'arriver si je poursuis sur ce chemin.

« Ça m'est égal, dis-je. Au revoir, Wilbur. »

Il éclate de rire. « J'ai presque cru entendre : "Ça m'est égal", glousse-t-il. Mais c'est évidemment une erreur. Ce qui t'arrive, c'est... un rêve éveillé !

— Pas pour moi. »

Sur ces mots, je raccroche.

Je ne sais pas trop quelle sera la prochaine étape de mon plan. Mais je vais commencer par Annabel.

58

Le meilleur moyen de se faire pardonner d'avoir menti n'est sans doute pas de continuer à mentir, mais je ne vois pas d'autre solution, après la réponse d'Annabel à papa.

Heureusement, la réceptionniste est une nouvelle, ce qui me facilite grandement la tâche. Du moins tant qu'il n'y a pas une petite photo de moi collée derrière le comptoir, vous savez, comme les photos de terroristes qui sont parfois affichées dans les aéroports.

« Pourrais-je voir Annabel Manners, je vous prie ? » dis-je d'une voix suave en retirant ma chapka et en me faisant aussi petite et vulnérable que possible.

Elle pose son magazine à regret. « Vous avez rendez-vous ?

— Oui. » J'ouvre de grands yeux pour prendre un air de parfaite innocence. « Oh, elle est jolie, votre queue-de-cheval. Vous vous l'êtes faite vous-même ? »

Dès qu'elle tourne la tête pour essayer de l'apercevoir, je me penche par-dessus le comptoir et consulte rapidement le carnet de rendez-vous posé devant elle. « Je suis Roberta Adams », dis-je au moment où elle se retourne vers moi.

Elle se rembrunit et consulte sa liste. « Vous n'êtes pas un peu jeune pour avoir votre propre avocat ?

— J'attaque mes parents en justice », lui expliqué-je calmement.

Ses traits s'illuminent aussitôt. « Oooh, j'ai pensé faire ça, moi aussi. Vous me direz combien vous en tirez. Montez ! »

Et elle m'ouvre le portillon avant que j'aie le temps de changer d'avis.

Cet immeuble m'a toujours fait peur. Quand j'étais petite, je refusais d'y entrer seule les soirs où Annabel travaillait tard, car j'étais persuadée qu'il était hanté.

« Non, il n'est pas hanté, m'a rassurée papa le jour où je le lui ai dit. Les bâtiments hantés sont pleins d'âmes dépourvues de corps, Harriet. Alors qu'un cabinet d'avocats est plein de corps dépourvus d'âme. Ce qui fait une grande différence. » Et il a ri jusqu'à ce qu'Annabel verse du sel dans son verre de vin.

Même l'ascenseur évoque une sorte de cercueil en verre pour film d'épouvante. Quand j'atteins enfin le bureau d'Annabel, je vois à travers la vitre qu'elle a la tête baissée et semble écrire un rapport ou quelque chose dans le genre.

« Ahem », fais-je doucement.

Elle ne lève pas la tête. « Roberta, prenez un siège. J'ai bien étudié le dossier : je ne devrais pas avoir de mal à vous obtenir la garde du cochon d'Inde. »

Je m'assieds, bien que je ne sois pas Roberta, et je me tortille sur mon siège. Je viens de me rendre compte que Roberta est une personne réelle et pas un simple nom sur une feuille, et qu'elle risque donc de se pointer à son tour. Annabel prend encore quelques notes, puis relève la tête. Elle me considère longuement, pendant que je m'efforce d'activer les fossettes de mes joues.

« Eh bien, Roberta, finit-elle par dire, je vois que vous avez beaucoup rajeuni depuis trois semaines. L'éloignement de votre mari vous donne décidément bonne mine.

— Annabel…

— Et, continue-t-elle en observant ma tête, votre nouvelle coiffure aussi est une grande amélioration. D'un autre côté, comme vous aviez une teinture violette la dernière fois que je vous ai vue, ce n'est pas un exploit.

— Annabel, je… »

Elle contemple à présent la chapka que j'ai à la main. « J'ai cru un instant que vous aviez apporté le cochon d'Inde, mais je suis soulagée de voir qu'il n'en est rien. Toutefois, permettez-moi de vous suggérer de vérifier que cette chose est bien morte. On dirait qu'elle peut encore mordre.

— Annabel… »

Elle se penche en avant et presse une touche de son téléphone. « Audrey ? Quand l'*autre* Roberta Adams arrivera, veuillez la faire attendre jusqu'à nouvel ordre. Et à l'avenir, sachez qu'aucune de mes clientes n'est lycéenne. Merci. »

Ensuite, elle se cale dans son fauteuil et me jauge en silence.

59

Au bout d'une éternité, je parviens enfin à articuler : « Bonjour, Annabel.

— Bonjour, Harriet.

— Comment vas-tu ? »

Ce n'est pas une trop mauvaise entrée en matière. À vrai dire, il me semble que c'est la seule possible. Je ne sais pas du tout comment va Annabel.

« Je dors par terre dans mon bureau, ce qui n'est jamais idéal, mais à part ça, je me porte à merveille, merci. »

Je fixe son ventre. Il n'a rien de changé, mais je ne peux pas m'empêcher de le regarder. C'est vraiment incroyable. Il y a quelques jours, ce ventre ne contenait que de la confiture de fraises, et à présent il y a quelqu'un dedans. En fait, cela me rend tout heureuse, même si, du coup, chacune des minutes que j'ai passées depuis cinq ans à chercher des enfants uniques célèbres sur Internet a été une perte de temps totale.

« Alors c'est vrai ? Ce que tu as écrit ?

— Que je suis gravide, fécondée, gestante, pleine, en cloque, que j'ai un polichinelle dans le tiroir ?

— Euh... » Je crois bien que son dictionnaire des synonymes est plus complet que le mien. « Oui ?

— Tout à fait, j'attends un enfant comme personne.

— Wouah. » C'est une information énorme, écrasante. Je ne connais rien aux bébés : c'est un trou béant dans ma culture générale. Il faudra que je fasse des recherches en rentrant.

« Ton père est au courant ?

— Non, tu m'as dit de me taire.

— C'est vrai. Cet homme devrait apprendre à retourner un Post-it de temps en temps. »

La chose qui était compressée dans ma poitrine commence à se détendre ; comme si tous les événements de la semaine passée se mettaient à fondre. Pourquoi ne me suis-je pas confiée à Annabel dès le début ? Pourquoi lui ai-je raconté que tout allait bien alors que ce n'était pas le cas ?

« Annabel, dis-je en entourant mes genoux de mes bras, je peux te poser une question ?

— Oui, mais je te préviens, je ne vais pas me mettre à parler de choses dégoûtantes sous prétexte que je suis enceinte.

— Non, pas du tout. » Je ferme les yeux et prends mon élan. « Est-ce que tu me détestes ? »

Elle hausse un sourcil. « Non, me répond-elle après le plus long silence de l'histoire mondiale. Je ne te déteste pas, Harriet. »

J'inspire profondément, et sans crier gare, tout ce que j'ai sur la poitrine se déverse d'un seul coup. « Je n'ai pas voulu te mentir, Annabel, sincèrement. Enfin si, j'ai voulu te mentir car c'est la raison pour laquelle je l'ai fait, mais je ne l'ai pas fait pour te faire de la peine ou par manque de respect pour toi ou parce que je ne pense pas que tu aies raison tout le temps, car si, c'est le cas. Mais… ça ne t'est jamais arrivé de vouloir être quelqu'un d'autre ? »

Annabel me regarde comme si j'étais folle. « Non, pas vraiment. Qui, en particulier ?

— N'importe qui ! Juste pour voir quel effet ça fait ? Juste pour voir si c'est mieux ? Pour voir si les choses pourraient se passer autrement ? »

Elle réfléchit encore. « Non, conclut-elle. Jamais.

— Eh bien, moi, c'est ce que je voulais. J'en ai eu trop marre d'être moi. Et j'ai pensé que, peut-être, si je devenais mannequin au lieu de rester une geek, je serais quelqu'un d'autre et ma vie changerait, ou peut-être que tout le monde changerait autour de moi, ou peut-être que la manière dont on me verrait changerait. »

Annabel croise les pieds sous son bureau. « Humm, fait-elle.

— Mais rien n'a changé et tout ce que j'ai réussi à faire la semaine dernière, c'est un énorme gâchis, et je ne sais pas comment rattraper le coup. »

Elle replie ses mains l'une sur l'autre. « Hum, fait-elle de nouveau.

— Et ma liste n'arrête pas de s'allonger, dis-je d'une voix un peu plus faible. Elle est de plus en plus interminable. Je suis dans le pétrin avec à peu près tous les gens que je connais, et je ne sais plus quoi faire, Annabel. Je suis complètement perdue, je ne vois pas comment réparer les choses. Je... Je... *S'il te plaît*. Dis-moi ce que je dois faire. Dis-moi comment m'y prendre pour me faire pardonner. »

Je ne vais pas pleurer. Pas question. Mais j'ai une grosse boule dans la gorge, que je n'arrive pas à avaler. Comme quand je prends ces énormes gélules de vitamines que papa me donne l'hiver.

Annabel hoche calmement la tête.

« Et c'est quoi, au juste, cette liste ? »

Oh. J'ai oublié qu'elle ignorait l'existence de ma liste. Je la sors de ma poche et la tends par-dessus son bureau. Vous pensiez que ce n'était qu'une liste mentale, que je détaillais rien que pour vous ? Non, elle existe en vrai. Je l'ai toujours sur moi et la mets régulièrement à jour.

« Je vois qu'elle est très soignée et bien présentée, constate Annabel d'un air approbateur. Soulignée à la règle ?

— Bien sûr ! dis-je avec une bouffée de fierté. Un double soulignement, si tu regardes de près.

— Très joli. Et maintenant, je peux annoter ta liste ? »

Je fais oui de la tête, parce que ce serait un peu malpoli de lui dire que je n'aime pas qu'on touche à mes listes.

« Bien. Donc, tout d'abord, nous allons rayer ceci. » Elle trace une ligne bien nette sur son propre nom. « Et j'apprécierais que tu cesses d'inscrire des gens qui t'aiment beaucoup sur ce genre de listes. » Elle la consulte de nouveau, le capuchon de son stylo dans la bouche, et barre une autre entrée. « Tu peux radier Mme Miller aussi. »

Je secoue la tête. « Non, elle va me renvoyer pour avoir séché les cours.

— Pas du tout. » Annabel me regarde droit dans les yeux. « Harriet, quand comprendras-tu que tu es aussi mauvaise menteuse que ton père ? En voyant vos têtes quand vous êtes sortis de l'agence, j'ai aussitôt décidé de rester en contact quotidiennement, et parfois minute par minute, avec Wilbur. Je l'ai autorisé à te faire couper les cheveux et j'ai aussi appelé Mme Miller pour lui expliquer que tu manquerais trois journées de cours, dont je superviserais le rattrapage : deux pour le voyage en Russie, et une pour t'en remettre. »

Le silence qui suit est écrasant, et ma bouche forme un O. « Mais...

— Aussi maligne que tu te croies, Harriet, je le suis encore plus, beaucoup plus. » Elle baisse à nouveau les yeux sur la liste. « Tu peux aussi barrer madame Chapeaux et les propriétaires des stands : je les ai réglés. Ou plutôt, devrais-je dire, j'ai recalculé les dommages et leur ai remboursé leurs pertes réelles, après quoi j'ai menacé de les poursuivre pour extorsion de fonds. »

Je ne sais plus quoi dire.

« Tu peux me rembourser si tu veux, mais crois-moi : avec ce que tu as gagné cette semaine – et Wilbur m'a promis de ne pas te révéler la somme que cela représente –, tu ne t'en apercevras même pas. » Elle poursuit son étude de la liste. « Quant aux mannequins, on peut sans doute attribuer leur attitude au fait qu'elles sont à la fois mannequins et humaines. » Elle barre leur ligne comme si c'était une explication en soi.

« Mais tout le monde au collège... tous ceux de ma classe, ils ont...

— Levé la main ? Nat m'a appelée pour me raconter ça. Tu n'as donc rien appris en cours d'histoire, Harriet ? Les nations se rangent toujours du côté de celui qui a les armes les plus puissantes. Tes camarades avaient peur d'Alexa, et pas de toi. Tu devrais prendre ça comme un signal positif, à moins que tu aies des ambitions dictatoriales. »

Et elle raie aussi ma classe.

C'est juste. Je n'avais jamais considéré les choses sous cet angle, mais il est vrai que les pays disposant de l'arme nucléaire tendent à avoir énormément d'alliés.

« Et maintenant, Alexa… » Annabel se tait un instant. « Je ne sais pas ce qu'elle a, cette fille. Mais au fond, qui s'en soucie ?

— Moi.

— Je le sais, me dit-elle d'une voix adoucie. C'est bien le problème. Il faut que tu arrêtes de te soucier de l'opinion des gens qui ne comptent pas. Sois ce que tu es, et laisse les autres être ce qu'ils sont. La variété est une bonne chose. Le monde serait terriblement barbant si nous étions tous les mêmes.

— Mais, Annabel, je suis une… une… » Comme le mot ne veut pas sortir, je soulève mon sac et désigne ce qui reste du mot en rouge.

« Une… » Elle plisse légèrement les paupières. « CE-H ? C'est quoi, une Ceh ?

— Une geek. C'est écrit GEEK. Ou du moins, c'était.

— Ah bon. Et alors ? Des gens formidables le sont. Et, pour info, si je n'étais pas pour que tu deviennes mannequin, c'est justement parce que je ne voulais pas que tu changes. Mais je me trompais. Tu es restée toi-même, et je suis très fière de toi. C'est très gentil, ce que tu as fait. C'était courageux. C'était étrangement inspiré. C'est ce que j'aime le plus chez toi. Ça venait d'un bel endroit.

— La Russie ? »

Elle me regarde longuement. « Non, Harriet. Pas la Russie. *Toi.* » Elle hausse un sourcil. « Raie-toi de la liste, et tu verras que le reste disparaîtra tout seul. »

Sur ces mots, elle tire le dernier trait puis me rend la liste.

Personnes qui détestent Harriet Manners

~~Alexa Roberts~~

~~Madame Chapeaux~~

~~Les propriétaires des stands 24D, 24E, 24F, 24G, 24H~~

Nat

~~La classe de littérature anglaise 11A~~

~~Les mannequins en général, mais surtout Shola et Rose~~

~~Notre proviseur, Mme Miller~~

~~Annabel~~

~~Harriet Manners~~

« Il en reste une, fais-je tristement remarquer.

— Qu'est-ce que je t'ai dit, à propos d'inscrire sur cette liste des gens qui t'aiment beaucoup, Harriet ?

— Nat ne m'…

— Ne sois pas bête. Elle est simplement blessée et en colère. Personne n'aime se faire rouler dans la farine par quelqu'un en qui il a confiance. Quand tu auras compris ce qu'elle attend de toi, tu pourras la rayer, elle aussi.

— Est-ce que des gâ…

— Non, pas des gâteaux personnalisés, Harriet. »

Je hoche la tête et remets la liste dans ma poche. J'aurais dû venir tout droit ici : Annabel sait toujours comment organiser le monde pour moi, afin qu'il ait de nouveau un sens. Comme quand elle range ma chambre. « Est-ce que tu reviendras à la maison un jour, Annabel ? »

Elle soupire et baisse les yeux sur le rapport qu'elle rédigeait au moment où je suis arrivée. « Je ne sais pas. Ton père doit s'occuper de sa propre liste. Et contrairement à toi, il est assez grand pour le faire tout seul. »

Son téléphone sonne. « Annabel ? dit la standardiste. Roberta Adams dit que, si elle tarde à rentrer, Fred va s'inquiéter.

— Loin de moi l'idée d'infliger à un cochon d'Inde de se sentir mal aimé. Faites-la monter, Audrey. » Elle se retourne vers moi. « Et maintenant, rentre à la maison étudier cette liste, ajoute-t-elle de sa voix tranchante habituelle. Tu sais où je suis si tu as besoin de moi. Mon lit est dans l'armoire. »

Je sors du bureau, le papier en main, heureuse à l'idée qu'Annabel savait tout depuis le départ. Exactement comme un ange gardien invisible.

Je n'étais pas aussi seule que je le croyais.

60

Du coup, je n'ai plus de plan.

L'univers m'a montré, et ce de manière répétée, qu'il n'a aucun respect pour les listes à points, les camemberts, les bulles et les diagrammes. Les plans ne fonctionnent pas, et même quand ils le *pourraient* et le *devraient*, personne ne les suit. Je vais donc expérimenter une toute nouvelle stratégie : ne pas avoir de plan.

Pour la première fois de ma vie, je vais essayer de voleter simplement d'un moment au suivant, butiner l'instant et voir où cela me mène. Comme un être humain normal, en somme.

Ou… un bourdon.

« Papa ! » m'écrié-je en entrant chez nous.

Il n'a pas quitté son peignoir depuis hier, et la seule différence, c'est qu'il a désormais un paquet format familial de Dragibus dans le creux du bras. J'ai lu quelque part qu'au cours d'une vie nous utilisons environ 272 flacons de déodorant, 276 tubes de dentifrice et 656 savonnettes, et il est évident que, depuis le départ d'Annabel, papa a nettement fait descendre la moyenne.

« Regarde comme je suis déprimé », me dit-il aussitôt que j'entre au salon. Il lève un bonbon en l'air, le considère tristement et se le fourre dans la bouche. « Je mange même les verts. Je n'ai plus aucune raison de me lever le matin. *Rien*. Je pense que je vais rester là jusqu'à ce que je prenne la forme du canapé et qu'il faille m'hélitreuiller par la fenêtre chaque fois que je dois faire mes besoins. »

Je m'assieds à côté de lui. « Papa. » Pas de doute, la situation est critique. Mon père commence à se croire dans un téléfilm. Il faut que je fasse quelque chose.

« Papa, est-ce qu'Annabel aime la confiture de fraises ? »

Il fronce les sourcils et reprend un bonbon alors qu'il n'a pas encore avalé le précédent. « Qu'est-ce que tu me chantes là ?

— Est-ce qu'elle aime la confiture de fraises ?

— Non. Elle a toujours détesté ça.

— Alors *pourquoi* mange-t-elle de la confiture de fraises, papa ? »

Puis je lui assène le regard le plus lourd de sous-entendus au monde. J'ai promis à Annabel de ne pas le mettre au courant, mais je n'ai jamais promis qu'il ne comprendrait pas tout seul.

Quoique, franchement, vu la vitesse de réaction de son cerveau en ce moment, il y a des chances pour que l'enfant soit à l'école primaire le jour où cela arrivera.

« Parce que les loups-garous mangent de la confiture ? » suggère-t-il.

Je pousse un gros soupir. « Non, papa. Les loups-garous mangent les gens.

— Annabel aussi. Tu crois qu'elle essaie de m'embrouiller l'esprit pour me forcer à divorcer par inadvertance ?

— Non. » Bon Dieu, c'est plus laborieux qu'arracher une molaire. « Annabel est-elle plus ronde que d'habitude ? »

Papa prend un air entendu. « C'est à force de se remplir le ventre de confiture de fraises. Ou de gens. »

Je le regarde tellement fort que les yeux me sortent de la tête. « Exactement, dis-je avec une insistance évidente. Ou de gens. »

Il m'observe sans rien comprendre.

« Donc, dis-je lentement, elle *grossit*. Elle *mange des choses qu'elle déteste*. Elle n'arrête pas de *changer d'avis*. Elle *pleure pour un rien*, elle *crie beaucoup* et elle *fait pipi tout le temps*. »

J'énumère ces points sur mes doigts, que je lui agite sous le nez. Impossible qu'il ne pige pas, là, quand même. Impossible.

Papa hoche lentement la tête tandis que la compréhension illumine enfin ses traits (il a une tache rouge et jaune au coin de la bouche, et je fais mon possible pour ne pas la regarder). « Mon Dieu, dit-il d'une voix sourde. Elle… Elle…

— Oui ?

— Elle… a une liaison avec un fabricant de confiture de fraises ?

— Oh, nom d'une sucette à hélices ! » Je me lève, exaspérée. Comment ai-je réussi à devenir une personne si raisonnable et équilibrée avec lui comme modèle ? « Elle est enceinte ! Annabel est enceinte ! »

Ensuite, il y a un long silence. Papa est blême.

Oups… Je ne voulais pas lui balancer la nouvelle à la figure comme ça. Il est assez vieux. Plus de quarante ans. L'âge des crises cardiaques.

« Ce… ce… c'est pas possible, finit-il par balbutier. C'est absolument impossible.

— Est-ce que c'est le moment que je te parle des oiseaux, des abeilles et que je t'explique que ça n'a rien à voir ?

— Non, je veux dire que les médecins lui ont toujours dit qu'elle ne pouvait pas avoir d'enfants. Que c'était presque totalement impossible. On essaie depuis des années. »

Je l'arrête tout de suite : « Merci de m'épargner les détails. Bon, enfin bref, elle l'est. Le polichinelle est dans le tiroir. Je répète : le polichinelle est dans le tiroir.

— Elle est *enceinte* ! » s'exclame mon père. S'il n'était pas assis, il s'étalerait sans doute de tout son long.

« Je viens de la voir. Crois-moi, je ne plaisante pas. »

Curieusement, papa semble encore plus abasourdi. « Tu viens de la *voir* ? me demande-t-il, incrédule.

— Ce n'est pas le monstre du Loch Ness, papa. Elle est dans son bureau, en train de travailler.

— Elle est enceinte. D'un bébé ? » Allez savoir pourquoi, il m'interroge du regard.

« Oui, d'un bébé. De quoi veux-tu qu'elle soit enceinte ?

— D'un louveteau-garou, peut-être », marmonne-t-il. S'ensuit un long silence pendant lequel il se prend la tête à deux mains. « Je suis un imbécile fini, pas vrai ? Un abruti complet. »

En effet, pas la peine de tourner autour du pot. « Oui. Ça doit être dans nos gènes.

— J'ai besoin d'elle. J'ai besoin de lui dire que j'ai besoin d'elle *tout de suite*. »

Je secoue sévèrement la tête. « Non, surtout pas. Ce que tu dois faire, c'est lui montrer que tu es là quand *elle* a besoin de toi. »

Et là, je ferme mon clapet, stupéfaite.

Serait-ce pour ça que Nat m'en veut tellement ?

Papa me regarde, ébahi. « Et depuis quand es-tu si maligne, petite madame ?

— J'ai toujours montré une certaine intelligence, tu sais, rétorqué-je, totalement offensée.

— Pas ce genre d'intelligence, non. » Papa réfléchit à la question, puis se lève et, d'un geste théâtral, se débarrasse de son peignoir, tel un super-héros effectuant sa transformation. En dessous, il porte un jean, un tee-shirt et un cardigan.

Je m'insurge. « Dis donc ! C'est *ma* ruse, ça !

— Je te l'ai déjà dit : je suis un anticonformiste. Et toi, tu es ma copie conforme. » Il étire les muscles de son cou. « Et maintenant, prends ton manteau, Harriet. Allons chercher ta pas-si-méchante belle-mère. »

61

Je ne sais absolument pas où nous allons. Aucune idée.

« Ce n'est pas par là, le bureau d'Annabel », fais-je remarquer à papa qui fonce à toutes jambes dans la rue sous le crachin qui tourne à l'averse, tandis que je trottine derrière. Je ne l'ai jamais vu si concentré sur un but (sauf pendant les chasses aux œufs à Pâques, mais il y a du chocolat à la clé).

« Elle n'est pas à son bureau.

— Mais si, papa. J'en viens. »

Il regarde sa montre. « Le ménage est fait à 19 heures et Annabel déteste le bruit de l'aspirateur. Elle sera sortie. Je connais ma femme. Louve-garoute ou non. »

Il prend un virage, et mon anxiété monte en flèche (le téléphone qui vibre sans cesse dans ma poche ne m'aide pas). « On va faire du shopping ? je demande lorsque papa vire brusquement dans une boutique de fringues.

— Fais-moi confiance, Harriet. » Il s'empare d'un panier et y jette une robe à fleurs verte. « Ceci fait partie de mon plan diabolique. »

J'observe avec inquiétude le chemisier jaune à volants qu'il flanque par-dessus, suivi d'une combinaison moulante rose et d'un bustier à paillettes.

« Est-ce que tu as déjà vu Annabel ? insisté-je, étonnée de ces achats, car il balance encore des nippes hideuses dans le panier. Tu n'as pris ni tailleur ni robe de chambre.

— Ce n'est pas pour elle. »

Cette fois, c'est avec alarme que je lorgne le minishort violet qu'il vient de choisir. « Dis-moi que ce n'est pas pour toi, papa. » Il éclate de rire. « Ni pour moi », grondé-je d'un ton menaçant. J'ai toujours les yeux rivés sur le minishort.

« Non, ce n'est pas pour toi, Harriet. » Il s'avance à grandes enjambées vers le rayon bébés.

« Ça n'ira pas au bébé non plus. »

Mon père décroche une paire de chaussettes minuscules et fonce vers la caisse. S'il rate son coup, je vais devoir emménager avec Annabel dans son bureau. Et franchement, je me demande avec inquiétude combien de lits elle peut caser dans son armoire.

« Bien ! lance papa une fois que tout est payé. Allons au parc.

— Annabel est au parc ? » dis-je alors que nous rejoignons au pas de charge l'espace vert qui se trouve à cinquante mètres. Ce n'est pas réellement un parc, vu qu'il n'y a là ni fleurs ni arbres, mais je vois bien que ce n'est pas le moment de couper les cheveux en quatre.

« Est-ce que tu as déjà vu Annabel ? » me demande soudain mon père en me tendant le minishort. Il place les petites chaussettes dans sa poche, jette le reste des fringues toutes neuves dans la boue et se met à sauter dessus à pieds joints. Au bout de deux minutes, il relève la tête. « Tu ne m'aides pas beaucoup, Harriet.

— Mais…

— Tais-toi et saute sur le short, ma fille. Le plus fort possible. »

Donc, bien que je ne sois absolument pas un chevreau, je me tais, je jette le minishort tout neuf par terre et je me mets à trépigner dessus, tel le nain Perlimpinpin quand il comprend qu'il s'est fait avoir par la princesse. Trois minutes plus tard, nous sommes tous deux épuisés, trempés et couverts de gadoue. Nous nous arrêtons.

« Ça devrait faire l'affaire, déclare papa avec satisfaction, après quoi il ramasse les fringues et les remet dans le sac.

— Mais où est-ce qu'on…

— Tout va s'éclaircir d'un instant à l'autre, me confie-t-il d'une voix pleine de mystère. Apprends un peu la patience, mon cœur. »

Franchement, il est mal placé pour me dire ça.

Et là, il repart à toute berzingue vers la maison, en laissant une traînée de boue derrière lui.

C'est seulement lorsque papa prend un nouveau virage impromptu que je comprends quelle est notre destination. Je m'arrête, reste parfaitement immobile sur le trottoir, et le regarde sans y croire.

« On va à la laverie ? »

C'est surréaliste, là. C'est moi qui vais là-bas. La laverie est mon refuge.

« C'est là que se rend toujours Annabel quand elle va mal, Harriet. Elle t'emmenait avec elle quand tu étais toute petite. »

Soudain, un souvenir me revient sans crier gare. Annabel et moi, assises dans la laverie, en train d'écouter les machines. Moi, blottie sur ses genoux, ensommeillée, reniflant l'odeur de savon, parfaitement bien. Alors, je comprends. Ce n'est pas par hasard que je vais là-bas, ni par magie, ni par coïncidence. J'y vais quand je suis triste, effrayée ou anxieuse parce que, inconsciemment, cela me rappelle Annabel et me donne un sentiment de sécurité.

« La voilà ! » lance papa. Et mon cœur s'arrête de battre, au sens figuré et peut-être même au sens propre, tellement je suis surprise. Car Annabel est endormie sur la chaise où je me suis moi-même assoupie il y a quelques jours. La tête contre le même sèche-linge.

62

Papa contemple d'un air parfaitement idiot Annabel endormie, puis ouvre la porte sans faire de bruit.

« Annabel… » dis-je tout bas. Je suis prise d'une envie inexplicable de grimper sur ses genoux, mais papa me fait signe de me taire. Elle n'a pas encore ouvert les yeux, et je devine qu'il ne veut pas qu'elle le fasse.

Il pose le sac de fringues boueuses et trempées qu'il renverse sur la table. Puis il ouvre le tambour d'une machine et commence à les y placer une par une, très lentement. Ma poche s'est remise à vibrer, mais je l'ignore soigneusement.

« Vois-tu, Harriet, m'interpelle papa d'une voix forte, j'ai vraiment tout gâché. » Je regarde Annabel : ses yeux sont toujours fermés. « Tu vois ce chemisier,

Harriet ? Je l'ai complètement bousillé. Il était très joli, il ne l'est plus, et c'est entièrement ma faute. »

Je jette un nouveau coup d'œil à Annabel. Elle n'a pas bougé, mais un de ses yeux s'est entrouvert.

« Et tu vois ce pull ? » poursuit mon père en brandissant un pull vert. Une grosse goutte de gadoue tombe de la manche. « Il était très beau, et maintenant il est fichu.

— Mmm, fais-je en continuant de surveiller ma belle-mère.

— C'est plus fort que moi, insiste papa en fourrant une jupe dans le tambour de la machine. Je suis un crétin, et parfois je ne comprends même pas que je suis en train d'abîmer les choses avant qu'elles soient dans un tel état. » Il me montre un pantalon marron dégoulinant. « Et je m'en veux parce qu'ils allaient *tellement bien ensemble.* » Il se tait quelques secondes avant d'ajouter : « Ce pull et ce pantalon. »

Annabel a désormais les deux yeux ouverts et observe papa qui remplit la machine. Lui, de son côté, fait semblant de ne pas la voir. « Et c'est triste comme tout, s'obstine-t-il en s'emparant d'une paire de gants, car oui, ils se *marient* à merveille. » Nouveau petit silence. « Ces gants. Qu'en dis-tu, Harriet ? »

Je me racle la gorge. « Je crois que moi aussi, j'ai fait un beau gâchis, dis-je en tenant en l'air le minishort. Et j'en suis navrée, car je l'aime beaucoup. »

Que les choses soient bien claires : non, je n'aime pas ce minishort. Mais j'aime Annabel, et il la représente. Du moins, c'est ce que j'ai cru comprendre.

« Exactement, dit papa qui remplit toujours la machine. Et on devrait toujours faire attention à ce qu'on aime et se garder de l'abîmer. » Un silence. « Au lieu de le piétiner dans la boue. » Sur ces mots, il fait un grand geste des mains et se rend au centre de la pièce.

« Là, tu en fais trop, lui chuchoté-je. Baisse d'un ton, papa.

— Pardon, me répond-il à voix basse. Mais peut-être, reprend-il plus fort en joignant les mains, peut-être qu'il n'est pas trop tard. Peut-être qu'on peut encore tout rendre beau.

— Peut-être, dis-je en allant le rejoindre au centre de la pièce, en signe de soutien.

— Je l'espère. Je suis prêt à faire n'importe quoi, car je ne veux surtout pas abîmer ceci. »

Alors, il sort de sa poche les petites chaussettes de bébé et les agite doucement en l'air.

Et juste après – je suppose que c'est la scène finale du dernier acte –, il referme le tambour de la machine et reste planté là comme un abruti, les chaussettes pendouillant de sa main tendue, à fixer Annabel avec la même expression qu'Hugo quand il a fait pipi sur la moquette.

Il y a un long, long silence, uniquement brisé par le ronronnement réconfortant d'un sèche-linge.

Enfin, Annabel se redresse et se frotte les paupières. « Sais-tu ce qu'il faut faire pour nettoyer ça ? demande-t-elle en bâillant.

— Quoi ? Dis-moi ! répond papa avec ardeur, tout en se rapprochant d'elle.

— Mettre la machine en route.

— Ah.

— Et sais-tu ce qui est utile aussi, pour laver les choses ?

— Demander encore pardon ?

— Mettre de la lessive. »

Papa et moi contemplons bêtement la machine. Nous avons entassé toutes les frusques dedans et les avons laissées là comme ça. En espérant sans doute qu'elles se laveraient toutes seules.

« Non mais attends une minute, dit papa d'une voix horrifiée. Il faut vraiment que je lave ces vêtements ? Je veux dire, *pour de vrai* ? »

Annabel lève les yeux au ciel. « Oui, Richard. Il faut que tu les laves pour de vrai. Ils sont trempés et pleins de gadoue.

— Mais ils forment une *métaphore*, explique-t-il. Ils sont censés symboliser notre amour, Annabel. Tu es en train de me dire que je dois laver la métaphore ?

— Oui, tu dois laver la métaphore. Tu ne peux pas laisser ces habits comme ça dans la machine. C'est une machine à laver publique.

— Je pourrais les en sortir et aller les jeter ?

— Non. Nous allons les laver et les donner. »

Papa reste un instant sous le choc, puis se ressaisit.

« Mais je suis pardonné, alors ? Tu vas me reprendre, avec toutes mes failles et mes manies charmantes ? Et mes défauts adorables ? »

La bouche d'Annabel tressaille, mais je ne crois pas qu'il le voie. Il a l'air vraiment anxieux, même si c'est en partie parce qu'il déteste faire la lessive.

« On en parlera pendant que tu t'occuperas du lavage. Et du séchage. Ce qui devrait nous donner au moins deux bonnes heures.

— Je suppose que c'est un châtiment mérité, finit-il par reconnaître humblement.

— Oh, mais non ! le détrompe Annabel tout en me faisant un clin d'œil en cachette. Ceci n'est pas ta punition, Richard. C'est la métaphore de ta punition. »

Papa semble terrifié, puis soupire et lui prend la main. « Tu peux me faire ce que tu veux, dit-il en reprenant sans aucun mal son rôle d'acteur de série B, et tu peux essayer de me punir tant que tu veux, je serai toujours heureux d'avoir su où te trouver.

— Moi aussi », avoue-t-elle.

Et elle lui donne une bonne pichenette sur le nez. Il y a un silence, pendant lequel quelque chose d'indicible circule entre eux, une chose que je ne comprends pas tout à fait. Et c'est tant mieux, car je ne pense pas être censée la comprendre.

« Tu m'en tapes cinq pour le Bébé Miracle ? » finit par demander papa en levant la main avec un grand sourire. Annabel se mord la lèvre, puis éclate de rire et tape deux fois dans sa main.

« Et même dix ! le corrige-t-elle. Mais il va falloir lui trouver un plus joli nom que ça. »

Ce qui signifie, je suppose, qu'Annabel revient à la maison.

63

Bon, ce n'est pas pour me vanter, mais ma stratégie d'avancer sans plan paraît fonctionner avec une efficacité miraculeuse. De fait, on pourrait même dire que le plan de ne pas avoir de plan – car c'est ainsi que je le conçois – marche comme sur des roulettes. J'ai réglé le problème papa-Annabel et je les ai laissés tranquilles à la laverie. Et maintenant, mon prochain non-plan est Nat.

Mon téléphone sonne de nouveau.

« Pamplemousse ? » fait Wilbur quand je décroche. Cela fait quatre heures que l'appareil vibre toutes les trois minutes, je ne peux plus l'ignorer. La ligne est vraiment fine entre la jouer cool et être malpolie, et quatre heures, c'est déjà limite. « C'est toi, mon petit Pamplemousse ?

— Toujours, oui, Wilbur.

— Oh, merci mon Dieu et sa ribambelle de petits saints tout mignons. Où étais-tu passée ?

— À la laverie.

— Pardon de te le dire, mais ton sens des priorités est totalement zinzin, ma petite Chataîgne-Piquante. Mais enfin, s'il te faut absolument du linge propre pour être une star, qui suis-je pour critiquer ? »

Je soupire. Je ne pourrais pas me sentir moins star qu'en ce moment. Je suis couverte d'éclaboussures de gadoue et je dégage un vague fumet de lessive et de chaussettes. « Tu voulais quelque chose, Wilbur ?

— Muffin-à-la-Banane, il faut que je te parle d'une occasion qui se présente, mais ils ont besoin de te voir demain mat…

— Impossible. » Je consulte ma montre et accélère aussitôt le pas : il faut que j'arrive à destination plus vite que ça. Je fronce les sourcils, puis, prise d'une pure inspiration, j'appuie sur le bouton latéral de mes baskets afin de faire sortir les roulettes secrètes intégrées. Et *non*, je ne suis pas trop vieille pour porter ce genre de chaussures. Quoi qu'en dise Nat. Au cas où vous vous poseriez la question. Si je l'étais, elles n'existeraient pas dans ma pointure.

Enfin bref.

« Mais si, tu peux ! proteste Wilbur.

— Non. » Je commence à filer sur le trottoir. « Quoi qu'ils veulent, je ne peux pas, Wilbur.

— Mais tu ne compr…

— Je suis sûre que c'est génial, je ne doute pas que ce soit fantastique, je suis certaine que toutes les filles du monde rêveraient d'avoir une telle opportunité. » Je saute par-dessus un caniveau. « Mais pas moi, OK ? Ça ne me ressemble pas, Wilbur. Rien de tout ça ne me va. Je ne suis pas le cygne. Je suis le vilain petit canard. Non, je suis le canard, tout court. Tout ce que je veux, c'est retrouver ma vie comme elle était avant que je te rencontre. »

Wilbur glousse de rire. « Oh, tu es vraiment désopilante, mon petit Pudding-Darling. Comme si ça changeait quoi que ce soit ! »

Je suis tellement occupée à calculer mes chances d'arriver plus vite si j'y vais en courant – mais en m'essoufflant vite au lieu de rouler en continu (le vieux débat « vitesse moyenne contre vitesse immédiate ») – que je l'écoute à peine.

« Quoi que ce soit ? je répète distraitement en sautant une fissure sur le trottoir.

— Ma Chatounette, tu es sous contrat ! »

Je freine d'une brusque pression des orteils et m'arrête net au milieu de la chaussée, dans le sifflement des roulettes qui tournent à vide.

« Je suis sous *quoi* ?

— Sous contrat, Bonbon-au-Sucre. Tu sais, les papiers que tu as signés ? C'est ainsi que ça s'appelle en langage juridique, paraît-il. Pour faire court : Yuka t'a achetée. Ma Pulpeuse, si elle veut que tu le fasses, tu *dois* le faire. Sinon elle n'hésitera pas à te poursuivre en justice. »

Mon estomac se rétracte brusquement. Mais qu'est-ce qu'ils ont tous à vouloir me poursuivre ?

« Un contrat ? » je demande, incrédule. Ai-je été éblouie par la perspective de ma métamorphose au point de signer un contrat sans le lire ? Sans prendre de notes ? Sans examiner chacun des mots écrits en petits caractères et chercher leur définition dans un dictionnaire juridique ? Je veux dire, bien sûr que *papa* l'a fait. Papa vendrait son âme pour un marshmallow rose. Mais moi ?

Qui suis-je devenue, ces dernières semaines ?

« Je sais ! N'est-ce pas le mot le plus barbant du monde ? Annabel était furieuse que tu l'aies signé, mais en tout cas il est valable : une seule signature parentale est requise, ma petite Bouilloire-à-Sifflet. Bon, bref, je te rappelle plus tard pour te donner les détails, OK ? Tchao-tchao, *bellissima*. »

J'émets encore quelques grommellements confus, je dis au revoir et je raccroche. Je n'en reviens pas d'avoir de nouveau des problèmes avec la loi. Pour la seconde fois de la semaine. Vivre neuf ans avec une avocate, ça ne déteint pas un peu ? Il faut croire que non.

Mais je ne peux pas y réfléchir tout de suite. J'y penserai plus tard. Il faut que j'aille quelque part, et c'est bien plus important.

J'appuie de nouveau sur les boutons de mes baskets afin d'escamoter les roulettes, et je me mets à courir.

64

La dernière fois que je suis venue ici c'était il y a quelques jours à peine, et pourtant tout me semble complètement changé.

Même l'aspect des choses est différent. Tout baigne dans une vive lumière verte et il y a une Thermos rouge par terre. Quelque part dans le fond, j'entends une mélodie aigrelette et sourde : *Le Lac des cygnes* de Tchaïkovski sortant d'un petit poste radio à dynamo. Un ballet qui fut joué pour la première fois au théâtre Bolchoï, en Russie : tout tombe en place comme un puzzle magique.

Ou bien, vous savez… un puzzle normal, simplement plein de coïncidences.

« Toby ? » Je me mets à quatre pattes pour me glisser dans le buisson, devant chez moi. Il est assis à l'intérieur, comme je m'en doutais, en train de lire un exemplaire fripé de *Dom Juan*. Il relève la tête, renifle, puis me braque sa lampe torche verte en pleine figure, tel un nazi d'opérette.

« Harriet ! lance-t-il, stupéfait. Quelle surprise ! Je ne t'attendais pas avant… (Il allume le voyant rouge de sa montre.) … avant vingt-huit minutes. Tu n'as donc pas fait ta lessive, finalement ? Ou est-ce moi qui ai mal calculé le cycle de séchage ? »

D'accord, Toby est un *bien* meilleur espion que je ne le pensais.

« Tu n'as pas froid ? je lui demande en m'installant à côté de lui.

— Pas du tout. Cette Thermos empêche toute perte d'énergie dans la vibration des molécules de ma soupe, qui reste donc agréablement brûlante. » Il renifle une fois de plus. « Malheureusement, il m'en faudrait peut-être une autre pour mon nez, qui me paraît dangereusement gelé, voire susceptible de tomber, à supposer que ce soit physiquement possible. »

Je m'esclaffe. « Pas à cette température.

— Tu m'en vois soulagé. » Il jette ensuite un œil au buisson autour de nous d'un air gêné. « Si j'avais su que tu viendrais, j'aurais fait un peu de ménage. Je te jure que d'habitude, ce n'est pas comme ça.

— Pas grave. Et puis c'est mon buisson, pas vrai ?

— Ce qui fait de moi ton locataire, j'imagine. » Toby tripote le bouton du volume de sa radio, qui émet maintenant du Vivaldi. « Je vais tâcher de ne pas faire de bruit, pour ne pas déranger les voisins.

— C'est moi, ton voisin, Toby. » J'éclate de rire et je me mets un peu plus à mon aise sur la couverture.

Pendant tout le temps que j'ai passé à courir/rouler jusqu'ici, j'ai su que j'avais une question à lui poser, une question importante, mais sans savoir tout à fait laquelle.

Soudain, je sais.

Je regarde ses gants de squelette, et son bonnet à petites oreilles d'ours, et ses baskets à lacets imitant des touches de piano, et son livre qu'il ne sera jamais *obligé* de lire, même en fac. Je regarde sa gourde, sa couverture, son visage, avec ce nez légèrement luisant, coulant, humide. Je regarde son bonheur simple et transparent causé par ma présence. Et ensuite, j'inspire à fond.

« Toby. Est-ce que je peux te poser une question ?

— Bien sûr. Laquelle ? Est-ce que je viens d'y répondre ?

— Non.

— Alors vas-y, je t'écoute.

— OK. » Je ferme les yeux, fais tourner la question dans ma bouche plusieurs fois, prends ma respiration et crache le morceau. « Toby, est-ce qu'il t'arrive de te sentir comme un ours polaire perdu dans la jungle ? »

Il plisse les yeux pour réfléchir. « Quel genre de jungle ?

— Ça a une importance ?

— Mais tout à fait, Harriet. Chaque type de jungle a une végétation bien à elle. Cela affecte profondément la difficulté qu'il y a à s'y retrouver. Dans certaines, on trouve une végétation abondante au niveau du sol, auquel cas il s'agit surtout de déchiqueter les plantes avec ses griffes. » Il agite les mains devant lui pour illustrer son propos.

Je rêve…

« C'est une métaphore, Toby. Je te parle *au sens figuré*.

— Ah bon, d'accord. Compris. » Il réfléchit encore. « En ce cas, la réponse est oui, bien sûr, Harriet. »

Mon estomac fait un petit bond sur lui-même. Il sait ? « Et alors, as-tu parfois l'impression… » Comment dire cela ? « … que quoi que nous fassions, nous ne sommes pas faits comme il faudrait, et que tout le monde le voit ? »

Toby approuve d'un air entendu et enchaîne : « Et qu'on voudrait juste retourner dans…

— … dans un endroit où il neige, là où doivent se trouver les autres ours polaires…

— … mais on ne sait pas comment faire pour y aller…

— … alors on continue d'errer tout seul. »

Toby et moi nous regardons pendant quelques secondes, et je sens vibrer mon corps tout entier.

Pas d'amour. Que ce soit bien clair. Ce n'est pas une *vibration amoureuse*. D'autant plus que le nez de Toby choisit cet instant pour couler sur son écharpe. Mais quand même : *il comprend.*

« Alors, comment on fait ? Comment on se sort de là, Toby ? »

Il existe peut-être une carte dont j'ignore encore l'existence. Ou peut-être un simple panneau indicateur.

Toby fait la grimace et s'essuie le nez avec son doigt. « Mais c'est génial, les ours polaires, déclare-t-il en s'essuyant ensuite le doigt sur son manteau. Ce sont les plus grands carnivores terrestres au monde, et sais-tu que leur peau est noire et leurs poils translucides, mais qu'ils ont l'air blancs parce qu'ils réfléchissent la lumière ? »

Je le regarde, et mon estomac se resserre déjà. Si proches, et pourtant si éloignés. Je soupire. « Une *métaphore*, Toby. On parle toujours des ours polaires *au sens figuré*, là.

— Je sais. C'est ce que j'essaie de te dire. On est géniaux, Harriet. » Il retire le bouchon de sa Thermos. « On a de grosses pattes pour attraper des poissons tropicaux dans les rivières. Et comme on est génétiquement apparentés aux ours bruns européens, je pense qu'avec un peu d'entraînement on pourrait aussi grimper aux arbres. Même les très hauts.

— Mais… On ne s'intègre pas pour autant, Toby. Ça ne te dérange pas ?

— Pas du tout. » Et il avale une grande lampée de soupe.

Je sens que je vais commencer à bégayer. Toby s'en rend compte, et il s'en fiche ? « M-m-mais… et les autres ? » Je me parle presque à moi-même. « Les grenouilles, les perroquets, les… les tigres, les écureuils volants… Et eux, alors ? Ils le *savent*, ils le voient, ils ne veulent pas nous approcher, ils se moquent de nous…

— Pour tout dire, la plupart finissent dévorés, Harriet. Chacun a ses points faibles. La jungle est un environnement extrêmement dur, et dont la surface diminue sans cesse. Comme la calotte glaciaire. Ça, c'est un bien plus gros problème.

— Mais… »

Toby rebouche sa Thermos et lisse les plis de la couverture. « Il suffit de prendre plaisir à être un ours polaire. Vois un peu la taille de nos pattes ! » Il forme des pattes avec ses mains et les agite devant sa figure. « Et de plus, on trompe notre monde en ayant l'air doux et mignons. »

Je suis trop stupéfaite pour dire quoi que ce soit. Soudain, assis en tailleur et baigné dans la lueur verte de sa lampe torche, Toby semble presque irréel. Mystérieux. Plein de savoir. On dirait presque… Yoda.

Et là, il se fourre le doigt dans le nez et redevient le vieux Toby habituel.

Nous restons assis en silence : Toby s'efforçant de mieux régler sa radio et moi arrachant distraitement les feuilles d'une branchette. Il y a tant de choses auxquelles réfléchir, et pourtant, je n'ai même pas besoin d'y penser. Elles se présentent maintenant à moi, entièrement formées.

Je me racle la gorge et m'extirpe du buisson. J'ai enfin compris ce que je dois faire. « Bien, dis-je à Toby par-dessus mon épaule, de ma voix la plus autoritaire. Tu viens avec moi. »

Il me lance un regard ébloui. « C'est vrai ? Avec toi ? Quand ?

— Tout de suite. Et prends ta lampe verte. »

Il va me falloir tout le supplément de sagesse possible.

65

J'aimerais pouvoir dire que le voyage qui suit est profond : plein d'aventures, d'inspiration et de découverte de soi. Ce serait chouette, n'est-ce pas ? Un peu comme la quête du Graal, mais sans le côté religieux.

Ce n'est pas le cas.

« Tu es sûre de ne pas vouloir que je marche dix pas derrière toi ? me demande Toby, consterné, alors que nous pressons le pas sur le trottoir. Ça ne te mettrait pas plus à l'aise ?

— Toby, pourquoi veux-tu que ce soit agréable d'avoir quelqu'un qui marche dix pas derrière soi ?

— Ça dépend si on me voit ou non. Remarque, je dois dire que ça peut être un peu compliqué de *mesurer* les dix pas. Il faudrait que je coure vers toi, puis que je reparte dans l'autre sens. Ce qui n'est pas aussi discret qu'on pourrait le penser. »

Je préfère ne pas l'écouter. « Marche à côté de moi, Toby. Comme quelqu'un de normal, pas comme un sadique-harceleur.

— Wouaouh ! s'écrie Toby, fou de joie. C'est une sacrée entorse à la tradition ! Si jamais tu changes d'avis, Harriet, tu n'as qu'un mot à dire pour que j'aille me cacher derrière un arbre et faire semblant de lire un journal ou d'observer un parasite du bois, OK ?

— OK. » Je lui souris. Pourquoi ai-je toujours été aussi méchante avec Toby ? Tout ce qu'il voulait, c'était jouer avec un autre ours polaire.

« Est-ce que ça te dérangerait beaucoup si j'essayais de te tenir la main ? ajoute-t-il en gambadant à côté de moi. Juste un petit peu ? Par cette belle journée d'hiver ? »

D'accord, je ne le plains pas tant que ça.

« Oui, dis-je durement en fourrant ma main dans ma poche. Ça me dérangerait beaucoup, Toby. »

Il entreprend de fouiller dans son sac à dos. « Je vais le noter », m'informe-t-il. Et il griffonne quelque chose dans son calepin. « Peut-être dans six mois ? »

Je pense à la main de Nick, la main que je ne tiendrai plus jamais. Mon ventre se noue de tristesse, et je secoue la tête.

« Pas de problème, conclut gaiement Toby, qui prend encore une note et range son calepin. Sept mois, donc. »

La maison de Nat me semble encore plus imposante que d'habitude, même s'il est à peu près certain qu'elle n'a pas changé de taille. Ce sont mes remords qui la rendent menaçante, comme un décor de film de Tim Burton.

« Reste en arrière, dis-je à Toby alors que nous approchons de la porte. Nat me fait la tête. Et, tout comme une *Camponotus saundersi* en colère…

— … aussi appelée fourmi de Malaisie, précise Toby.

— … il y a de bonnes chances pour qu'à notre approche sa tête explose. Au sens propre. »

Toby, obéissant, s'arrête quelques mètres derrière moi, et la porte s'ouvre. La mère de Nat nous dévisage en battant des paupières. Elle est à présent entièrement rose : peignoir rose, serviette rose autour des cheveux, masque de beauté rose. Elle a même un masque anticernes rose accroché sur la tête, comme des lunettes gonflables.

« Harriet ! lance-t-elle, ravie. Tu viens encore avec des cadeaux ? J'ai récupéré ce que j'ai pu des roses que tu as déposées devant la maison. Mais celles qui avaient des marques de dents ont dû partir à la poubelle, malheureusement. »

Nom d'une sucette en gravier. Je le savais : Nat préfère les lys.

« Est-ce que Nat est là, s'il vous plaît ?

— Elle doit encore être en train de bouder là-haut, oui. » La mère de Nat regarde ensuite derrière moi et agite la main. « Et voilà sans doute ton petit espion, Toby. Je me souviens de t'avoir vu à la fête de l'école, il y a quelques années. Tu rampais sur le ventre derrière le stand de la tombola en observant Harriet avec des jumelles. »

Toby s'avance, tout fier. « C'était bien moi, confirme-t-il en bombant le torse. Mais j'ai fait des progrès *incommensurables* en espionnage d'Harriet, depuis. Très heureux de faire officiellement votre connaissance, madame Mère de Nat.

— C'est un plaisir. » Elle lui sourit, puis me sourit, puis resourit à Toby. Et là – je n'arrive même pas à y croire –, elle me fait un clin d'œil. Elle a intérêt à ce que ce ne soit pas pour la raison que je crois.

Beeeerk !

« Ahem, fait-elle avant de sortir de sa poche un petit micro portatif. Excusez-moi, mais crier dans l'escalier me donne des rides superflues sur le front. J'ai donc investi dans une solution de remplacement. » Elle appuie sur un petit bouton rouge. « Natalie ? » dit-elle dans le micro. Quelque part au loin, sa voix rebondit du côté de l'escalier. « Tu as de la visite. »

Silence.

La mère de Nat lève les yeux au ciel et tourne le bouton du volume. Un puissant sifflement emplit la maison et elle pose la main sur l'appareil. « Il est relié à un haut-parleur devant sa chambre, nous chuchote-t-elle avec des airs de conspirateur. J'en ai placé un aussi sous son lit, mais elle ne l'a pas encore trouvé. Natalie ? *Natalie ?* » Elle écoute pendant quelques secondes, soupire, puis porte de nouveau le micro à sa bouche. « Ne m'oblige pas à monter le volume jusqu'à dix, jeune fille.

— OK, c'est bon ! » crie alors Natalie en dévalant l'escalier.

Sa mère éteint le micro, nous fait encore un clin d'œil, se retire au salon et ferme la porte. Ce qui nous laisse face à Nat.

Et vu sa tête, je pense qu'elle va faire au moins aussi bien que les fourmis de Malaisie.

66

« Alors? lâche Nat au bout de quelques secondes. Je m'étonne de te revoir ici, Harriet. Je te pensais occupée à passer les auditions pour *Le Songe d'une nuit d'été.* »

Je bats des paupières sans comprendre.

« Non, pas du tout.

— Tu devrais. Il paraît qu'ils cherchent quelqu'un pour jouer l'âne. » Ah. Je vois.

Pourquoi est-ce que je ne trouve jamais ce genre de répliques quand j'en ai besoin, moi ? Est-ce qu'elle les invente à l'avance, ou bien lui viennent-elles toutes seules dans la tête au bon moment ? Si un jour elle me reparle sur un mode non violent, il faudra que je pense à lui poser la question.

Toby lève très haut la tête pour la regarder droit dans les yeux. « Natalie Grey, dit-il d'une voix sévère,

Harriet est venue ici en toute dignité – et, me permettrai-je d'ajouter, en toute beauté – pour te présenter ses excuses. Le moins que tu pourrais faire serait de l'écouter poliment. Sans quoi tu ne serais qu'une… une… une… » Il regarde désespérément autour de lui, et ses yeux tombent sur le sol à côté de la porte. « Une tête de pot de fleurs ! conclut-il triomphalement. Pleine de lavande. »

Il est clair que Toby souffre du même problème que moi. Nat hausse un sourcil indifférent.

« Je ne suis pas revenue m'excuser, dis-je en toute hâte.

— Alors qu'est-ce que tu fais là ? Tu vas encore m'offrir des cadeaux inutiles que je réduirai en miettes avec grand plaisir ?

— Non. Je voudrais simplement que tu m'accompagnes quelque part. »

La surprise lui coupe le sifflet pendant quelques secondes. « Et pourquoi est-ce que je ferais une chose pareille ?

— Parce que cette situation nous rend toutes les deux malheureuses. »

Nat pousse une sorte de grognement : *hmpf*. « En fait, sans toi je me sens extrêmement libérée, Harriet. Je ne me doutais pas du temps qu'on gagne quand on ne le passe pas à regarder des documentaires sur la migration des baleines à bosse. »

Ça, c'est un coup bas. Elle a *aimé* ce documentaire sur les baleines à bosse. Elle les avait trouvées très « gonflées ».

« S'il te plaît, Nat ? Vingt minutes, et si tu me détestes encore tu pourras passer ta vie à découper ma figure de toutes tes photos.

— Qu'est-ce qui te dit que je ne l'ai pas déjà fait ? »

Nous nous mesurons encore obstinément du regard pendant quelques secondes, bien décidées l'une et l'autre à ne pas céder.

Toby se racle alors la gorge. « Si tu ne sais pas quoi faire de toutes tes têtes d'Harriet découpées, intervient-il, je me ferai une joie de t'en débarrasser. »

Nous pivotons toutes les deux pour l'envoyer balader, mais heureusement, nous sommes interrompues par le bruit de la mère invisible de Nat tapotant son micro. « Ahem, fait-elle, semblable à la voix désincarnée de quelque déesse antique. Va avec eux, Natalie.

— Quoi ? répond Nat.

— Je n'en peux plus de te voir errer dans la maison avec une tête de six pieds de long. Accompagne-les.

— Pas question

— Très bien. » La déesse antique s'éclaircit la gorge. « Le volume est sur six, Natalie. » Un sifflement perçant commence à emplir la maison.

« Maman !

— Sept. » Le sifflement augmente. Nat se mord la lèvre inférieure.

« À huit, Natalie, tu vas commencer à avoir mal aux oreilles. »

Nat se cache le visage dans les mains. « Maman, je t'en supplie…

— Neuf. Les oreilles qui sifflent pour toute la journée. Ne m'oblige pas à monter jusqu'à dix. Je suis prête à le faire.

— Bon, bon, d'accord ! » crie Nat. Elle jette un regard noir derrière elle et attrape son sac à main. Puis elle enfile violemment une paire de chaussures. « D'accord, vous tous. Ça y est, vous êtes contents ? Je viens. » Elle sort et claque la porte derrière elle.

Mais juste avant, nous avons le temps d'entendre un faible rire désincarné.

Je mène notre petit cortège sur le reste du chemin.

Il le faut bien : personne d'autre ne sait où nous allons. Et même s'ils le savaient, ils ne sauraient pas comment se rendre là-bas. Je suis la seule en possession de ce savoir magique, grâce à une fête à laquelle je me suis rendue il y a huit ans et que Nat a ratée parce qu'elle se faisait opérer des amygdales. La première et dernière fête à laquelle je suis allée sans elle. Il faut dire que je n'ai jamais croulé sous les invitations personnelles.

« Bon, dis-je nerveusement lorsque nous atteignons un large portail et que je soulève le loquet. Laissez-moi parler.

— Harriet, me dit Nat avec humeur alors que nous remontons l'allée du jardin, où sommes-nous, à la fin ? Et quand est-ce que ce n'est *pas* toi qui parles tout le temps ? »

Je sais bien que je dois faire la paix avec elle, mais avec des commentaires pareils, avouez qu'elle ne me facilite pas la tâche.

« Tu crois que je ne sais pas ce que c'est que l'amitié, Nat, lui répliqué-je en laissant retomber le marteau de la porte. Mais tu te trompes. Et je sais aussi ce que c'est que l'honnêteté. » J'actionne de nouveau le marteau. « J'ai simplement oublié tout ça temporairement. Et je vais te le prouver. »

Lentement, avec un grincement menaçant et un effort visible – ainsi que quelques jurons –, la porte s'ouvre.

Et nous nous trouvons face à Alexa, qui fait une tête extrêmement surprise.

67

Si vous aviez deviné que c'était là que nous allions, alors il est clair que votre esprit fonctionne comme le mien. D'une manière linéaire et raisonnable, quoique créative et poétique.

En revanche, les esprits de Nat et de Toby, eux, ignorent visiblement ce mode d'action. Leurs bouches se sont ouvertes toutes seules, en coordination parfaite avec celle d'Alexa.

« Ceci, dit Nat d'une voix claire derrière moi, bat le record de tout ce que tu as fait d'idiot dans ta vie, Harriet. Et ce n'est pas rien.

— *Harriet*, me chuchote Toby sur un ton théâtral, tu savais qu'Alexa Roberts habitait ici ? Quelle était la probabilité ? »

Je me racle la gorge. Les émotions défilent sur le visage d'Alexa comme les émissions de télé quand Annabel zappe pendant les publicités : la stupéfaction, suivie de l'incrédulité, puis la colère un bon bout de temps et un bref éclair d'embarras. Et pendant une fraction de seconde, j'aperçois presque… du respect. Du respect pour mon audace. Mais à mieux y regarder, non. Ce n'est pas du respect.

C'est une réaction à l'odeur du puissant after-shave de Toby, que le vent pousse directement dans la maison.

« Alexa », dis-je avant d'inspirer profondément. Je ne suis pas certaine de la manière dont je vais poursuivre, même si j'y ai pensé pendant tout le trajet. Je sais juste qu'il faut que ce soit parfait et que cela résolve tout.

Aucune pression, donc.

« Harriet ! lance-t-elle avec un grand sourire. Natalie. Toby. Quelle bonne surprise ! Voulez-vous entrer prendre une tasse de Darjeeling ? Ma mère vient d'acheter une boîte de tartelettes aux amandes, il y en a pour tout le monde. »

La grande inspiration que j'ai prise tout à l'heure quitte mes poumons d'un coup. « Hein ? fais-je, perplexe. Quoi ? Sérieusement ? »

Nat se prend la tête entre les mains.

« Bien sûr, dit Alexa en croisant les bras. Entrez donc au salon, qu'on bavarde des chances que nous ayons de la neige à Noël cette année.

— Vraiment ? »

Le grand sourire s'envole. « Non, pas *vraiment*, espèce de débile. Je ne vois pas du tout ce que vous faites là et je m’en tape. Dégagez de chez moi avant que je lâche les chiens. »

Toby recule de quelques pas. Je n’entends aucun chien, d’accord, mais ça ne prouve pas qu’il n’y en ait pas : ce sont peut-être des chiens très discrets.

Je me mords la lèvre, fort. « Pas avant que je t’aie dit ce que j’ai à te dire. »

Alexa se renfrogne encore plus et commence à siffler. « Rex ? Canine ? Venez, les chiens-chiens, il y a des geeks pour le goûter ! »

Nat pousse un gros soupir et me tire par le bras. « OK, Harriet. On a compris, tu prends des risques pour me défendre, tu es très courageuse, je t’aime à nouveau, alors maintenant on laisse tomber et on rentre, d’accord ?

— Non. » Je croise les bras à mon tour, en partie pour avoir l’air plus déterminée et en partie parce que j’ai les mains qui tremblent. « Je ne rentre nulle part. Pas avant de lui avoir dit.

— De m’avoir dit quoi ? » Alexa cesse de siffler. « Vous restez plantés là comme les trois petits cochons pour me dire *quoi* ? »

Je la regarde longuement en silence, pendant que ma cervelle bourdonne d’activité. *Les Trois Petits Cochons*. Et leurs trois petites maisons. Une maison en paille, une maison en bois et une maison en brique. C’est ça.

Je vais dire à Alexa que, si nous sommes les trois petits cochons, eh bien c’est très bien parce que nous sommes trois, et que nous ne sommes pas dans une maison de paille mais dans une maison de brique. Alors elle peut souffler autant qu'elle voudra, elle ne nous aura pas.

Et si elle a un problème avec cette analogie – pour ma part, j'en ai un, car à l'époque Tudor les maisons étaient réellement construites en paille et pourtant elles ne s'envolaient pas au premier coup de vent –, je passerai à *Boucle d'or et les Trois Ours* pour lui dire qu'elle peut toujours essayer de manger notre bouillie et de dormir dans nos lits, on a trouvé la force de la renvoyer dans la forêt.

Et ensuite je passerai aux *Trois Frères*, et je continuerai avec tous les trios de contes de fées jusqu'à ce qu'elle comprenne qu'elle ne nous fait plus peur. Et qu'elle aura beau essayer, elle ne pourra plus nous faire de mal. Car nous ne la laisserons pas faire.

Je me prépare donc à lancer une attaque verbale qui n'est pas digne de moi, mais je m'arrête net. En fait, je n'ai aucun besoin d'expliquer tout cela. Je sais. Nat sait. Et Toby sait. On est là, et c'est suffisant. En revanche, il y a une chose que je dois dire.

Je désigne sa tête. « Pardon pour tes cheveux. C'est ça qu'on est venus te dire. Ce qu'on a fait, c'était horrible, méchant et affreux, et on est désolés. »

Alexa ouvre des yeux ronds. « Vous avez fait tout ce chemin pour me demander pardon pour mes cheveux ?

— Oui. » Je me tourne vers Nat, qui reste sans voix. « Pas vrai, Nat ?

— Moi aussi, je suis désolé ! intervient soudain Toby. Bien que je n'aie rien à voir avec cette histoire *au sens propre*, en tant que chef de cette bande je tiens à assumer la responsabilité de tous ses actes. »

Quoi ?! Bah, laissons ce plaisir à Toby, s'il y tient.

Nat rougit. Je sais bien qu'elle n'est pas très fière d'elle sur ce coup-là. Elle n'est pas assez méchante pour trouver ce comportement acceptable. « Ouais, finit-elle par lâcher, et ses épaules se détendent aussitôt. Je me suis emportée, Alexa, et je n'aurais pas dû. Désolée. » Une pause. « Mais si tu refais un coup pareil à Harriet, marmonne-t-elle de manière à n'être entendue que de moi, je te rase la boule à zéro. »

Alexa touche ses cheveux. « Heureusement qu'avec ma forme de visage, tout me va. Bon, vous avez terminé ?

— Oui, dis-je avec un regard appuyé. On n'a plus rien à ajouter. » Et c'est sincère, en plus.

« Alors je vous en prie, n'hésitez pas à aller vous faire voir. Tous les trois. » Elle nous contemple un instant. « Bande de geeks. »

Et sur ces mots, elle nous claque la porte au nez.

68

Nous faisons tout le trajet du retour en dansant. Sauf que nous attendons d'abord de ne plus être visibles de chez Alexa, bien sûr. Nous ne sommes pas en mission suicide, non plus.

« Vous avez vu ça ?! » s'écrie sans cesse Toby en tortillant des hanches. Il a ouvert sa veste et accompagne nos gestes de triomphe avec le clavier électrique de son tee-shirt. « Dans ta face, Alexa ! BLAM ! On est allés jusque chez toi *et tout et tout* ! »

Je pirouette joyeusement, les mains sur la tête. Tout est terminé. Si le grand méchant loup veut nous attraper, il devra passer par la cheminée. Dans laquelle nous garderons une grande marmite d'eau bouillante, au cas où.

C'est un sentiment extraordinaire. Même Nat remue un peu les épaules quand elle croit qu'on ne la regarde pas.

« Tu sais, me confie-t-elle, essoufflée, à un moment où nous nous sommes arrêtés pour mieux profiter de notre moment de gloire, c'était vraiment délicieux. Alexa ne s'excusera jamais pour rien, ce qui fait que c'est nous les gentils, pas vrai ?

— Bah, on sait bien qu'on n'est pas les méchants, lui répond Toby avec ardeur. Sinon on serait habillés en noir, avec des crânes, et on aurait probablement une moustache.

— Je n'en reviens toujours pas que tu lui aies coupé les cheveux.

— Je sais, je sais ! Qu'est-ce qui m'est passé par la tête ?

— Et où as-tu déniché les ciseaux, d'abord ?

— En salle de dessin. Tout a été flou pendant quelques minutes, et je me suis retrouvée d'un coup avec sa queue-de-cheval dans la main. Je me suis sentie hyper mal pendant des jours.

— Nat, dis-je sérieusement en gambadant un peu moins fort. Je suis désolée. Pour tout. De t'avoir menti. De t'avoir volé ton rêve. Et je sais que tu me détestes probablement à jamais, mais… »

Elle lève les yeux au ciel. « Je n'ai jamais eu l'intention de te détester à jamais, Harriet. Juste pendant quelques jours.

— Mais tu m'as dit…

— On était en train de s'engueuler ! Que voulais-tu

que je te dise ? Je vais te détester pendant environ trente-six heures jusqu'à ce que je sois calmée ? »

Je vois.

« Oui, en fait, ça aurait été bien, rétorqué-je sur un ton légèrement boudeur. Une petite indication comme ça m'aurait été bien utile. J'étais au fin fond du désespoir, moi. »

Elle éclate de rire. « Tu exagères, comme toujours. Remarque, à ta place j'aurais aussi voulu me cacher cette histoire de mannequinat. Je suis *terrifiante* ! » Elle contemple fièrement ses ongles et souffle dessus. « Imprévisible et absolument terrifiante.

— Alors, on est…

— Mais oui. » Elle hausse les épaules et me sourit. « Appelle ça comme tu veux. »

Je suis sur le point de me jeter dans ses bras (bien qu'ils ne soient pas ouverts) lorsque mon téléphone sonne. Toby lève la main.

« C'est pas moi, déclare-t-il. Au cas où tu te le demanderais. Je ne t'appelle pas, Harriet. Mais je pourrais, note bien, vu que j'ai appris ton numéro par cœur.

— Wilbur ? dis-je après avoir attrapé le téléphone dans ma poche.

— Ma petite Noisette-Craquante, c'est encore moi, me salue joyeusement Wilbur. J'adorerais prendre le temps de bavarder entre filles, mais je veux rentrer chez moi, alors voilà les détails pour ce truc auquel

Yuka veut que tu ailles. C'est demain matin, Pétale-Miaou-Miaou ; une interview pour un numéro spécial mode de l'émission *Wake Up UK*. En y allant tôt, tu pourras arriver à l'heure à tes cours. » Un bref silence. « Du moins si tes cours commencent à dix heures. »

Nat fait semblant de ne pas entendre toute la conversation. Pourtant, la voix de Wilbur porte aussi loin qu'un sifflet de prof de gym.

« Je ne peux pas, Wilbur. » Il est hors de question que je prenne le risque de perdre Nat alors que nous venons à peine de ressusciter notre amitié. « Tu vas devoir dire à Yuka de me faire un procès, tant pis. N'oublie pas de lui rappeler que je suis mineure, et que ma belle-mère est une très grande avocate. »

Je le sens déjà : Nat et moi allons de nouveau être comme les dauphins du parc aquatique, bondissant dans une harmonie parfaite. Vivant en synergie ; un seul flux de conscience, sans jamais un mot plus haut que l'autre entre nous. Deux esprits dans un seul c… Le téléphone m'est arraché des mains.

« Wilbur ? Bonjour. Je suis Nat. La fille qui pleurait dans vos bureaux samedi dernier. Harriet vous fait dire que c'est une proposition fantastique et excitante comme tout, et qu'elle y sera. Envoyez-lui l'heure et l'adresse par SMS. Merci. » Et elle raccroche.

Je reste bouche bée pendant quelques secondes. C'était elle, la fille qui pleurait à l'agence ?

« Nat, mais qu'est-ce que tu fais ?

— Ce que j'aurais fait depuis le début, si tu m'en avais laissé l'occasion. »

69

Les statistiques, ce n'est pas important. Ce ne sont que des chiffres. Des chiffres sans aucun sens, arbitraires. Si bien qu'évidemment je ne passe pas du tout la soirée sur Internet, à chercher combien de personnes regardent *Wake Up UK* tous les matins. Pas du tout.

(3 400 000.)

Pas plus que je ne dégote l'analyse sociologique des spectateurs.

(Extrêmement variés : élèves se préparant pour les cours, familles prenant leur petit déjeuner, employés avant de partir de chez eux.)

Et évidemment, je ne calcule pas grosso modo le nombre des gens qui regardent les interviews en vidéo sur Internet.

(300 000 pour un type qui explique comment tailler sa haie bien droit.)

Et surtout, le plus important, la chose que je ne fais pas du tout est sauter le petit déjeuner parce que je suis enfermée aux toilettes, à respirer dans un sac en papier, puis passer tout le trajet en taxi jusqu'au studio à déchiqueter le sac en question et à en éparpiller les morceaux sur mes genoux.

Pourquoi ferais-je une chose pareille ? Je ne suis plus l'ancienne Harriet pétrie d'anxiété. Je suis cool. Je suis calme. Je prends les choses comme elles viennent.

Évidemment.

« Harriet ? » finit par me demander papa. Cette fois, tout le monde a décidé de m'accompagner : le taxi est tellement plein que le chauffeur s'est mis à râler au sujet de son assurance. Annabel a pris le siège de devant et papa, Nat, Toby et moi sommes tassés à l'arrière, en essayant de caser nos pieds dans des endroits qui ne sont pas déjà occupés par d'autres pieds. « Est-ce que tu te prends pour une sorte de hamster, ou peut-être d'oiseau ? »

Je regarde le fouillis de papiers déchirés sur mes genoux. C'est vrai : si on me miniaturisait soudain, ça me ferait un excellent matériau pour mon nid.

« Je confectionne un puzzle de type ancien, lui dis-je avec hauteur. Quand j'aurai le temps, j'envisagerai de tout reconstituer.

— Tu veux que je commence ? me propose Toby, excessivement enthousiaste.

J'ai bien tenté de ne pas l'emmener, mais quand il m'a expliqué combien de bus il devrait prendre pour me suivre et me rattraper, j'ai cédé. C'est plus simple s'il m'épie depuis l'intérieur de mon propre taxi.

« Non. Mais merci quand même.

— Je crois que je vais encore devoir descendre, dit Annabel à l'avant. J'ai de nouveau envie de faire pipi.

— Encore ? soupire papa. Chérie, est-ce que tu veux une sonde ?

— Non, ça ira, Richard. Je vais me contenter d'uriner dans la voiture de ce gentil monsieur, et nous continuerons à pied. Oh, attends, chéri, est-ce que ce n'est pas ton pull préféré ? Je pourrais m'en servir pour éponger. »

Mon père pâlit. « *Garez-vous ici !* dit-il au chauffeur, après quoi il nous donne à tous ce conseil : ne prêtez jamais un cachemire à une femme enceinte.

— J'allais me garer, de toute manière, intervient le chauffeur en appuyant sur le petit bouton vert pour qu'on l'entende de l'arrière. On arrive. »

Il tourne dans une rue, et nous nous taisons. En partie parce que c'est un peu impressionnant d'arriver à un studio de télé international à six heures et demie du matin. Et en partie parce que Wilbur nous attend devant. Affublé d'un chapeau haut de forme rose bonbon et d'une combinaison intégrale argentée.

« Est-ce que c'est moi, ou est-ce que cet homme est de plus en plus bizarre ? » demande Annabel alors que la voiture s'arrête et que Wilbur retire son couvre-chef pour s'incliner devant nous.

Une fois que nous sommes tous descendus, il en rajuste légèrement l'inclinaison, puis envoie tout le monde s'asseoir dans une autre zone des studios tandis que je l'accompagne pour me « faire belle ». Il jette un coup d'œil à la moumoute qui me sert de cheveux. « Enfin, Bébé-Bébé-Panda, ajoute-t-il tristement, j'ai l'impression qu'on va devoir recommencer de zéro, pas vrai ? »

Au cas où j'aurais eu l'illusion d'avoir été ne serait-ce que *légèrement* transformée la semaine dernière, c'est une bonne chose qu'on me remette les idées au clair.

« Je n'ai aucun contrôle sur mes cheveux, dis-je, penaude, tandis qu'il m'entraîne dans d'étroits couloirs en direction d'une porte fermée.

— Ça, je le vois bien, Fleur-de-Pommier, soupire-t-il. Tu crois que ce sont eux qui te contrôlent ? » Il lorgne à présent ma tenue. « Mais je suis content de voir que tu compenses par ton style. C'est ton pyjama, Lapinou ? »

Je ne relève pas. Je finis par avoir l'habitude. Et pour info, ce n'est pas mon pyjama. C'est un tee-shirt à bonshommes de neige et un sarouel imprimé qui vient de la boutique marocaine du centre-ville. C'est tout ce que j'avais de propre à me mettre ce matin.

« Alors, on commence par quoi ? m'enquiers-je nerveusement. Il faut que j'apprenne un texte ?

— Mieux que ça, ma petite Praline-Spéciale. J'ai ça ! » Et il me tend un minuscule objet en plastique.

« Un Sonotone ?

— Une oreillette, chérie. Avec cinq millions de téléspectateurs, on s'est dit que tu aurais besoin d'un peu d'aide. »

Cinq millions ? Internet m'aurait menti ?

J'observe le bidule en plastique avec un mélange de soulagement et d'horreur. « Tu vas me dicter ce que je dois dire ? »

Wilbur renverse la tête en arrière et éclate de rire. « Pas moi, Ouistiti-Tigre. Tu imagines un peu ? Je ne vois pas comment mon vocabulaire tiendrait dans ta petite bouche, chérie. Non, c'est Yuka qui va le faire. Mot à mot. »

Oh, bon Dieu. Elle est là ? « Et tout ce que j'aurai à faire, c'est répéter ?

— Tout ce que tu auras à faire, c'est répéter, me confirme-t-il avec une nouvelle cascade de rire. Tu vois ? J'aurais *tellement* pu être mannequin ! »

Je continue de lorgner le bitoniau avec appréhension. OK, je peux le faire. Répéter tout ce que Yuka veut m'entendre dire, puis reprendre le cours normal de ma vie. Le lycée. La trigonométrie. Le club d'histoire. Aller en cours à pied, au lieu de prendre un taxi pour parler à cinq millions de personnes.

« Allez, dit Wilbur, on va te préparer et vous allez vous installer sur le canapé. »

Dzoïng, fait mon cerveau. *Nous* installer ?

« Mais si Yuka est assise à côté de moi, comment peut-elle…

— Oh, Yuka ne sera pas à côté de toi, mon Pudding-au-Sucre, s'esclaffe Wilbur en ouvrant la porte fermée. Je parlais de Nick et toi. »

Cette fois, je vous jure que ma cervelle fait des petits bonds élastiques et frénétiques à l'intérieur de mon crâne.

Nick lève la tête, un large sourire aux lèvres, puis se remet à gribouiller sur un carnet.

Est-ce que les gens pourraient arrêter de me faire ça ?

« J'ai oublié de te dire qu'il était interviewé avec toi ? ajoute Wilbur en m'observant attentivement avant de me faire un clin d'œil. Oups ! »

70

Est-ce que quelqu'un, n'importe qui, a une idée de la difficulté qu'il y a à se concentrer quand on se prépare à parler devant cinq millions de personnes alors qu'un Nick imprévu est assis à quelques mètres ?

Eh bien laissez-moi vous le dire : c'est comme essayer de régler une radio numérique pendant que le Vésuve entre en éruption à côté de vous.

« Mais qu'est-ce qu'il fait là ? » je souffle entre mes dents tandis qu'une gentille jeune femme prénommée Jessica s'active sur mes cheveux et sur mon maquillage. On m'a déjà fourrée dans une robe bleue que je n'aurais jamais au grand jamais choisie moi-même. Principalement parce qu'elle ne comporte aucun personnage de dessin animé.

« Il est le visage masculin de Baylee, ma Sublime, me chuchote Wilbur en retour, comme si je ne le savais pas déjà. La marque est mise en valeur au maximum. » Il regarde le plafond comme s'il y voyait un ange. « Yuka est une *légende* de la publicité.

— Humm. »

Nick se prélasse sur le canapé – il lance son stylo en l'air et le rattrape pour s'occuper –, comme s'il passait tous les jours à la télévision nationale. Ce qui est peut-être le cas, à vrai dire. Aujourd'hui, il porte un pull taupe et un jean bleu foncé. Il a une mèche sur le front, et de temps en temps il se met le doigt dans la bouche et se mordille l…

« Tiens, Manners ! » me lance-t-il.

Je détourne rapidement les yeux. Nom d'une sucette à roulettes ! « V-v-voui ? » fais-je d'un air aussi nonchalant que possible.

Il m'indique d'un geste la table basse. « C'est pas haut, mais avec un effort tu devrais arriver à te glisser dessous. »

C'est tout ce qu'il a à me dire ? Alors qu'on s'est tenu la main et tout et tout ? « Il se trouve que je me suis lassée de me cacher sous les tables, figure-toi, dis-je d'une voix glaciale. C'était une phase enfantine, rien de plus.

— Quel dommage ! Si on vivait dans un pays plein de tremblements de terre, tu serais quelqu'un de très utile à connaître. »

Je le foudroie carrément du regard. Il est aussi pénible qu'il est beau. « Sache qu'il y a eu dix-neuf séismes au Royaume-Uni au cours de la dernière décennie. Donc, je suis utile à connaître en ce moment même.

— En effet », reconnaît-il.

Il me sourit et se remet à gribouiller dans son carnet.

Je serre les dents et sens mes joues devenir brûlantes. Qu'est-ce que ça voulait dire, ça ? Que c'est bien de me connaître, mais seulement dix-neuf fois par décennie ?

« Allons, mes petits Foufous-Chamailleurs », nous interrompt Wilbur. Il m'enfonce alors un morceau de plastique dans l'oreille, tire un câble sous mon col et place un autre objet en plastique dans une poche à l'arrière de ma robe. « Pas le temps pour cette adorable tension à la Darcy-Lizzie, mes Chatounets. Passons à l'antenne, ne serait-ce que pour que ta belle-mère arrête de me textoter toutes les trois minutes, Harriet. Elle tient beaucoup à ce que tu arrives à l'heure au lycée. »

Je hoche la tête. Moi aussi, d'ailleurs, j'y tiens. Je ne veux pas voir mon avenir gâché parce que je devrai savoir une chose sur les poètes métaphysiques et que j'aurai raté le cours.

Je remarque que le voyant vert de ma prothèse auditive est allumé. Je sonde Nick. « Tu en as une, toi aussi ? »

Wilbur et lui pouffent de rire. « Harriet, fait une voix glaciale dans mon oreille. Ici Yuka Ito. »

Je regarde autour de moi pour tenter de la localiser. « Ne regarde pas autour de toi pour tenter de me localiser, ajoute-t-elle. Je suis dans la salle de régie.

— Mais vous me voyez ?

— Non. Mais je me doute bien que c'est ce que tu fais. Tu es prête ?

— Prête », dis-je le plus clairement possible.

Nick, debout juste derrière moi, bâille et se frotte la figure sur la manche de son pull. Comment se fait-il que Yuka Ito ne soit pas en train de lui crier aussi dans l'oreille, telle la petite chenille dans *Alice au pays des merveilles* ?

« Contente-toi de répéter ce que je te dis, me rappelle Yuka, et tout se passera bien. Et je t'en prie, Harriet…

— Oui ?

— *Essaie* de bien te tenir, cette fois. »

71

J'avais toujours supposé qu'à la télévision, quand on voyait des présentateurs dans un salon, ils étaient vraiment… vous voyez, quoi, *dans un salon*. Avec un tableau sympa au mur, une cheminée et peut-être quelques étagères de livres dans lesquelles fouiner quand les caméras ne tournent pas.

Mais ce n'est qu'un plateau avec quelques canapés, et un grand espace ouvert noir plein de câbles et de gens… à l'air intense. Franchement, je me sens un peu flouée.

« Bonjour, ma jolie, me dit la charmante présentatrice blonde pendant que je me juche nerveusement au bord d'un des canapés. Je suis Jane. Je parie que c'est dur pour toi de te lever aussi tôt, pas vrai ? »

Je fais oui de la tête, bien que je ne sache pas trop de quoi elle veut parler. Il est sept heures et demie, précisément l'heure où d'habitude je m'énerve contre papa pour le faire sortir de la douche.

« Et moi, c'est Patrick, se présente un homme légèrement plus âgé en se penchant en avant pour me serrer la main, après quoi il se penche encore un peu plus pour faire de même avec Nick. Ne vous faites pas de bile, on va simplement s'amuser un peu, d'accord ?

— Oh, vous pensez bien, commente Nick de sa voix traînante, je ne me suis jamais autant amusé de ma vie. »

Patrick hoche la tête avec enthousiasme.

Yuka s'étrangle dans mon oreille. « Dis à Nick que, s'il n'arrête pas de faire le malin tout de suite, il ira à sa prochaine émission en jupe. »

Je lui passe discrètement le message.

« Génial ! s'esclaffe-t-il. Dis-lui de veiller à ce que la jupe soit à paillettes, cette fois ! »

Je jette des regards angoissés dans l'espace sombre devant nous, mais je ne vois ni Nat ni papa, ni Annabel, ni Wilbur ni même Toby. À quoi bon s'être tassés dans ce taxi si personne n'est là maintenant ? Où est mon harceleur quand j'ai besoin de lui ?

Nick comprend mon manège et me rassure. « N'oublie pas, me glisse-t-il tout bas. Pas de quoi stresser. »

Je souffle lentement et sens que la panique commence à refluer. Il n'y en a que pour six minutes. Rien que six minutes à répéter ce que Yuka veut que je dise, après quoi je pourrai retourner en cours et reprendre une vie normale.

« Attention, lance un des cadreurs. Vous êtes à l'antenne dans dix secondes, neuf, huit… »

Je regarde de nouveau l'espace noir.

« Sept, six, cinq… »

Mais où sont-ils ?

« Quatre, trois, deux… »

Et soudain, sur la pointe des pieds, tous les cinq arrivent et se font une petite place dans le fond. Mon corps entier se détend comme si on avait coupé des ficelles qui me retenaient bien droite. Nat lève les pouces et papa désigne le bas-ventre d'Annabel, puis mime le geste de faire pipi et hausse les épaules. Wilbur ébauche un petit pas de danse, puis me tire dessus avec un pistolet imaginaire. Toby, pour sa part, me sourit bêtement.

« Un », dit Jane.

Et me voici à l'antenne.

72

Je sursaute, et du coup, pour le dissimuler, je fais astucieusement semblant de tester le moelleux du canapé.

« Pour notre édition spéciale mode, continue Jane comme si elle n'avait pas remarqué que je venais de rebondir sur le canapé en direct à la télévision nationale, nous avons invité ce matin Harriet Manners, la lycéenne de quinze ans qui a fait les gros titres dans le monde entier en tant que nouvelle égérie de la grande maison Baylee. Comment ça va, Harriet ?

— Ça va super bien, merci, Jane, dit Yuka dans mon oreille.

— Ça va super bien, merci, je répète comme un robot.

— Et nous avons aussi Nick Hidaka, seize ans, le visage masculin de la marque. Comment ça va, Nick ?

— Pas trop réveillé, mais merci, Jane. » Et là, il lui sourit de manière à faire apparaître ses fossettes. « Je vais faire de mon mieux. »

C'est une plaisanterie ? Et c'est à moi qu'on souffle des répliques toutes faites ?

Jane papillote des paupières. « Formidable. Bien, Nick, ai-je raison de penser que tu n'en es pas à ta première grande campagne ? Tu as fait Armani, Gucci, Hilfiger…

— Il semblerait.

— … et maintenant, Baylee. Je crois me souvenir d'une petite controverse au moment de ton premier engagement. Dis-moi, comment est-ce, de travailler avec ta tante Yuka ? C'est beaucoup de pression, ou c'est agréable de travailler en famille ? »

Nick rigole. « Bah, disons que si je foire quelque chose, ça risque de gâcher un peu le réveillon de Noël. »

Quoi ?

Toute ma tête est engourdie. Yuka est la tante de Nick ? Nick est le neveu de Yuka ? Ils sont *de la même famille* ? Ils sont *parents* ? Le même sang coule dans leurs… bon, enfin, vous avez compris, quoi.

Et personne ne m'a rien dit ?

« … toi-même, Harriet, tu t'es déjà fait remarquer. » Patrick se penche vers moi, et je me rends soudain compte que pendant que je flippe en silence il tâche de me faire parler.

« *Sois attentive*, Harriet, m'ordonne Yuka dans l'oreille. Ou au moins, fais semblant.

— Heuuuuu, fais-je en souriant à autant de gens que possible.

— Quinze ans seulement, et tirée de l'obscurité la plus totale il y a moins d'une semaine. » Jane consulte ses notes. « Tu as tout de suite attiré l'œil de la légendaire styliste Yuka Ito, paraît-il. Eh bien ! Voilà qui n'arrive pas souvent, n'est-ce pas ? Ça doit être un vrai conte de fées ! »

Je la regarde comme une andouille.

« Oui, Jane, me souffle Yuka. C'est le conte de fées dont rêvent toutes les jeunes filles.

— Oui, Jane, dis-je, obéissante. C'est le conte de fées dont rêvent toutes les jeunes filles.

— Et Yuka va même créer une tenue spécialement pour toi lors de son prochain défilé. »

Première nouvelle. Je dévisage Jane.

« En effet », me souffle Yuka. Je répète. « J'ai une chance folle.

— C'est extraordinaire. » Jane secoue la tête comme si elle avait envie de sauter de son canapé pour venir me coller une gifle. « Qui n'en rêverait pas à quinze ans ? » Elle rit gaiement. « Et d'ailleurs, soyons francs : qui n'en rêverait pas à tout âge ? Je lis dans mes notes que tu es sa nouvelle muse. Wouah ! Dis-moi, Harriet, tu as toujours voulu devenir mannequin ?

— Depuis ma plus tendre enfance, articule Yuka dans mon oreille. Je me déguisais avec des vêtements de ma mère et je faisais des pirouettes devant la glace, dans ma chambre. La mode m'a toujours captivée.

— Depuis ma plus tendre enfance, dis-je consciencieusement. Je me déguisais avec… des… des… vêtements de ma m-m-m… » Je déglutis. Papa a donné tous les habits de maman à des organisations de charité quand elle est morte. Je n'avais rien pour me déguiser. Et quand Annabel est arrivée, il n'y a plus eu que des tailleurs.

J'imagine un instant une petite fille rousse et maigre faisant des pirouettes dans un tailleur à rayures bien trop grand, avec lavallière et grosses chaussures de bureau, et je dois me retenir de pouffer.

« Harriet, aboie Yuka. Dis-le.

— … de ma mère et je faisais des pirouettes devant la glace, dans ma chambre. » J'essaie de maîtriser mes traits et de ne pas pleurer. « La mode m'a toujours captivée.

— Et comment fais-tu pour concilier cela avec ta vie de lycéenne ? veut savoir Jane. Ça doit être difficile de combiner les deux ?

— Baylee accorde toujours la priorité à mon travail scolaire, dis-je sur l'injonction de Yuka. C'est d'une importance capitale pour eux. »

Enfin bon, sauf… quand ils me font rater deux jours de cours pour m'envoyer en Russie. Et ce matin, aussi.

« Quelles sont tes matières préférées au lycée ? s'enquiert Patrick avec un clin d'œil pour la caméra. Je crois que c'est facile à deviner ! »

Les maths. La physique. La chimie.

« Les arts plastiques et la couture, bien sûr, dis-je avec diligence après avoir attendu ma réponse une nanoseconde.

— Et tes camarades de classe ? Tu dois être très populaire, maintenant. »

Je repense au visage fermé d'Alexa et à cette insulte : *geek*. Je repense à trente mains levées en l'air. « M-mm, fais-je.

— *M-mm*, ce n'est pas ce que je viens de dire, rouspète Yuka.

— En tant que nouvelle muse d'un des plus grands acteurs de la mode actuelle, me demande Jane d'un air surexcité, la vie de mannequin est-elle à la hauteur de ce que tu imaginais ? »

Yuka se racle la gorge et je grimace légèrement : c'est très désagréable de se prendre ce bruit directement dans le tympan.

« Le mannequinat correspond en tout point à ce dont je rêvais... » Je répète. « Et j'adore la mode parce qu'il y est question, en réalité, de personnalité, et de créativité... et... et il s'agit de croire en soi-même... et de s'expr... » Ma voix s'éteint toute seule.

Jane se penche vers moi. « De s'expr ?

— De s'exprimer », dis-je d'une petite voix.

Et là, je plonge les yeux dans l'espace sombre où est installée ma famille. Il y a comme un tumulte derrière la caméra, et quelque part dans mon oreille, j'entends Yuka qui panique.

Mais qu'est-ce que je suis en train de faire ?

Je suis assise là, devant cinq millions de personnes, à répéter comme un perroquet les mots d'une autre pour expliquer que je m'exprime. Je déblatère sur la personnalité dans une robe que l'on m'a imposée, avec une coupe de cheveux et un maquillage qu'on m'a faits sans me demander mon avis. Je parle de confiance en soi alors que je suis devenue mannequin parce que je n'en avais aucune.

Je n'ai donc rien appris ?

Je sors l'écouteur de mon oreille et je m'assieds carrément dessus. Sous mon derrière, j'entends encore la petite voix nasillarde de Yuka qui s'égosille.

« Ce n'est pas vrai », dis-je en inspirant à fond.

Jane fait la même tête que si on l'avait giflée, et je vois Patrick qui regarde furieusement le prompteur.

« Je n'ai jamais rêvé de faire du mannequinat, déclaré-je fermement. Je rêvais d'être paléontologue. Je ne faisais pas du tout des pirouettes quand j'étais petite, mes matières préférées sont les maths et la physique, personne à l'école ne m'a jamais aimée, et je ne crois pas que le mannequinat puisse y changer grand-chose.

— Eh bien, dis-moi, répond Jane avec un rire nerveux, c'est tout à fait…

— Et je n'aime pas vraiment la mode. » Je ne peux plus m'arrêter ; j'ai soudain l'impression que je vais proférer la déclaration la plus importante de ma vie : « Ce ne sont que des vêtements. »

Une exclamation sourde s'élève dans tout le studio et même le micro niché sous mes fesses cesse de vibrer.

« Et croire en soi, s'exprimer, être quelqu'un, c'est très important, continué-je, parlant trop vite, mais si on porte ce que tout le monde vous dit de porter, qu'on dit ce que tout le monde vous dit de dire et qu'on pense ce que tout le monde vous dit de penser, eh bien… mais… vous n'avez pas ce genre de soucis, vous, si ? »

Patrick a l'air terrifié, et une tache rose se forme sur chacune des joues de Jane. « Mais alors, ça ne te plaît pas ? me demande-t-elle tandis que son front se plisse de plus en plus. Tu n'aimes pas poser ? »

Je pense à mon voyage en Russie, à mes cabrioles dans la neige, à ce podium et à ces femmes papillons. Je me rappelle à quel point ça peut être amusant et je me remémore ce que j'ai ressenti en le faisant. Je pense à la joie de papa, à la fierté d'Annabel et à l'altruisme de Nat. « En fait, si, j'aime bien poser, dis-je (et je suis la première étonnée de ce qui sort de ma bouche). Mais je ne veux pas avoir à être quelqu'un d'autre pour le faire. Je veux continuer à être moi, et si cela veut dire m'habiller en tailleur et avoir fini mes devoirs de trigonométrie dix jours en avance, ça ne devrait pas poser de problème.

— Mais si tu n'aimes pas la mode… »

Je secoue la tête parce que je viens soudain de comprendre que ce n'est pas vrai non plus. « Vous savez, Jane, les hommes des cavernes portaient des peaux de bêtes et des os de formes variées dans le nez, pour se différencier les uns des autres et entre tribus.

— Euh…

— Donc si la mode est une manière créative de montrer au monde qui on est et où est notre place, c'est plutôt une bonne chose, non ? Mais si ce que je suis, c'est un pull avec Winnie l'ourson dessus, alors on devrait me laisser le porter. » Je m'arrête et regarde vers l'espace noir, dans la direction de Toby. « Ou un tee-shirt avec une batterie électronique. » Puis dans celle de papa et Annabel. « Ou un tee-shirt robot ou un tailleur à rayures tennis. » Et enfin dans celle de Wilbur. « Ou un haut-de-forme rose sans aucune raison valable.

— Mais…

— Mais malgré tout, ce ne sont que des *vêtements*. Ils ne peuvent pas faire de nous ce que nous ne sommes pas. Ils peuvent simplement contribuer à dire qui nous sommes. »

Arrête de parler, Harriet. Tais-toi *tout de suite.*

Je crois que j'ai un peu oublié que j'étais à la télévision. Il se trouve simplement que j'ai eu ma petite révélation en direct, devant cinq millions de personnes. Mais au moins, je ne mens plus.

Patrick transpire et un des cadreurs fait tourner son index contre sa tempe. Nick se penche vers moi. « Je ne suis pas d'accord », dit-il, ce qui me fait grimacer. Évidemment qu'il n'est pas d'accord. Il est le neveu de Yuka.

Jane lui sourit. « Ah non ?

— Bourriquet est nettement supérieur à Winnie. Harriet commet une grosse erreur de jugement. »

Qu'est-ce qu'il raconte ?

« Bourriquet ? dis-je sèchement. Qu'est-ce que Bourriquet a fait d'important dans sa vie ?

— Il a aidé à décoincer Winnie de la porte de Coco Lapin, déjà. »

Nick et moi nous regardons pendant quelques secondes, il se passe un truc entre nous. Sauf que, une fois de plus, je ne sais pas bien quoi.

« Bon ! conclut Jane, brisant le silence. C'était un aperçu très intéressant de… (Elle réfléchit.) … de quelque chose, sans doute ? » Elle semble désespérée et porte son doigt à son oreille. Aurait-elle une oreillette, elle aussi ? Est-ce qu'il y a quelqu'un dans les parages qui lui dit ce qui lui passe par la tête ? « Malheureusement, notre temps est écoulé. Après la pub, nous verrons comment faire du compost avec les poils de votre animal de compagnie. » Jane sourit à la caméra et reprend son script.

« Eeeet… coupez ! » crie le cadreur.

Voilà, c'est fini pour moi. Terminé. En fait, vu ce que je viens de dire en direct à la télévision, c'est sans doute vrai dans plus d'un sens.

« Pardon d'avoir gâché votre interview », dis-je piteusement sans m'adresser à personne en particulier. Ou plutôt, vous savez… à tout le monde.

Alors, je reprends l'oreillette sous mon derrière, je chuchote « Pardon, Yuka » dedans, et je cours dans le fond de la salle.

73

Ce n'est pas difficile de repérer ma famille, même dans la pénombre. Papa fait encore sa petite danse, Toby sautille sur la pointe des pieds et Nat, debout sur une chaise, applaudit à tout rompre. Même Annabel hoche la tête en cadence sur ce qui ressemble furieusement à un rythme intérieur. Wilbur, lui, est assis sur le bord d'une caisse, la tête dans les mains, et sans son chapeau.

« Hourra ! crie Nat à travers la salle.

— Hourra, confirme gravement Toby. Je dirai même plus : hip hip hip, hourra.

— Ma fille ! » s'écrie papa aussitôt que je m'approche de lui. Il donne des coups de poing en l'air, m'ébouriffe les cheveux et me serre dans ses bras, le tout en un seul geste. « Féministe, pionnière, pétroleuse et plus généralement donneuse de coups de pied aux fesses ! »

Annabel approuve du chef. « Harriet Quimby serait fière de toi, me souffle-t-elle en se penchant vers moi pour me toucher la joue.

— Et Harriet la tortue aussi, ajoute mon père avec un vigoureux mouvement du menton. » Annabel lève les yeux au ciel. « Quoi, Annabel ? C'est vrai !

— Contente que ça vous ait plu, dis-je en rosissant de plaisir. Mais je pense que c'en est sans doute fini de ma carrière de mannequin. Je suis navrée, Wilbur. Je vous ai déçu. »

Il relève la tête. Il est tout pâle. « Non, pas du tout, proteste-t-il calmement. C'était très courageux, Harriet. Ne t'en fais pas pour Yuka. Je la gère.

— Personne ne *gère* Yuka », clame une voix tranchante derrière nous. Nous faisons tous volte-face. Yuka Ito se tient sous un projecteur, entièrement vêtue de dentelle noire, mais cette fois avec des lèvres rouge vif.

Bon, est-ce qu'elle transporte un projecteur partout avec elle, ou est-ce qu'elle s'arrête dessous chaque fois qu'elle en voit un ?

Elle me foudroie du regard. « Je n'apprécie pas qu'on s'asseye sur moi, Harriet. Ne recommence jamais.

— Désolée, fais-je d'une voix bredouillante. Cette fois, je suis renvoyée, pas vrai ?

— Pourquoi veux-tu que je te renvoie ? Si j'avais su que tu tiendrais ce discours, je ne t'aurais jamais donné d'oreillette. »

Les bras m'en tombent. « Mais est-ce que ce n'était pas une opération de…

— Bien sûr que non. Si je croyais que la mode visait à rendre tout le monde pareil, est-ce que je m'habillerais comme le négatif de Miss Havisham [1] tous les jours depuis trente ans ?

— Sans doute pas.

— Alors le sujet est clos. Tu signeras ton prochain contrat avec moi demain matin. »

Yuka fait demi-tour et s'en retourne vers la porte.

« À une condition », répliqué-je d'une voix claire.

Elle s'arrête et pivote lentement pour me faire face.

« Je ne veux plus rater les cours. Si vous voulez de moi, ce sera le soir, le matin et le week-end. Comme… comme un job de livreur de journaux.

— Est-ce que tu viens de comparer le travail avec moi à la distribution de journaux ? me demande-t-elle, glaciale.

— Oui. »

Elle ferme les yeux quelques secondes, puis les rouvre. Un coin de sa bouche est agité d'un tic nerveux. « Ta condition est acceptée. Je t'engage pour une nouvelle saison. Ensuite, je te larguerai sans doute

1. Personnage des *Grandes Espérances* de Dickens qui, après avoir été abandonnée le jour de ses noces, porte sa robe de mariée pour le restant de sa vie.

pour quelqu'un de plus jeune. » Elle jette un coup d'œil sur le côté. « Nick ? »

Nick sort de la pénombre où il se tenait sans être vu. Tout mon être se contracte. « Oui, tatie Yuka ? fait-il avec un sourire malicieux.

— Appelle-moi encore *une fois* comme ça, et tu pourras passer prendre ta lettre de licenciement.

— Oui, tatie Yuka ? »

Elle soupire. « Prends un taxi tout seul pour rentrer, Nicholas. Comme ton père, tu es bien trop agaçant pour que je voyage à côté de toi. » Sur ce, elle sort abruptement de la pièce.

Je glousse très légèrement de rire, en ayant l'impression d'avoir six ans, et puis je me retourne pour présenter Nick aux gens que j'aime le plus au monde. Sauf que je ne peux pas.

Parce qu'ils se sont tous barrés. En sucette. À roulettes.

74

« Allons bon », dis-je après un silence gêné. Une porte bat encore, et en écoutant *très* attentivement, je peux entendre mes proches me trahir là-bas derrière. « Ils étaient encore là il y a une minute. » Je toussote deux ou trois fois.

« Moi, je suis encore là, fait remarquer Wilbur en se levant lentement et en remettant son chapeau. Et devine quoi, ma petite Poulette-Chérie, Nick aussi. Quelle coïncidence ! »

Mes joues sont certainement rose vif, et quand je jette un regard à Nick, je m'aperçois avec une étincelle de surprise que ses joues commencent à… Non, ça doit être l'éclairage qui me joue un tour. Il fait très sombre, là-dedans.

« Bien, dis-je en extirpant de moi-même le rire le plus artificiel que j'aie jamais entendu. Alors je suppose qu'on travaille pour la même personne, tout compte fait.

— Et pourquoi, à ton avis ? » Wilbur change de position afin de poser la main sous son menton, tel *Le Penseur* de Rodin. « Nick ? Des idées ? »

Nick toussote, lui aussi.

« Non. Aucune. »

Wilbur lui envoie un coup d'œil sévère. « Alors quel était l'intérêt de faire tout ce numéro à la Jane Austen si elle n'est pas au courant, Fesse-de-Caniche ? »

Tout mon sang quitte mon corps si rapidement que ma tête, j'en suis certaine, risque de s'envoler au loin.

« Que… quoi ?

— Rien, me coupe Nick. Wilbur, tu as encore sniffé des paillettes, ou quoi ?

— Harriet, mon Bébé-Bébé-Panda, se met à roucouler Wilbur en roulant les yeux et en tirant la langue à Nick, ce n'est pas moi qui t'ai découverte, chérie. C'est Nick. Yuka l'a chargé de dénicher le visage féminin de la collection, et puis tu es tombée dans ce stand de chapeaux… Et le reste, comme on dit, appartient à la géographie.

— À l'histoire, dis-je automatiquement.

— Oui. » Il approuve gravement de la tête. « Son histoire, en effet. C'est Nick qui a attiré mon attention sur toi, Nick qui a montré tes photos à Yuka et Nick qui a dit que tu serais parfaite pour la campagne en Russie. Avec – quel heureux hasard ! – *lui*. »

Je ne peux vraiment plus respirer du tout, là. C'est grâce à Nick que je suis là ?

« Mais la table… dis-je, complètement perdue. Le trottoir…

— La table, c'était une coïncidence, soupire Nick, qui semble renoncer à garder le mystère. Tu t'es cachée là-dessous par hasard. Comment pouvais-je prévoir ça à l'avance ? Les gens normaux ne se jettent pas sous les tables, et les filles qui veulent devenir mannequins encore moins. » Il éclate de rire. « Et le trottoir… Je suis sorti te chercher exprès. Je me doutais que tu paniquerais.

— Mais… » Ma tête est officiellement devenue un ballon gonflé à l'hélium. « Pourquoi ? »

Nick est un instant désarçonné. « Parce que tu paniques toujours. »

Je secoue la tête. Ma voix s'étrangle. « Je veux dire, qu'est-ce que ça peut te faire que je panique ? »

Il y a un long silence.

« Bon ! finit par éclater Wilbur. Je veux bien jouer les Cupidon et viser au hasard, si vous voulez.

— *Sérieusement*, s'impatiente Nick en formant un pistolet avec ses doigts. C'est moi qui vais viser au hasard dans une minute, et *je ne raterai pas ma cible*. »

Wilbur a l'air charmé. « N'est-ce pas qu'il est adorable ? demande-t-il avec affection. Ma mission de bonne fée est accomplie, de toute manière, et je pense qu'il est temps que j'aille répandre ma poussière magique ailleurs. Tant de citrouilles, si peu de temps ! » Sur ces mots, il fait quelques pas sautillants en arrière, s'incline légèrement et disparaît derrière la porte après une dernière révérence pleine d'emphase.

Ne serait-ce que pour préserver l'instant, je vais faire comme si je n'entendais pas des chuchotements de l'autre côté de cette même porte.

Il y a un long silence. « Tu me plais », dit enfin Nick. Il parle toujours lentement, mais la nonchalance qui le caractérise d'habitude a disparu. J'ai l'impression que c'est tout mon corps, maintenant, qui est éclairé de l'intérieur par une ampoule électrique.

Je lui plais ?

Je plais à l'Homme-Lion ?

« Mais... *pourquoi* ? » balbutié-je.

Il hausse les épaules. « Tu es différente des autres.

— En mieux ou en moins bien ? »

Il me fait un grand sourire. « En mieux. Et en moins bien. Mais même les côtés moins bien sont bien quand même, parce qu'ils me font rire.

— Rationnellement, ça n'a aucun sens, lui dis-je en croisant les bras. Il existe 6 840 507 003 personnes différentes dans le monde. Il est clair que tu n'en as pas rencontré tant que ça.

— J'en ai rencontré assez », réplique-t-il, les yeux brillants, en faisant un pas vers moi. Ses pommettes à lui aussi sont devenues roses. J'ignorais que cela pouvait arriver aux garçons.

Le cœur humain est censé battre entre 60 et 90 fois par minute, au repos. Celui du hérisson, jusqu'à 300 fois par minute. Honnêtement, je pense que je suis peut-être en train de me transformer en hérisson.

Oh, mon Dieu. Est-ce qu'il va m'embrasser ? C'est mon premier baiser. Mon premier… *tout*.

Il y a des heures et des heures que je ne me suis pas brossé les dents.

« Tu es certain de ne pas vouloir en rencontrer encore un peu avant de… » J'entends la porte s'ouvrir derrière moi.

« Harriet ? C'est Toby. » Je fais volte-face : seule sa tête ébouriffée est visible. « Je veux juste t'assurer que ce rebondissement ne me pose pas de problème. Cinquante-trois pour cent des mariages en Angleterre se terminent par un divorce, ce qui fait que les statistiques sont en fait de mon côté.

— La ferme, Toby », dit Nat. Je vois une main passer par la porte et le tirer en arrière. Puis la même main réapparaît, lève le pouce et redisparaît.

Je regarde Nick et m'éclaircis la gorge. Je ne suis plus un hérisson. Je suis un lapin : 325 battements de cœur à la minute.

Nick fait encore un pas.

Je suis désormais une souris : 500 battements par minute.

Encore un pas.

Un colibri : 1 260 battements.

Et tandis qu'il se penche en avant, je ne pense plus qu'à la révélation suivante : on ne se métamorphose jamais vraiment. Cendrillon reste toujours Cendrillon, simplement dans une plus belle robe. Le Vilain Petit Canard a toujours été un cygne, simplement en plus petit. Et je parie que le têtard et la chenille se sentent toujours pareils, même une fois qu'ils sautent et volent, qu'ils nagent et qu'ils flottent.

Comme moi en ce moment.

Et dans le laps de temps avant que Nick m'embrasse et que toute autre pensée que j'ai dans la tête n'explose, je comprends : je n'ai jamais eu besoin de me transformer.

Je m'appelle Harriet Manners, et je suis une geek.

Et ce n'est peut-être pas si mal que ça.

Remerciements

Merci à papa – perpétuelle source d'inspiration, d'encouragements et de rires – et à maman d'avoir « fait les voix » à l'heure du coucher. Merci à ma petite sœur, Tara, pour une vie passée à me croire meilleure que je ne suis ; à grand-père et grand-mère, pour leur sagesse infinie, leur soutien et leur rôle de fournisseurs de Pim's ; à tata Judih, qui a lu les premiers chapitres et m'a donné la confiance en moi qu'il me fallait pour continuer. Merci aussi à Hel, pour m'avoir rappelé d'écrire sur ce que je connais. Ce qui a nettement accéléré le processus.

Merci à Kate Shaw, mon agent, qui a sauvé Harriet et s'est battue avec autant de patience que de vaillance pour nous deux depuis ; à Pippa Le Quesne, une main qui m'a guidée avec sagesse, non sans ressemblance avec une sorte de Gandalf littéraire ; à Lizzie Clifford, l'éditrice la plus brillante et sensible que puisse espérer un auteur. Merci aussi à toute l'équipe chez HarperCollins, pour avoir accueilli si chaleureusement les geeks.

Enfin, il existe une personne sans qui ce livre n'existerait pas : mon « Alexa » à moi. Tu m'as donné une raison d'écrire *Geek Girl*, et cela te vaudra ma reconnaissance éternelle.

Merci.

Cet ouvrage a été composé par
Fr&co - 61290 Longny-au-Perche

Cet ouvrage a été imprimé
en Espagne par
Liberdúplex
Sant Llorenç d'Hortons (Barcelone)

Dépôt légal : avril 2016.

MIXTE
Papier issu de
sources responsables
FSC® C003309

Pocket Jeunesse, une marque d'Univers Poche,
est un éditeur qui s'engage pour
la préservation de son environnement
et qui utilise du papier fabriqué à partir
de bois provenant de forêts gérées
de manière responsable.

PKJ• www.pocketjeunesse.fr
POCKET JEUNESSE

12, avenue d'Italie - 75627 PARIS Cedex 13